Federico en su balcón

ALFAGUARA

Federico en su balcón
© 2012, Carlos Fuentes
© De esta edición:
   Santillana Ediciones Generales, S. A. de C. V., 2012
   Av. Río Mixcoac 274, Col. Acacias
   México, 03240, D.F. Teléfono 5420 7530
   www.alfaguara.com/mx

ISBN: 978-607-11-2006-9

Primera edición: junio de 2012

© Diseño de cubierta: Jorge Pinto

Impreso en México

Carlos Fuentes

Federico en su balcón

A Valentín Fuster,
médico.

I. De la paz el arcángel divino

Federico (1)

Lo conocí por casualidad. Era una noche más que caliente, pegajosa, enojosa, inquieta. Una de esas noches que no alivian el calor del día, sino que lo aumentan. Como si el día acumulase, hora tras hora, su propia temperatura sólo para soltarla, toda junta, al morir la tarde, entregársela, como una novia plomiza y mancillada, a la larga noche.

Salí de mi cuarto sin ventilación, esperando que el balcón me acordase un mínimo de frescura. Nada. La noche externa era más oscura que la interna. A pesar de todo, me dije, estar al aire libre pasada la medianoche es, acaso psicológicamente, más amable que encontrarse encerrado sobre una cama húmeda con el espectro de mi propio sudor; una almohada arrojada al piso; muebles de invierno; tapetes ralos; paredes cubiertas de un papel risible, pues mostraba escenas de Navidad y un Santaclós muerto de risa. No había baño. Una bacinica sonriente, un aguamanil con jarrón de agua —vacío—. Toallas viejas. Un jabón con grietas arrugado por los años.

Y el balcón.

Salí decidido a recibir un aire, si no fresco, al menos distinto del horno inmóvil de la recámara.

Salí y me distraje.

Y es que en el balcón de al lado, un hombre se apoyaba en el barandal y miraba intensamente a la gran avenida, despoblada a esta hora. Lo miré, con menos intensidad que su visión nocturna. No me devolvió la mirada. ¿Quién sabe? Unas espesas cejas caían sobre sus párpados. ¿Qué decía? Unos bigotes largos y tupidos ocultaban su boca. Sólo que entre ambos —cejas, bigote— aparecía una desnudez que al principio juzgué impúdica, como si el solo hecho de ser áreas limpias las hiciese tan desnudas como un par de nalgas al aire. Lo limpio de ese rostro cubierto de cejas y bigotes conducía a una idea perversa de lo lampiño como lo impuro, sólo por ser distinto de la norma, pues la abundancia de cejas y bigote parecían, en este hombre, ser la regla.

Sólo que al verlo allí, en el balcón vecino, mirando a la noche con un vasto sentimiento de ausencia, sentí que mi primera impresión, como toda primera impresión, era falsa. Aún más: yo difamaba a este hombre; lo difamaba porque me atrevía a caracterizarlo sin conocerlo. Deducía de un par de signos externos lo que el hombre interno era. Mi vecino. ¿Cómo se llamaba? ¿Cuál era su ocupación? ¿Su estado civil? ¿Casado, soltero, viudo? ¿Tenía hijos? ¿Tenía amantes? ¿Qué lengua era la suya? ¿Qué había hecho para ser memorable? ¿O se resignaba, como la mayoría, al olvido? ¿Se dejaba llevar por un cómodo anonimato de la cuna a la tumba, sin ninguna pretensión de durar o ser recordado? ¿O era este ser humano, mi vecino, portador de una vida secreta, valiosa por ser secreta, no manoseable por el mundo? ¿Una vida propia vestida de anonimato pero portadora, en su seno, de algo tan precioso, que mostrarlo lo disolvería?

Pensaba en mi vecino. En realidad, pensaba en mí mismo. Si estas preguntas venían a mi ánimo, ¿se referían al pensativo y ausente vecino? ¿O eran las preguntas sobre mí mismo que me hacía a mí mismo? Y de ser así, ¿por qué ahora, sólo ahora, en la distante compañía del hombre próximo, me hacía preguntas sobre él que en verdad eran una manera de cuestionarme a mí mismo?

Mis preguntas fueron sorprendidas por el amanecer. De la noche que evadí en mi recámara, salí a una aurora que duraba más en mi memoria que en mi imaginación. ¿Era más breve que mi recuerdo? ¿Era más duradera que mi imaginación? Hubiese querido comunicarle estas preguntas, que no tenían respuesta solitaria, a mi vecino. La luz se avecinaba. Precedía al día. No lo aseguraba. Tuve, por un instante, la sensación de vivir un amanecer interminable en el que ni la noche ni el día volvían a manifestarse. Sólo ocurría esta incierta hora, que yo sabía pasajera, convertida en eternidad.

La jornada se avecinaba, renovada y ajena a nosotros. Vivos o muertos, estuviésemos o no aquí, despoblada la Tierra y suficiente a su retorno eterno. Nada en el mundo salvo el mundo mismo. Ignoro si la Tierra, dejada a su propio circular, pensaría en sí misma, sabría que era "Tierra", entendería que era parte de un sistema planetario, y si el universo mismo dudaría entre ser infinito, idea inconcebible, sin principio ni fin. Otra realidad. *La* realidad.

Que en este momento era yo con mi vecino el bigotón, mirando el amanecer.

El eterno amanecer. La noción me llenó de pavor. Si el día no llegaba aunque la noche hubiese terminado, ¿en qué limbo de las horas quedaríamos suspensos para siempre? Quedaríamos. Mi vecino y yo. Quise adivinar su mirada, imprevisible debajo de las tupidas cejas. ¿Cerraba los ojos, dormitaba acaso, ajeno a mi presencia aguda aunque inquisitiva? O miraba, como yo, esta aurora lenta y despiadada. Sin piedad: ajena a nuestras vidas. Desinteresada en nuestra necesidad de contar con noche y día a fin de arreglar… ¿Qué cosa? ¿Necesitamos de verdad día y noche para despertar o asearnos, desayunar, salir al trabajo, frecuentar colegas y amigos, almorzar por segunda vez, leer, mirar al mundo, tener amores físicos, cenar, dormir? La vuelta impenitente —imperturbable— de nuestras vidas, dictada por un ciclo en todo ajeno a nuestros propósitos, en todo indiferente a nuestras actividades (o falta de ellas).

¿Tendría, yo, el valor de despojarme de horarios, funciones, deseos y someterme a un amanecer sin fin que me liberase de cualquier ocupación? Quizás así sería el paraíso: una aurora interminable que nos eximiese de toda obligación. Aunque, mirando al hombre silencioso en el balcón de al lado, imaginé que así, también, sería el infierno: un amanecer jamás concluido. Liberación. O esclavitud. Vivir para siempre en el amanecer del mundo. Cautiverio. O liberación. Ser un ave que sólo vive un día. O un águila eterna que vuela sin destino buscando lo que ya no existe: el día para volar, la noche para desaparecer. Ni siquiera un meteoro, a esta hora temprana, para hacernos creer que todo, muy pronto, se moverá…

Él me miró desde su balcón. Medio metro entre el suyo y el mío.

Me miró como se puede mirar a un extraño. Descubriendo, de súbito, a un reconocido. Quiero decir que el hombre mi vecino me miró primero como a un desconocido. Enseguida, descubrió una semejanza. Sus ojos me dijeron que si no me conocía, reconocía en mí una identidad olvidada. Yo hice un esfuerzo, no demasiado penoso.

¿Dónde había visto antes a este hombre?

¿Por qué me parecía tan familiar este desconocido? ¿Tan reconocible, por lo visto, como yo a él?

¿Ya leíste la prensa? —me preguntó de repente.

No —le contesté, un poco sorprendido por el tuteo más que por la pregunta misma.

Aarón Azar —dijo entonces, como si recordase lo previsible.

¿Qué…? —exclamé o pregunté, no sé…

¿Lo mataron? ¿Logró huir? ¿Está escondido? ¿Lo escondieron? —las preguntas de mi vecino se disparaban como balas.

No sé… —fue mi débil excusa.

Por lo menos, ¿sabes si Dios ha muerto? —concluyó antes de retirarse del balcón—. ¿Qué sabes?

Nada. ¿Cómo te llamas?

Federico. Federico Nietzsche.

Aarón (1)

Aarón Azar vive en el cuarto que le cede, con gusto, una familia que conoció a la suya. No es una casa elegante, aunque sí cómoda. Está situada en un barrio de las afueras de la ciudad, de manera que Aarón tiene que hacer un trayecto de casi una hora (y el regreso) a los tribunales.

Camina al trabajo. Se ha impuesto la disciplina de no utilizar el transporte público. No podría pagar un taxi. Y no toleraría viajar entre apretujones y sudores. Prefiere caminar, le da tiempo de pensar. Piensa todo el tiempo. En la recámara que le obsequian sus amigos, la familia Mirabal, se sienta horas enteras. Teje. Eso le ocupa las manos y le libera el pensamiento. Teje calcetines, suéteres, no le salen bien las corbatas de lana.

Tiene un solo traje decente, negro oscuro, cruzado. Cuando trabaja, nadie lo ve. Porque debe vestir una toga negra. Asume la vestidura de la justicia. No abjura de su traje negro oscuro. Lo ven llegar y salir bien vestido. Quién sabe si alguien comenta, "¿No tiene otro traje?". O "Tendrá muchos trajes idénticos". "En todo caso, es un hombre sobrio".

¿Qué se pregunta a sí mismo durante las largas y solitarias horas cuando se sienta a tejer? Piensa, obsesivamente, en el castigo.

Sabe que de su actuación en el tribunal —mañana mismo— dependerá que un ser humano sea liberado o castigado. Y si es castigado, muchas preguntas asaltan el ánimo de Aarón Azar mientras teje:

¿Por qué se castiga?

Para defender a la sociedad.

¿Basta?

No, porque el juicio no es sólo legal. También es sentimental…

¿Qué quieres decir?

Que todo juicio afecta el orden moral.

¿Los deberes de cada individuo hacia su propia persona?

Eso es lo que no se puede juzgar. Los deberes para con uno mismo. El suicidio, por ejemplo, no es castigable, por razones obvias. Pero, ¿puede castigarse al que ayuda a un suicida? La ley dice que no. ¿Quién es culpable, entonces, de esa muerte, de ese autohomicidio? ¿Nadie? ¿Por qué castigamos al que mata a otra persona y no al que se mata a sí mismo? ¿Cuál es el límite moral del crimen?

El abogado Azar tenía dos casos ante el juzgado en los siguientes días.

El primero es el juicio contra un tal Rayón Merci, acusado de abuso sexual contra niñas.

—Señores del jurado. Mi cliente es acusado de asesinato y de abuso sexual de mujeres menores de edad. Una acusación grave. ¿Qué nos dice el acusado, Rayón Merci?

—Yo no quería. Sólo quería tocar la ropa íntima. No dañaba a nadie. No es mi culpa que las muchachas hayan regresado antes de tiempo. Si no regresan, no las veo. Yo no quería matarlas. Sólo quería tocar la ropa interior, acariciarla, besarla. Imaginar.

—El hecho es que Rayón mató brutalmente a las muchachas que lo descubrieron desnudo, vestido sólo con la ropa interior de las chicas, acostado en la cama de una de estas.

—Yo no les pedí que vinieran a verme. Era mi placer, sólo mi placer. Metiches, ¿qué tenían que…?

—Las obligaste a desnudarse. Les tomaste fotos.

—Yo no quería, yo no quería…

—Les sellaste las bocas, la nariz, con tela adhesiva.

—Yo no quería…

—Luego las mataste a palos…

—Es que me iban a denunciar…

—Rayón, silencio.

Aarón Azar presentó la defensa de Rayón Merci. Rayón no es un criminal habitual. Esta es su primera ofensa, ténganlo en cuenta. ¿Que sentía obsesión por la ropa interior de muchachas adolescentes? Esto no es un crimen. Entrar a una recámara ajena a probarse y robar ropa sí es un delito. Delito de apoderarse de algo ajeno. Elevado, en el caso que nos ocupa, a delito contra la dignidad de las personas, contra la vida y la integridad corporal, homicidio y privación de la libertad con fines sexuales, retención de menores, violación y abuso corporal.

Rayón Merci miraba al jurado con una especie de orgullo idiota. Y al público con una presunción de "a que ninguno de ustedes se atreve". Miraba a Aarón Azar con absoluta confusión: ¿Lo defendía o lo acusaba? ¿Le daba la razón a quienes lo denunciaron? ¿Lo traicionaba? Su rostro delató un temor creciente a quien decía defenderlo.

—Todo esto es cierto —continuó Azar—, pero no es normal. Y no me refiero a la severidad de los hechos, sino a la personalidad del acusado. Rayón Merci es un hombre sano, trabajador y juicioso. Salvo en este punto. Tiene una obsesión con la ropa interior de las mujeres. Si sólo fuese así, no sería juzgable.

Miró a Rayón. Rayón no sabía hacia dónde mirar.

—No sería juzgable… pero lo es porque mató.

Azar colgó la cabeza, con pesadumbre.

—Es la primera vez que matas, ¿verdad, Rayón?

—Sí, la primera, nunca, si ellas no…

—¿No lo deseabas, verdad?

—No, no, sólo la…

—O sea, no fue la voluntad del acusado matar. No fue su intención. No es parte de su costumbre…

Rayón levantó la cabeza, con cara de vergüenza y no se atrevió a agitar su cabeza de pelo corto y rizado, cobrizo, que le daba cierto encanto a su rostro crispado, como si las facciones innatas del acusado tuviesen temor de manifestarse sólo para traicionarlo. Como mentiroso, si decía la verdad. Como fidedigno, si contaba mentiras. Sólo le quedaba apretar un puño contra otro y separarlos enseguida, como si se diera cuenta de que las culpables de todo eran sus manos, él no, él no…

—No quería hacer lo que hizo. Ni la inteligencia ni la voluntad lo impulsaron. Normalmente, este es un hombre lúcido, tranquilo. ¿Por qué se le va a juzgar? ¿Por lo que siempre es? ¿O por lo que accidentalmente le sucedió?

Aarón Azar sabía respirar con pausa. Ni un murmullo.

—No seré tan vulgar como para hacerles creer que el acusado está loco. No, no en el sentido del diccionario: privación del juicio. El acusado sabía lo que hacía. Pero el asesino repite su crimen una y otra vez. Rayón no es un asesino habitual. Eso está claro. Rayón obró por una fuerza que no pudo evitar. No por inteligencia. No por voluntad. Sólo como conclusión indeseada de una fijación intermitente.

Todos miraron al abogado.

—Rayón Merci es un loco intermitente. No merece la muerte terminal, merece un compromiso entre la muerte que no merece y la libertad que no sabe emplear.

Los ojos brillantes, la boca sin labios, la nariz temblorosa, las orejas acusadas, el pelo inmóvil como una peluca.

—Rayón Merci merece un castigo. Merece la protección de un asilo. Se protege a un hombre errado. Y se protege a la sociedad.

Rayón Merci escuchó en silencio, con la cabeza baja, las razones del abogado, confirmadas por el jurado. Rayón Merci sería internado en el asilo del doctor Ludens. Rayón Merci no iría a dar con sus huesos en la cárcel. No soy un criminal, comenzó a referirse como lo haría de allí en adelante, soy un loco. Y ese hombre con el gorro negro y la toga negra tiene la culpa. En vez de mandarme a la cárcel a cumplir una sentencia, me manda al manicomio para siempre.

Levantó la mirada para grabarse la imagen del abogado, Aarón Azar, su defensor de oficio. No olvidarlo nunca. Jamás perdonarle la ofensa, esto es lo que quedó en el interior de Rayón Merci.

—Este hombre se llama Aarón Azar. Y me ha ofendido. ¡Yo no estoy loco! ¡Yo sé lo que hago!

Federico (2)

Hagamos un trato: yo hablo de lo mío y tú de lo tuyo. Alternando.

No; quisiera saber quién era el tal Rayón Merci al que defendía Azar.

Luego, después de ti. ¿De quién quieres hablar?

De una muchacha.

Ah.

Dorian (1)

Era pequeña, de baja estatura. Pero bien formada, muy esbelta. Bueno, flaca. Sólo que la estatura disimulaba la pequeñez del cuerpo y la delgadez de los brazos. Se cortaba el pelo muy corto. Lucía un cráneo bien formado. La cabellera era de un rubio cenizo. Poseía un perfil cambiante. Es decir, era una de lado y otra de frente. Vista desde abajo, parecía extraña y no tan bella. Jamás mostraba las piernas. Usaba pantalones largos ocultando el tamaño de los zapatos y la altura de los tacones.

En cambio, le gustaba quitarse el saquillo y mostrar la delgadez extrema de sus brazos. "Delgadez" es un eufemismo. Eran brazos flacos, raquíticos si no fuese por el brillo dorado que los cubría. Brazos de enferma si no fuese por la extraña energía con que brillaban, muertos. Si Dorian no era consciente de la belleza de sus brazos —pese a la flacura, sin la enfermedad—, menos lo era de la llanura de sus pechos, donde no era posible adivinar relieve alguno. Planos, cubiertos por una camiseta dorada sin mangas que permitía observar las axilas de Dorian. Una, afeitada hasta lo fantasmal: blanca y lisa. Otra, velluda con una sombra castaña agresiva y nocturna.

¿Qué soy? ¿Quién soy? Demandaba la persona toda de Dorian, sentada en un rincón del bar, levantando los brazos como para llamar la atención de la gente, aunque en realidad preguntándole a la gente:

¿Qué soy? ¿Quién soy?

Federico (3)

¿Qué más, Federico?

Dorian cavila. Vamos a dejar que piense mucho en quién es su persona, antes de seguir adelante.

Me gustaría saber más de ella. ¿Por qué empezaste por ahí?

¿Por qué crees? Porque no hablo de Dorian. Hablo de la belleza.

¿De cuál?

Bueno, la que hemos acordado darle a las personas por lo menos desde la Venus de Milo y el Apolo de…

¿Y Sócrates? ¿No era bello? ¿Qué me dices? Todos los testimonios dicen que era muy feo. ¿Por fuera? ¿O por dentro?

Igual. Yo inicié mi vida filosófica denunciando a Sócrates por haber dicho que para ser bueno, hay que ser consciente.

Tiene razón.

Entonces no la tienen los trágicos, que crean a partir de la inconsciencia de sus actos y las consecuencias de su ignorancia.

¿No es así?

Así es y Sócrates lo niega. Él quiere racionalizarlo todo y expulsar de la razón a la razón misma; expulsarla, digamos, de la música, que es algo, si no irracional, al menos inexplicable.

¿No lo son el daño y la redención?

No seas pedante. No hay nada sin misterio. Si quieres explicarlo todo, acabas sin saber nada.

Todos cometemos errores, Federico.

Todos traemos al mundo un misterio, no una equivocación.

¿Todos somos errores, entonces?

Todos estamos descontentos en una cultura que quiere explicarlo todo.

Yo estoy aquí contigo porque quiero saber.

Vas a desilusionarte. Yo te ofrezco vida, no razones.

¿Me ofreces…?

La tierra mítica.

¿Cómo se llama?

Ya sabrás, primero conoce a la familia, primer punto. Luego a la madre. Son diferentes, te lo aseguro, la madre y el mito.

¿Crees que la familia es lo primero?

Yo no. Tú sí… Adelante con la familia, que es el principio convencional de nosotros mismos. Aunque decir "familia" es decir genealogía.

De allí venimos, Federico.

Nos guste o no nos guste ¿verdad?

Dante (1)

Estuve esta mañana en el cuarto. ¿Perdí mi tiempo? Sólo en apariencia. No pasó nada, pero quizás era necesario que no pasara nada primero: quizás ese era el boleto que debía pagarse antes. Desde niños habíamos inventado ese juego del cuarto oscuro. Como mi padre, Zacarías, al castigarnos, nos encerraba en él después de dar órdenes a la servidumbre para que, durante el resto del día, no se nos diera de comer, decidimos convertir la prisión en un nuevo lugar —acaso un extremo lugar— de juego. No se lo dijimos a nadie y nadie lo adivinó, ni siquiera mi padre, que pudo haberse admirado de la docilidad con que aceptábamos el castigo y de la alegría apenas disimulada con que salíamos del cuarto oscuro cuando, cinco o seis horas después, el murmullo de protesta de mi madre Charlotte nos llegaba, opaco, como una serpentina de quejas que ascendieran por el cubo de la escalera, atravesaran muros y cortinas y nos saludaran, con el olor difuso de las cebollas y el tomillo: en la lejana cocina.

—Zacarías, no seas tan severo. Zacarías, déjalos que salgan. Zacarías, a veces creo que te gusta hacerlos sufrir…

Al escucharla, yo reía y me tapaba la boca con una mano y codeaba a Leonardo, pero mi hermano no me correspondía. Si algo pude distinguir en esa oscuridad, desde entonces, fue que a él no le hizo gracia pensar que yo me burlaba de mi padre o, peor aún, que éramos en realidad nosotros quienes lo hacíamos sufrir a él, secretamente, burlándonos de su castigo. Ojalá que Leonardo pudiese haber visto entonces mis ojos en la oscuridad. Habría, quizás, aceptado mi interrogación.

No necesitaba que me contestara. Pero al menos habría sabido que yo le estaba haciendo esa pregunta. No sé si algo hubiese cambiado. Porque al subir, alegres, al cuarto oscuro, nosotros sabíamos el verdadero motivo: el juego, y mi padre seguía creyendo en el suyo: el castigo.

Muy pronto, esta será la última casa de viejo estilo en la avenida. La división blindada que la rodea —los autos del público que asiste todas las noches al cine o trabaja todos los días en las oficinas— es un anuncio de que una casa con mansardas y sótanos, jardines y cocheras, ya no puede durar demasiado tiempo. Cada persona que baja de un auto en la manzana que ocupamos parece mirar con rencor hacia los muros de piedra de nuestro jardín y exigirnos el derecho de ver, en su lugar, una cafetería, una discoteca, un estacionamiento. Yo los he visto, desde las ventanas de la casa, dirigir esas miradas que condenan la inutilidad de nuestro caserón y nos parecen echar en cara que le robemos espacios vitales y comunes a la ciudad. Todo se pierde, todo se fracciona, nadie entiende que una hermosa casa privada también es de todos si es bella. Pronto no habrá quien defienda siquiera los bosques y los parques, un día se perderá todo sentido de la comunidad —curiosamente, en nombre de la comunidad—. La belleza es obra de individuos y la gozan todos; no es, como acabarán por hacernos creer, obra de todos para el goce individual.

Leonardo se ríe de mí cuando le digo estas cosas y me amenaza con enviarme al cuarto oscuro si no me comporto.

—No veo mi falta, Leonardo.

—Hacer demasiadas teorías es una falta. Sé más realista, Dan.

Ahora, regresé al cuarto y al principio no me di cuenta. Estaba en uno de los altos desvanes de la casa y llegué a él después de veinte años de no visitarlo. Puede perdonárseme —sí, eso es, o eso fue— que ascendiera las últimas escaleras de la casa sin más guía que el rechinar bien conocido y el olor mohoso, viejo, de ropa amontonada en baúles y roperos porque mi madre nunca quiso deshacerse de una sola prenda nuestra. Se diría que su previsión histórica abarcaba algún futuro y dudoso museo en el que mis trajes de marinero y las polainas de mi padre serían etiquetados como "tesoros". Sí, los tesoros conocidos tienen valor gracias a su etiqueta. ¿Qué cosa puede no ser valuada, prestigiada e impuesta al gusto de los demás? Por ahora, al tocar el picaporte frío de la puerta, al sentir ese cobre helado que me llenaba de una delicia metálicamente nerviosa —y, enseguida, al llevarme la mano a los labios, de un sabor de moneda gastada—, quise, ingenuamente (eso mata a Leonardo, el realista) creer que en el cuarto perduraba uno de los tesoros no rotulados: el de aquella oscuridad que, impuesta como un castigo, se había convertido en un juego (en una recompensa). Entré con los ojos cerrados y el olor y el rechinar eran los mismos.

Entonces nada había cambiado. Entonces Leonardo mentía.

¿Qué había en ese desván? Objetos regados por aquí y acá y acullá. Periódicos y revistas acumulados. Empecé a leer, en voz alta, uno que otro. Sentí como si tuviera toda la sabiduría cotidiana a mi alcance. Y con cada línea que repetí, me di cuenta de la vejez de lo que una vez fue novedoso. Las noticias del "hoy" en la prensa, eran las del "ayer", hoy. Los nombres de primera plana, entonces, ahora ya no contaban. Los rostros jóvenes del cine, la política, la sociedad, eran hoy caras viejas y, a veces, eran rostros muertos. Miré lo que miraba y traté de imaginar muertos a los muertos. No calaveras, que a menudo resultan jocosas, sino rostros en descomposición, poco a poco, insensibles a su propia transformación en muerte. ¿Lo fueron al transformarse —al transformarnos— en vida?

Por eso, años más tarde, cuando mi madre se había ido de la casa y no podía discrepar, cuando mi hermano Leonardo ordenó que subiesen a mi padre Zacarías de la recámara al desván, yo no opuse resistencia. El desván era el prólogo de la muerte y pensé que, encerrado allá arriba, mi padre, ya sin habla, sin autoridad, destronado, mi padre estaría más cerca, se acostumbraría mejor a la eternidad que yo le deseaba.

Sin embargo, al aceptar la orden de Leonardo —súbanlo al desván— le di la vida de mi padre a los objetos abandonados en el camaranchón de la casa. Vi las pilas de periódicos viejos y sus noticias me parecieron actuales. Vi las fotos en las revistas del pasado y las mujeres revivieron con sus fantásticos sombreros de gigantescas alturas, tules y velos, pajarillos y sedas, los hombres con sus jacquets de ceremonia, pantalones a rayas y, sí, polainas, sobrecalzas, como si la entrada de mi moribundo padre a ese altillo le devolviese la vida al pasado. Como si la muerte de mi padre se aplazara por el mero contacto con un pasado que él revivió al penetrarlo.

Protesté. ¿Qué necesidad teníamos —mi hermano y yo— de encerrar a nuestro padre en una buhardilla casi fúnebre?

—Ya no entiende —me contestó Leonardo—. Date cuenta. Es una cosa, no una persona. Es un cachivache más.

—No hay por qué esconderlo en el ático —respondí con velocidad y acaso, con convicción: Leonardo, simplemente, se había adelantado sin consultarme.

Él me adivinó:

—Si te prevengo, ¿estarías de acuerdo?

—Quizás —flaqueé.

—Entonces no es lo que hice lo que te importa, sino el hecho de no haberlo consultado contigo.

Reaccioné:

—Te equivocas. Pudimos dejarlo en su propia recámara…

—¿Para qué? —casi sonrió, pero sin reír, Leonardo.

—Por respeto —me atreví, convencido—. ¿Y tú?

—Por necesidad —contestó.

—No veo…

—Entonces ve —dijo con agresividad—. Se trata de cambiar la vida, ¿entiendes? Expulsar lo antiguo, limpiar la casa…

—¿Para qué…?

—Para hacer lo que tengo que hacer, lo nuevo, sin ningún peso del pasado…

—Nuestro padre en su propio dormitorio —dije con sencillez.

—Sin símbolos pesados, como si empezáramos de vuelta, sin herencias.

—¿Sin obligaciones?

—No. Sin más obligación que nosotros mismos. Sin nada que nos recuerde que…

—Sin más obligación que tú mismo —lo corregí.

Me miró sin suspicacia.

—Como gustes, Dante.

—¿Contigo o contra ti? —quería acabar con este canje de incomprensiones.

—Como gustes. Mejor piensa, ¿con cuál de los dos se aliaría nuestra madre? ¿Contigo o conmigo?

—Charlotte.

—Más respeto: Madame Mère.

—Nunca viene a vernos, desde que nuestro padre perdió la razón.

—Espera que nosotros viajemos hasta la Dordoña.

—¿Por qué no lo hacemos, juntos, al unísono?

—Porque no podemos abandonar a nuestro pobre padre, ¿no crees?

—¿Por qué tememos a nuestra propia madre?

—¡Madame Mère! Es el pasado.

—Es nuestra madre, Leo.

—Ella decidió ser algo más, algo distinto.

—Lo es y es parte nuestra.

—El pasado, Dante, el detestable y poderoso pasado…

—¿Lo niegas?

—Lo olvido.

—¿Y el porvenir?

—Tú quieres una cosa, yo quiero otra. Punto final. Ojalá sepamos respetarnos, tú y yo.

—Quizás nuestra madre es el futuro que nos une.

—Ojalá. Porque todo lo demás nos separa.

A la puerta de mi padre, Leonardo apostó a dos de sus guardias personales, los "nazarenos", unos jóvenes altos, fuertes y malencarados pero sonrientes a su pesar, como si recordasen con tristeza y alegría algo bueno perdido hace mucho tiempo. Eran morenos pero sus ojos claros me decían que habían sido rubios. ¿Cuándo? ¿De dónde venían? ¿Qué hacían?

Eran la guardia personal de mi hermano, su *garde du corps*, y se llamaban Luigi y Franco.

No me querían. Querían el amor de mi hermano, su confianza, excluyendo todo lo demás.

Federico (4)

Nos separamos un momento. El día avanzaba y yo me sentía incómodo con la barba crecida, legañas en los ojos, sudores en los sobacos, arrugas en la boca.

La conversación con Federico no tenía por qué ocuparse de renovar mi cuerpo para las demandas del día.

Me bañé. Me afeité. Me puse ropa limpia. Regresé al balcón. Era el turno de Federico.

¿Quién era Rayón Merci, el hombre condenado en el juicio por Aarón Azar? No te evadas.

¿Qué sabes tú de los crímenes que no son crímenes?

¿Qué son, entonces?

Fantasías… imaginación en acto. Mírame. Imagíname. Soy otro. Imagina que no soy yo "Federico".

¿Entonces quién eres? ¿O quién pretendes ser?

Todos. Los personajes. Las máscaras, amigo mío. Avanzo enmascarado, sólo que estás encerrado aquí, conmigo. Sólo que cambio de forma, sin nombre.

¿Como Proteo? Elude a sus enemigos cambiando de forma y sólo contesta a sus preguntas cuando está encadenado.

¿Enmascarado?

Hay días.

¿Cómo se llama, entonces, la siguiente máscara?

Rayón Merci

No tardó en regresar al balcón, preguntándome: ¿Qué sabes tú de los crímenes que no son crímenes?

¿Qué son entonces?

Fantasías, imaginación en acto. Mírame. ¿Quién soy? Imagíname. Soy otro. No soy más "Federico".

¿Quién dicen que eres? ¿O quién pretendes ser?

Todo. ¿De qué se me acusa? ¿De eso soy culpable? ¿De hacer o de ser? Ser acusado, quiero decir.

Las dos cosas.

Ladrón. Sólo que no robo para lucrar.

Tampoco robas para ser reconocido, imagino.

No. Es un placer. ¿Has tocado la ropa interior de una mujer? No me contestes. No. Nunca lo has hecho. Ni siquiera cuando has estado con una mujer, sexualmente, ni siquiera entonces te has atrevido a tocar la ropa interior de tu amante. Eres, en la vida diaria, respetuoso.

No.

¿No qué?

No he hurgado.

¿Olerla? ¿Te has atrevido a oler un portabustos? ¿Sabes que la esencia, la esencia del corazón de una hembra se concentra, como un perfume, más que un perfume, en el *brassière*?

No. ¡Para nada!

¿Sabes que yo catalogo mis robos, hago listas y divisiones de pantaletas, portabustos, ligas? Catalogo y tomo fotos de cada cosa que robo. Llevo un relato meticuloso de mis actos.

Tus crímenes.

¿Por qué?

Porque eres capaz de…

¿De qué? ¿No admiras mi amor al orden?

Admiro tu capacidad de acusarte a ti mismo, Rayón.

¿Y qué? Las víctimas ni se dan cuenta, entiendes. Una pantaleta aquí, un *brassière* allá. Ni cuenta se dan.

Sólo tú, pues…

Yo llevo el registro de mis robos. No le hago daño a nadie.

No le hacías daño a nadie. ¿Cuándo cambiaste, Rayón? ¿Cuándo empezaste a dañar?

Tomaba fotos de las recámaras de las niñas. Casi todas tenían animales de juguete. Perros, gatos, ¡hasta jirafas! Conejos, sapos, burros…

Así es, ¿qué te extraña?

¿Qué? ¿No lo sabes?

No.

Que querían a sus animalitos más que a mí, ¿te das cuenta?

Pero ellas no sabían que tú existías siquiera.

¡Tenían que darse cuenta!

¿Qué hiciste?

Comencé a ponerme la ropa interior robada. Me tomé fotos con la muda de las muchachas. Fui cortés. Dejé tarjetas. *Merci beaucoup.*

¿Por eso te pusieron de mote…?

Merci. Rayón Merci, *s'il vous plaît*…

¿Sentías placer?

No bastante. Me excitaba vestirme con la ropa de las muchachas. Me masturbaba. Me fotografiaba a mí mismo vestido con bragas y *brassière*, haciéndome la puñeta.

Perdón que me repita. ¿Sentías placer, de veras?

Tienes razón. No me bastaba.

¿Qué hiciste?

Tuve que pasar de mi cama a la cama de una niña y masturbarme allí, vestido de ella, en la cama de ella.

¿Te sorprendieron?

Yo no lo quería, te lo juro, mi Freddy, yo no quería dañar a nadie, sólo mi placer, mi placer sólo, mi placer…

En la cama de una muchacha.

Mi placer. Sólo.

Tarde o temprano, ella te iba a sorprender.

No, nadie se dio cuenta de que me probara la ropa…

No me refiero a eso.

¿A qué?

Me refiero a que la muchacha te sorprendiera en su cama, vestido con su ropa interior.

Yo no quería…

Claro que no. Pero así fue.

Yo no quería.

Merci beaucoup. Dejabas una tarjeta.

Nadie la leía. Nadie la entendía.

En cambio, tú, vestido con *brassière* y calzoncitos, en la cama de una muchacha.

¿Por qué no me dejaron en paz?

Rayón Merci: ¿por qué tú no las…?

Quemaba la ropa después de usarla, te lo juro.

Supongo que una chica te sorprendió en su cama, vestido…

Yo no les pedí que vinieran a verme. Era mi placer, sólo mi placer, metiches, ¿qué tenían que hacer…?

Las obligaste a desnudarse. Les tomaste fotos.

Yo no quería, yo no quería.

Les sellaste la boca y la nariz con tela adhesiva.

Yo no quería.

Luego las mataste a palos.

No quería…

No querías, pero lo hiciste.

¿Tú qué sabes, filósofo de mierda?

¿Yo qué sé?

No sabes que los calzoncitos de las muchachas tenían caca, estaban manchados de caca. Tú no sabes que usaban pañuelos para absorber la sangre de la menstruación, tú no…

Rayón. Silencio. Me disgustas.

Merci beaucoup.

Dorian (2)

Entré en contacto con Dorian por casualidad. Estábamos sentados, lado a lado pero cada uno por el suyo, en el bar del hotel Metropol. Yo bebía un bloodymary con mi vodka preferido, Grey Goose; ella pidió una sangría blanca. Volteé a mirarla. ¿Qué era una sangría "blanca"? le pregunté. Me contestó en un inglés de pesado acento.

—*White wine* (pronunciado "guait guain").

—¿Puedo probarlo? —dije en francés, apostando que era su lengua (por la manera de decir las "erres" en garganta: vejy gut, sangija).

Ella suspiró con gratitud.

—*Oui, je préfère le français.*

—*Mais ce n'est pas ta langue* —opiné.

—*Non* —dijo Dorian y me miró de frente, con la mirada amarilla que aún no conocía, porque Dorian usaba unos pesados anteojos de cristal gris y armazón blanca. Y ahora al quitárselos, vi dos ojos perdidos, ansiosos de encontrar asidero, ojos inciertos acerca de su propia mirada, inciertos acerca de qué veían, a quién miraban.

—Sangría blanca.

Todo en ella vedaba inquirir: su aspecto físico, pero ahora su mirada.

—No preguntes nada —dijo sin hablar.

—¿Por qué? —pregunté sin decir.

—La vida empieza en este momento —murmuró y me sentí afectado por un sentimiento, a la vez, de importancia —yo iniciaba la vida— y de desengaño —¿a cuántos hombres les habría dicho lo mismo?

No le di importancia.

Toqué temas. La ciudad. El clima. El cine. La música. De lo que hablamos con desconocidos.

Como si tocara la tecla de su vida, Dorian se soltó hablando de música en alemán. Su entusiasmo por Wagner, el continuo de una música sin interrupciones, sin arias, sin aplausos, aplazado todo hasta el final para que la obra transcurriese como un solo acto, un solo acto para la música, para la orquesta, para los cantantes, para el espectador. Citó nombres del pasado —Kirsten Flagstad, Lauritz Melchior, Amalie Materna…

—Ahora hay muy buenos discos —comenté—. Todo se puede escuchar. Lo mejor de ayer y…

Me interrumpió:

—Yo oigo cantar a Kirsten Flagstad.

—En un disco —insistí con torpeza y añadí, corrigiéndome—, en una cinta…

—En la vida, ¿verdad?

No elaboré. Interpreté sus palabras como un acto de su propia temporalidad, aunque preguntarme por su tiempo —el tiempo de Dorian— era cuestionar su misterio. Y un misterio, por supuesto, deja de serlo si se revela. Todos, digo, vivimos con algunos misterios. Propios: lo que jamás revelaríamos de nosotros mismos a los demás. Y a veces, ni siquiera al propio yo. En Dorian, en cambio, sentí ese día en que la conocí un misterio idéntico a ella misma: su persona era un misterio. Sin el misterio, Dorian no existiría. ¿Quién era?

Se adelantó a mi pregunta:

—Mi nombre no es mío.

Inquirí con la mirada.

—Lo escogí.

—Nada nuevo. Greta Garbo se llamaba Gustafsson.

—En una vitrina.

—¿Greta Garbo?

—Me gustó la portada.

—¿Un libro?

—No sé leer.

Recibí sin pestañear esta noticia, sin creerla, registrando: esta mujer que habla por lo menos tres idiomas, ¿no sabe leer?

—Me gustó el dibujo.

—¿La portada del libro?

—Sí. Un hombre joven y bello, como yo quería ser. Me miró con inocencia.

—Yo detrás de él, el diablo.

Bajó los ojos.

—Le pregunté al librero, ¿cómo se llamaba el libro? *El retrato de Dorian Gray.* Me gustó. Dorian. Bautizada.

—¿Y dolor?

—Quería ser Dietrich, como Marlene. Dorian Dietrich.

—Suena bien.

—Pero no es cierto. Averigüé que "Dietrich" era de veras "Dietrich", no Gustafsson.

—¿Y dolor?

—*Pain.* Lo que siento.

Se levantó de la mesa. La detuve del brazo. Me impulsó un deseo repentino, ajeno a toda cortesía.

—¿Dónde vives?

—Aquí, en el hotel.

Se volvió a poner los anteojos grises de inmenso marco blanco y se fue.

Pregunté por ella en la conserjería.

—No aquí no vive nadie con ese nombre, Dorian Dolor.

—¿No dejó dicho adónde iba?

—¡Ah, la muchacha! Vino una ambulancia.

Federico (5)

¿Nunca has estado hospitalizado?

Una sola vez, Federico.

¿Por qué?

Es ridículo. Para quitarme el apéndice. ¿Y tú?

¿Sabes cómo comienza la locura?

No. Ya te lo dije…

Calla. Primero te sientes ofendido.

No tiene nada de extraño.

No, escucha. Te sientes ofendido de que los demás piensen que eres como ellos.

Normal, Federico.

Y enseguida empiezas a odiar tu diferencia. Odias tu propio pasado. Tu familia, tu origen.

Todos nos rebelamos así sea un poquito contra nuestro pasado.

¿Por qué?

Bueno, nos avergonzamos de no saber antes lo que sabemos ahora.

¿Nos da vergüenza nuestro pasado?

Nos desespera que no nos reconozcan nuestro presente.

¿Y nuestro porvenir?

Aún no sucede. Aún lo desconocemos.

¿Y si quieres olvidar tu pasado?

No puedes. Un poco. Pero no del todo.

¿Y si al olvidar tu pasado también olvidas tu presente?

No puedes. Estás aquí. Estás en el presente.

¿Y si no puedes?

Te das cuenta de que el presente será el pasado dentro de un minuto.

¿Y el porvenir?

Lo estás viviendo ahora.

¿Y si no tienes memoria del pasado ni sensación del presente?

Pues vives en el futuro. Cosa de adaptarse al instante, ¿no?

Supongo que buscas un porvenir sin instantes.

¿Sabes cómo se llama eso?

No. Porque no lo entiendo.

Es la locura.

El hospital

—Nuestra principal obligación es evitar el suicidio —me dijo el médico-psiquiatra Ludens guiándome por las instalaciones del hospital.

—¿El suicidio? —repetí de manera automática.

—Bueno, los suicidios.

Había en el hospital salas colectivas en las que los heridos yacían en sus camas, unos al lado de otros.

—Son los tranquilos —comentó el médico-psiquiatra.

—¿Los hay violentos?

Ludens sonrío a medias y me fue señalando a los enfermos.

—El avión descendió de repente, muy de prisa —dijo señalando a un hombre con la cabeza vendada y la mirada incierta—. La cabeza se le estrelló contra el vidrio.

—Éscar —me dirigió la palabra el herido—. Me llamo Éscar.

—Óscar, muchacho —le dijo sonriendo Ludens—, no Éscar, *Óscar*...

—¡Éscar, Éscar! —gritó el inválido, tratando de incorporarse y pegarle con el puño.

Acudieron dos enfermeros y recostaron a Óscar a la fuerza.

—Éscar, soy Éscar —repetía el enfermo.

—Contrólenlo. Pónganle su inyección.

Se dirigió a mí:

—Es inofensivo. Quién sabe qué se le metió en la cabeza para llamarse "Éscar" en vez de "Óscar".

No especulé. El médico me seguía conduciendo por la sala del hospital.

—Las balas les tabletean el cerebro, ¿sabe? Nadie sale ileso. Mire a ese muchacho.

—Soy Willy —dijo, como si hubiese escuchado la conversación anterior y quisiera certificar su sanidad mental.

—Claro, Willy —dijo el doctor y Willy levantó las manos vendadas.

—¿Qué te pasó, Willy? Cuéntale al señor. Es de confianza.

—Me volaron la carne. Me volaron el pellejo. Me quedé con los puros huesos de la mano. Me…

—Está bien, Willy —dijo el doctor y me empujó un poco hacia adelante.

—No se llama Willy. No los contradecimos para que no se enojen. Queremos que estén tranquilos.

—¿Cómo se llama en verdad? —pregunté.

—Willy —contestó con tranquilidad el médico—. Estos son los enfermos tranquilos. Voy a mostrarle a los intranquilos.

Atravesamos el patio donde varias monjas jugaban a las cartas.

En el pabellón contiguo no había espacios comunes. Había celdas. Habías gritos. Las exclamaciones resonaban, eran ecos de sí mismas. Me llegaban invisibles. El lugar era gris: la piedra, los barrotes, los pisos, los techos. Todo gris. Los barrotes.

—¡No puedo dormir! ¡Denme algo para dormir! ¡Por caridad! ¡Dormir!

—¡No puedo respirar! ¡Socorro! ¡Me ahogo! ¡A mí, compañeros, a mí!

—¿Puedo mirar? —pedí permiso.

El doctor se encogió de hombros.

Me acerqué a una celda. Hice mal en tocar un barrote. Una mano helada tomó mis dedos.

—Dígales que me suelten. No tengo por qué estar aquí.

—¿Qué te pasa? —dije, de nuevo con espontaneidad.

—Me despojaron.

—¿De qué?

—Me lo quitaron todo —respondió la voz de la mano helada—. Me despojaron.

—Calma, Teo. Nadie te quitó nada —le contestó el médico.

—¡Me despojaron de algo, le digo! —contestó con un grito tan invisible como la persona entera: sólo una mano tocando la mía a través del barrote.

—Son heridas invisibles —concedió el médico.

—Qué terribles cosas provoca la guerra —comenté de nuevo, con naturalidad.

Caminamos hacia la salida. Las monjas nos miraron feo.

—Se equivoca usted. No fue a causa de la guerra, no lo piense siquiera —dijo el doctor con severidad.

—¿Entonces?

—Todos estos hombres estaban locos desde antes. No fue a causa del servicio militar. No vaya a creer eso. Y sobre todo —se quitó las lentes para verme mejor—, no lo ande repitiendo.

—¿Entonces? —insistí.

—Todos estos eran bipolares desde antes —concluyó Ludens, calándose de nuevo los anteojos.

Me retiré. Alcancé a ver a la monja que se acercaba al doctor.

—Es uno de esos entrometidos que nos manda la prensa —dijo mirando con desprecio mis espaldas.

Me di la vuelta para mirarla.

La monja —blanca como una sepultura— me mostró con una suerte de desafío su anillo.

—Tranquilos, intranquilos —fue lo último que le dije al doctor—. Eso los diferencia. ¿Qué los une?

—La guerra. Todos se creen víctimas de una guerra que jamás tuvo lugar.

—Los niños —dijo la monja—. Hay una inquietud en el pabellón infantil. Venga conmigo, doctor.

Federico (6)

¿Crees que tu nombre es tu identidad?

Depende del nombre.

No te evadas. ¿Qué es un nombre?

Algo que indica quién eres.

¿Si en vez de llamarme "Federico" me llamo "Óscar", dejo de ser quien soy?

No, claro que no.

Entonces no dependo de mi nombre para ser.

Sí y no.

¿Qué quieres decir?

Que tú eres "Federico". Aunque te llamaras "Óscar", no dejarías de ser "Federico", la persona.

¿O al revés?

Supongo que sí.

Entonces podría llamarme como fuese. "Éscar". Mi identidad no dependería de mi nombre.

Supongo que no.

¿Crees que me llamo "Federico" porque así lo decidieron los dioses al crear el universo y en su infinita sabiduría dijeron: un día nacerá un niño en Röcken, un villorrio, y sus padres —lo sabemos los dioses— le pondrán el nombre "Federico"?

No, no lo creo porque tú no crees en los dioses. A otra cosa, mi amigo.

Entonces, ¿soy "Federico" por una suerte de razón intrínseca, porque *esencialmente* soy Federico?

Tampoco. Semejante "esencia" no sería más que una convención, a pesar de todo.

¿O el nombre es dado porque todas las cosas de este mundo están relacionadas entre sí?

No te entiendo.

Sí, que los nombres que damos y recibimos son siempre un compromiso entre la naturaleza de las cosas, su propia diferencia y similitud de las cosas. Que un nombre revela la identidad y la diversidad de las personas y de las cosas.

¿Un compromiso?

No veo otra explicación. Ni obra de Dios ni obra de la naturaleza… sino de la relación entre cosas y personas.

No acabo de entenderte.

Hablaremos de un nombre que identifica a una mujer: Gala.

Que bien puede ser un vestido elegante.

Gala sabe vestirse.

O una fiesta.

La conoceremos en una fiesta, cómo no.

O lo más extraordinario.

También.

Déjame presentarte a Gala.

Gala (1)

Conocí a Gala en una fiesta. No sé quién me la presentó. Ni siquiera sé si fuimos presentados. En el barullo de esa recepción anual, sólo había dos actitudes posibles. Una era participar plenamente, darse por conocido y hacer el juego a una euforia que, como en todas las fiestas de Carnaval, era ficticia. Otra era aislarse totalmente y ser ciego observador o activo transeúnte. Creo que entre ese centenar de invitados, sólo Gala y yo optamos por la segunda solución y por eso nos encontramos. Los dos lo entendimos; habían logrado arrinconarnos y ella balanceaba una copa en la mano y soplaba con la boca, de una manera muy graciosa, para apartar el fleco de los ojos. Se dio cuenta de que la miraba y eso le dio risa, igual que a mí. De manera que nos conocimos riendo, sin recordar o saber si alguien nos había presentado.

No sé, sin embargo, por qué motivo su risa me inquietó, como si fuese la máscara de otra mujer. Gala también, pero otra. No sé.

—¿Viste lo del japonés? —me dijo porque sí, para iniciar la conversación, porque parece que la noticia apareció ese día en la prensa, porque quizás ella conocía el hecho y podría proseguir la plática.

—No. No sé.

—Ah. Era un estudiante becado. Muy serio. Muy encerrado en su casa y en sus estudios. La víspera del Carnaval —ayer— tocaron a su puerta. Se incomodó de que le interrumpieran el estudio. Estaba cortando las páginas de un libro con un cuchillo. Fue a atender el llamado. Abrió la puerta.

Hice un silencio táctico. Gala me miraba con interés, esperando mi reacción. Me dio gusto. Ella proseguía.

—Abrió la puerta. Un monstruo le gritó. Un monstruo con máscara de calavera y sombrero de copa, gritando y agitando las manos. Vestido con un ropón negro, agitado, amenazante. El estudiante japonés no dudó. Él era un chico entrenado en la autodefensa y con un cuchillo en la mano. No quiso averiguar. Le clavó su cuchillo en el vientre al monstruo. Este cayó gritando, agonizando. El japonés sabía dónde enterrar un cuchillo. El monstruo expiró. El japonés llamó a la policía. Esta llegó. Le quitaron la máscara al muerto. Era un muchacho muy joven. ¿Lo leíste?

—No, no lo sabía.

Crucé una mirada de falsa inteligencia con Gala.

—Era un estudiante disfrazado para el Carnaval. Que iba asustando de mentira, de puerta en puerta, como parte de una celebración desconocida por el japonés.

—Como el estudiante desconocía las costumbres del japonés —dije—. ¡Qué manera de empezar el Carnaval! —exclamé enseguida con risa social.

Gala no me devolvió la sonrisa.

—¿Crees en los presagios? —me dijo.

—Cuando se cumplen —respondí, siempre en plan de amabilidad social.

—Un japonés asesina a un estudiante disfrazado porque ignora el Carnaval —ahora ella también sonrió, aunque, pensé, el hecho no lo merecía.

Sonrió. Me fijé en ella. Era una mujer joven y atractiva. Llevaba el pelo castaño corto y tenía un fleco al que le soplaba de vez en cuando para apartarlo de la mirada. Que era tranquila y risueña, al contrario de los labios. Al beber de la copa hacía un gesto duro, desagradable, como si en vez de ponche bebiera cicuta. La nariz de Gala era la intermediaria entre los ojos risueños y la boca amarga. Una nariz de canje, pensé, de simulación, porque podría ser que los ojos miraran de otra manera (¿cuál: desdén, desinterés, crueldad, indiferencia?) y la boca, dejando el vaso, sonriese, como ahora…

—Suceden tantas cosas —dije.

—Suceden otras cosas —añadió.

—¿Como qué…?

—Un domador entra a una jaula del circo y mata al tigre.

—¿Porque el tigre lo amenazó?

—Estaba enjaulado, piensa… ¿Tu nombre?

—Por Dios, Dante… ¿y tú?

—Gala.

No hizo bromas sobre el paraíso y el infierno. Se lo agradecí. Estaba acostumbrado. ¿Qué me había dicho Federico en su balcón sobre la necesidad de nombrar? No lo recordé. No quise recordarlo. Poco a poco iba desterrando de mí todo lo que no fuese la presencia de Gala. Nada nuevo. Así me hago de querer. Así me hago de rogar…

—Dante, hay tantas noticias, tantas maneras de conocerlas, de interpretarlas.

—Dame una —juguetón.

—¿Por qué entró el domador a la jaula?

—¿Cuándo?

—Ayer mismo. Es otra noticia del día, igual que la del estudiante japonés… ¿no lo leíste?

—Me doy. ¿Por qué? ¿Acto gratuito? No, no lo leí.

Qué lindo me sonrió Gala:

—Sí y no. Parte de lo que sucede.

—Claro.

—¿Nunca te has puesto a pensar, Dante, en todo lo que sucede sin que nos enteremos nunca?

Asentí. Me había acostumbrado, gracias a Federico, a escuchar razones sin interrumpir…

—Sabemos muy poco de lo que pasa. Sólo lo inmediato, lo que nos concierne.

—A mí no me concierne un japonés que ignora el Carnaval…

—¿O un domador que entra a la jaula y mata al tigre?

—Entiendo al japonés. No entiendo al domador.

No sé si Gala se impacientó. No conmigo, con ella misma por no expresarse con claridad.

—No, no, yo tampoco. El tigre era parte de su vida. Vivía gracias al tigre. Sin el tigre no había público, no había circo, no había dinero. ¿Por qué?

Admito que esta mezcla de calma corpórea e inquietud verbal me asustó un poco. Por inesperada. En esta persona —Gala— a quien acababa de conocer. En esta fiesta —Carnaval— que se cargaba de signos ajenos porque un domador mataba a un tigre y un japonés a un estudiante disfrazado…

—¿No te parece extraño? Y es sólo lo que sabemos. ¿Te das cuenta de todo lo que no sabemos, Dante? ¿Si suceden dos cosas inesperadas —el japonés, el domador—, son cosas únicas? ¿O son anuncios de muchas otras cosas que no son como siempre? ¿Cosas desacostumbradas que, no sé, anuncian o esconden otras inesperadas, invisibles, pero que estaban allí, latentes…?

Entonces ella tomó mi mano y la colocó sobre su pecho, latente, sí, como dejó en ese momento de ser, menos que latente, ignorado, mi propio deseo.

Ella se apartó, con su vestido de falda larga, volteó a mirarme, como diciendo "Te volveré a ver".

Yo aún no sabía lo que habría de saber y lo que de Gala sabía mi hermano Leo.

Federico (7)

Dime, ¿salvarías a Gala?

Ah, no tengo el poder de salvar a nadie.

A Gala. Precisamente a Gala.

Creo que ella se salva sola, por lo que acabas de contar.

Está bien. ¿Salvarías a alguien que no tiene salvación?

Depende de la persona. Hay quienes no merecen salvarse.

¿Ejemplo?

Hitler.

No lo conozco.

Él a ti tampoco. No importa, Federico. La salvación implica dolor previo, previa finitud, el callejón sin salida que encuentra salida. Adán y Eva expulsados del paraíso. El paraíso recobrado por Jesucristo. No creo que esa sea tu idea.

No creo en la acción humana para salir de su propio infierno. Una acción que derrote a la opresión.

¿Una salvación crítica, por así llamarlo?

Mira, mejor te doy el ejemplo concreto de una persona que conocerás.

Niña Elisa

¿Tú quieres salvarme, Don Niche? Mira que has bajado a lo más bajo. Y mira que soy rescatable, Don Niche. No sé qué te contaron de mí. Algo debe ser, para que vengas hasta donde estoy, a buscarme. Apuesto a que no sabes nada. Una niña maltratada. Una chica digna de ayuda. Abierta a recibir tus enseñanzas, ponerlas a prueba, Niche. ¿Qué sabes? Mi primer recuerdo es un clóset. Me encerraron en un clóset. Me mataron de hambre. ¿Sabes qué me daban de comer? Jabón, Niche, me daban jabón y yo lo devoraba con gusto, con entusiasmo, con gratitud, con resignación. Mira que conozco esas palabras, son tus palabras, las usas todo el tiempo. Comer jabón era cruel y humillante, ¿entiendes? El jabón se reía de mí, porque salía de mi boca en burbujas, carcajeándose mientras yo me sentía una mierda, arrinconada en el clóset, comiendo jabón con humillación y pobreza mientras las burbujas salían de mi boca, muertas de risa, puede que agradecidas porque salieron y no me las tragué como todo el jabón que se me fue por la garganta, ¿limpiándome, Niche, lavándome por dentro?

Y esto me pasaba a solas, eso era lo mejor del asunto. Porque en cuanto abrían la puerta del clóset y se aparecían ellos, yo temblaba de miedo, yo agradecía por un momento la libertad de mi soledad. Porque cuando abrían la puerta y me arrastraban afuera del clóset, yo sólo quería imaginarme hecha una puerca, sin bañarme, oliendo a mierda, y esto era como el ciclo de mi vida, Niche, el ciclo te digo, el paraíso… porque cuando ellos abrían la puerta y me arrastraban a la sala me decían, ¿tienes sed? Y me obligaban a beber agua a cuatro patas, como un perro. Luego me ponían un plato en el suelo y me obligaban a cagar y a mear.

—Ahora cómete tu mierda, nena, cabrona, anda, bébete tu pipí, zorra…

Y lo hacía, Don Niche, ¿qué remedio?, cerraba los ojos y comía caca —mi propia caca— y bebía unos orines que sabían a gloria —aprendí a gozar de mi propia excrecencia— porque sabía que si comía y bebía mi propio cuerpo, mi sacramento, Don Niche, tú que sabes todo sobre las religiones, si bebía mi sangre y masticaba mi mierda, yo era una eucaristía —eso me enseñaron más tarde en la escuelita—, como si comiera la hostia de mi propia impureza.

Lo hacía con gusto, te digo, porque ellos enseguida me daban a beber botellas de Coca-Cola con agua de jabón mientras comían enfrente de mí platos muy buenos, se retacaban de comida, riendo, gozando, preparándose para el placer que yo les daría "de postre", eso decían "De postre me mamas, cabroncita, me mamas duro, otra vez, otra vez, hasta que se me pare, cabrona, duro, otra vez, si no me crezco es por tu culpa, pobre pendeja, quieres hacerme creer que soy impotente, te burlas de mí, pedazo de mierda, mama, mama hasta que se me pare, mama hasta que me venga, pobre idiota inútil, no sirves de nada." Y como él nunca se venía me pegaba, él y mi madre, que dependía de él para conseguir la droga.

Me pegaban, a veces ella con más furia que él, para demostrarle, no sé, que era suya, que era como él, que era más mala que él, y cuando él le adivinaba esto, le pegaba, la ponía de cuatro patas y la obligaba a llorar, "No eres peor que yo, pendeja, nadie es peor que yo". Y ella decía que sí, que él era el peor. Y decía que no, que quería decir que él era el mejor. El peor: le pegaba en la cara, a ver si te atreves a mostrarte llena de moretones, vieja de mierda. El mejor: me abría de piernas y me lamía el sexo, "A ver, cotorra, ¿eres capaz de excitar a tu pobre diablo de hija más qué yo?". Y entonces mi madre me besaba el coño y yo sentía, Don Niche, le juro, le juro que yo sentía algo así como ternura, gratitud, amor y él se daba cuenta y como no se le paraba, me obligaba a un sexo oral inútil, repetido, hasta que la boca me sangraba, señor, me sangraba y luego me regresaban, no al clóset de siempre,

¿cómo se le ocurre?, sino a un rincón donde yo no podía ni acostarme ni sentarme. Apenas abrazarme a mí misma, con la boca llena de jabón y el culo sangrante y los ojos abiertos, abiertos para siempre, porque ya nunca los pude volver a cerrar...

Cantaba. Cantaba para mí sola, en mi soledad. Nadie me oía. Ni yo misma. Eran canciones secretas. Mi único alivio mientras oía los gritos, los insultos, las súplicas que sonaban de cuarto en cuarto, por toda la casa, acallando mi propia canción muda, mi canción secreta que iba uniéndose sin querer al ruido de la casa, las injurias, el griterío, el dolor.

—¿Qué pasa? —vino a preguntar un vecino después de un escándalo ruidoso con lámparas y muebles rotos, ventanas destrozadas, por donde salía el rumor de nuestro maldito hogar.

—Nada, nada.

—Pleitos de familia.

—¿A poco usted y su mujer nunca se pelean?

Nunca repararon el vidrio roto de la ventana. Mi madre gritaba pidiendo su droga. Él se la paseaba por las narices y decía claro, sólo después de jugar con la nenita. Y me sacaban de nuevo del rincón, del armario, al infierno de la repetición infinita, eso dice usted, Don Niche.

Hasta que los vecinos trajeron a la policía. Mi madre y su hombre nunca repararon el vidrio roto. Por puro descuido, se delataron a sí mismos. A mí me encontraron arrinconada, temblando de miedo, en el armario. Notaron mi pelo apelmazado, los mocos escurridos, los ojos legañosos, la boca herida, el cuerpo manchado.

—¿Qué edad tienes?

—No sé.

—Tendrá cuando mucho ocho años.

Claro que agradecí que me sacaran de allí. Yo nunca supe qué fue de mi madre y su hombre. Me lavaron el cuerpo, me peinaron, me vistieron y me ofrecieron en adopción.

Una pareja me adoptó. Dijeron que yo era linda y graciosa. Pero en secreto yo les daba pena. Los oí una noche.

—Pobrecita. Cómo debió sufrir. ¡Pobrecita!

De manera que esta pareja cuarentona de gente amable y trabajadora, de horarios puntuales y tres comidas al día, iglesia los domingos y cuenta en el banco y Volkswagen en el garaje y vacaciones en Italia perpetuamente aplazadas y trajes bien cortados con visitas periódicas a la tintorería. De manera que esta pareja dócil y decente y decorosa que nunca había tenido un contratiempo, ¿me entiendes, Don Niche?, nunca un contratiempo en su vida, esta pareja de gente decente conocía mi indecente historia, me tenía lástima, se sentían más morales porque me acogieron en su hogar a mí, una niña-mierda, un pedazo de basura redimida por la bondad y las buenas costumbres del matrimonio Borman.

Créame, Don Niche, que nada me pesó más que entender esto. Que yo estaba en ese lugar por lástima, por caridad cristiana, como prueba de que los Borman eran buenos, decentes, caritativos y yo sólo la suela agujereada de sus zapatos, una miserable excusa para que ellos se sintieran merecedores del paraíso.

¿Entiendes ahora, Don Niche, por qué hice lo que hice? ¿Lo entiendes tú que dijiste que el crimen era permitido, que la violencia era buena, que había que liberar, eso dijiste, todos los instintos que nacen en nuestra alma, pero también en nuestras tripas y hasta en nuestros corazones?

Federico (8)

¿Así de bien hablaba esta niña?

Son pequeñas licencias que me tomo.

¿Para qué? ¿Adónde me quieres llevar?

De la ausencia total de poder, como en el caso de Elisa, al abuso del poder, un abuso tan grande que deja sin poder a quien lo emplea.

Vivimos con toda clase de poderes. Dame el caso de un poder que no sea ausencia de poder o abuso de poder sino... ¿qué?

¿Sino ejercicio autorizado, legal, acostumbrado, del poder?

Claro.

¿Y por qué no han de ser malignos el poder autorizado y el poder legal?

No sé, Federico. ¿Por qué?

Para que el mundo tenga un sentido.

¿Me dices que el mal es necesario para darle sentido al mundo?

No como tú crees.

¿Entonces?

Hay un mal aceptado, porque si todo fuera el bien, nada tendría sentido. Amor perfecto, amistad, poder, vida y muerte perfectas. Ergo, no habría problemas. Ergo y ergo, no tendríamos razón de ser.

¿Nuestra razón de ser son nuestros problemas?

Tienes una necia inclinación a simplificarlo todo.

Bueno, no soy Federico Nietzsche. Perdón.

Perdonado estás. Óyeme.

Gala (2)

Gala no se atrevía a contármelo. Lo supe un poco por ella, otro poco por conocidos de ella y con crueldad por boca de mi hermano Leonardo.

Fue una mujer muy bella. Estrella de teatro durante muchos años. Tuvo un Svengali, se llamaba Van Loon, y la transformó de una comedianta gordinflona a una Venus rubia, esbelta, famosa por la belleza de sus piernas. Tan elogiadas fueron las piernas que con la edad, Lilli Bianchi (la madre de Gala) empezó a cubrirse el cuerpo mas no las piernas. Como era un poco ridículo ver sólo sus piernas desnudas saliendo de un cuerpo escondido, Lilli se las ingenió para mostrar un cuerpo falso. El mismo de su época de gloria. Sólo que hora el cuerpo visible era una cáscara. Esbelta, bien formada, curvácea, medio tetona, sólo que todo era falso: como la cáscara de un huevo que al quebrarse derrama el albumen, rebasa la cámara de aire y libera la yema que ya no sirvió para engendrar a una nueva ave, sino para denunciar a una vieja empeñada en mostrarse joven.

Había en Gala un rechazo de Lilli, su madre, como si la propia hija hubiese nacido por casualidad: como un descuido de su madre, que ni antes ni después volvió a concebir, censurando, por así decirlo, la fecundidad del huevo, encerrándolo en una prisión de fajas y entretelas, corsés invisibles sobre los cuales montar un cuerpo falso, ni siquiera el sano y retozón de los veinte años de Lilli Bianchi, apenas un remedo del físico atrayente y sensual de la mujer que pasó de los treinta a los cuarenta, a la cincuentena y hasta los sesenta conservando lo que en su propio vocabulario llamaba el "allure" de la juventud postergada por el "glamour" de la floreciente edad en la que, decía, "hemos aprendido a hacernos, más que a ser nos". Amaba sus juegos de palabras, sus "puns", "*punish the Spanish language*", "*once a pun a time*", o sea el retruécano, los juegos de palabras, el derecho del cómico a la libertad de palabra, que ella llevaba al drama, el cine barroco para evadir y sustituir a la realidad, como si el atractivo físico requiriese, más y más, del ingenio verbal.

Por eso fue tan triste verla decaer. Tenía un cierto pudor. Jamás se deleitó (o se torturó) como otras, pasando películas antiguas en las que lucía los más extravagantes atuendos de pluma y chaquira, seda y terciopelo, solapas con joyas del Rin, jamás un color superpuesto a sí mismo.

Sobre todo, cuando ella misma temía que el disfraz se evaporara y la mostrara tal cual ahora era, desnuda, los pechos caídos, el vientre arrugado, el ombligo a punto de desaparecer como si la vejez fuese el vientre materno de un renacimiento al revés, sobre todo entonces le daba su mayor función al gesto, al movimiento de las manos, caricias furtivas, solicitud de cariño, rechazo de cuanto no fuese ella, ambiguo reclamo de favor, gracia junto con dura decisión de no dejarse tocar por las mismas manos a las que rogaba "Tóquenme. Estoy viva".

No era cariñosa conmigo, explica Gala. Me comparaba. Ella tenía lo que yo ni soñaba.

—Eres muy bella —entonaba Leonardo.

—Me gustas mucho —le decía yo.

A la madre le entretenía que la hija se comparase con ella. Le gustaba que la hija la oyese dando órdenes, siendo obedecida por un verdadero ejército de criados provistos de toallitas, alfileres, horquillas, calzadores, cintas métricas y tazas de café y laxatine para permanecer esbelta.

—Vestidos negros —ordenaba— el color negro me hace parecer más esbelta.

—Plumas de pájaros negros —insistía.

—Plumas de gallos de pelea, verdes, de esas que brillan con luz propia.

—Puertas anchas para mis crinolinas.

—Vístanme del color del desierto. No me importa competir con la arena.

Y a Gala:

—A ver, muéstrame tus piernas. Necesito reír un poco.

Federico (9)

¿Satisfecho, Federico?
Me encanta el principio de un enigma.
¿Cuál enigma?
Gala y Lilli. Sabes, el eterno retorno.
¿Del bien o del mal?
Juzga tú mismo. Te invito a una cena ofrecida por Leonardo a sus socios.

Leo (1)

Gravitaban hacia él por muchos motivos. Su madre era una aristócrata francesa con un castillo en la Dordoña y descendía de Colbert. Para Otto Krebs y Jean-Baptiste Malines y Walter Gebhart, esto bastaba. La madre de Leonardo Loredano les daba un cachet instantáneo, y si Krebs se había iniciado con un taller mecánico y Malines con una abarrotería y Gebhart con una refaccionaria de autos, estar en casa de un aristócrata era recompensa suficiente de los orígenes. Que no pensaran igual Harold Burgdorf o Julian Dahl, porque al cabo habían sido amigos de Zacarías Loredano, y si este había renunciado a los atributos de clase de su mujer, se había asociado a las virtudes económicas de Burgdorf, contratista de obras, y de Dahl, director de banco. Si Zacarías había sucumbido a una enfermedad y ya no era presentable, lo era su hijo, el anfitrión Leonardo Loredano, en quien los jóvenes Charles Serra y Vilfredo Grandi, gestores de relación entre gerentes, contratistas, inversionistas, clero, periodistas, jueces, veían un modelo de capacidad para relacionar, suavizar antagonismos y acordar propósitos.

Sólo dos participantes en las reuniones de Leonardo se salían de la norma, aunque la complementaban. Rudolf Saur era jefe de la confederación de sindicatos que había sumergido las demandas laborales en la unión con las empresas para asegurar una producción sin trabas en la que los trabajadores obtienen el uno o dos por ciento de las ganancias y los ejecutivos el noventa y ocho por ciento. —Algo es algo —alegaba Saur. —Algo es poco —le contestaban los rebeldes. —Entonces negocia tú con las compañías —contestaba Saur. Y si alguien se atrevía, pasaba una de tres cosas: el rebelde era convertido por la empresa; el rebelde regresaba contrito aunque siempre rebelde al sindicato; el rebelde era mandado a las guerras de África y Asia como simple soldado.

El otro ser aparte era Wolfram Thünen, descendiente de junkers prusianos, o sea una clase aristócrata, terrateniente y conservadora, desposeída de fuerza propia y dispuesta a apoyar a todo régimen represivo y reaccionario que protegiese sus intereses. Aunque Thünen se sentía satisfecho —asegurado— de que su anfitrión, Leonardo Loredano, descendiese tanto de latifundistas mexicanos como, sobre todo, de que su madre, Charlotte Colbert D'Aulnay, descendiese a su vez de terratenientes franceses con cinco siglos de tradición a cuestas. Leonardo Loredano y Colbert no podía ser del todo desleal a su herencia por más que como su padre —y como el propio Wolfram Thünen, al cabo— se adaptase a los cambios temporales siempre y cuando, en esencia, sirviesen a los intereses de su clase.

Bebían y conversaban y Leo circulaba entre todos, pescaba trozos de conversación aquí y allí, todos conformados a una suerte de fe: estos huéspedes suyos, gerentes y contratistas, inversores y jueces, militares y sindicalistas, compartían respeto al rango, compartían comidas y solemnidad. Leo estudiaba sus caras y encontraba en todas ellas —el rubicundo Malines y el pálido Dahl, Gebhart con su pelo alborotado como una escoba usada, Serra y sus facciones tan ambiciosas como los ojos sin sentimientos velados, Burgdorf con un signo de dólares en vez de ojos, Saur dueño de una seriedad implacable aun en el vestir de camisa blanca, corbata negra y traje negro también (vestido de irritación, pensó Leo al ofrecerle un coctel que Saur desdeñó) y Thünen observador amable pero distante, indicando que estaba allí por interés, no por convicción y porque el anfitrión, al fin y al cabo, era un Colbert D'Aulnay.

—Comunique sólo lo que no se entiende (Burgdorf).

—De eso sabemos (Serra, pretendiendo la experiencia que no tiene).

—No hay engaño… entre nosotros (quiso sonreír, sin lograrlo, Gebhart).

—Háganle creer que la decisión es suya (Burgdorf, re-firiéndose al presidente Solibor, que en ese momento hizo su entrada).

—Como si él no lo supiera (rió esta vez Krebs).

El presidente de la república se sentó entre Thünen y Saur, como si quisiera (no era cierto) afirmar su propia equidistancia.

—Los accionistas andan inquietos (dijo con seriedad fingida Gebhart).

—No se preocupe. Los accionistas no tienen poder su-ficiente (el banquero Jean Quesnay).

—No *deben* tenerlo (subrayó Dahl).

—Pero pueden ratificar (insistió Quesnay).

—Mientras decidamos nosotros (quiso concluir Dahl).

—No les comunique sino lo que no entienden (sugirió Grandi, satisfecho y visto con novedoso respeto por los demás).

—No se preocupe, Grandi. Ellos creen que la decisión es suya (aclaró Dahl).

—¡Con tal de que no tengan *toilets!* (quiso prolongar su fortuna Grandi).

—Los tienen, los tienen (intervino Gebhart).

—¡Sólo que colectivos! (ríe Burgdorf, y con él todos los que lo escucharon).

—Seriedad —reclamó Dahl—. Mi banco cumple. Pres-tamos lo que nos depositan. Compramos prestando a largo plazo. Aprovechamos la diferencia de interés entre préstamo y compra. ¿Alguien tiene una fórmula mejor?

—Sí, que los precios estén controlados y el medio social controlado (intervino, resurrecto, Grandi).

—¿Y cómo se controla la conducta individual? (inquirió Thünen).

—¡Mandando a los rebeldes a África! (se rió el presiden-te Solibor).

—O a Asia (añadió el sindicalista Saur).

—¿Funciona la clínica para los que vuelven? (inquirió con intento de humor macabro Grandi).

—Tú sabes lo que le pasa a los que vuelven (dijo con humor verdaderamente macabro Krebs).

—¡Ah! (exclamaron al unísono los principiantes Grandi y Serra mirando a Leo, buscando su aprobación).

Eran de edades similares. Menos de treinta años. Los demás, entre cincuenta (el sindicalista) y setenta (el junker).

Leo servía personalmente las copas. Conocía el gusto de cada cual. Era el anfitrión perfecto. Todos los presentes se sentían a gusto *Chez* Leonardo. Leonardo servía copas y pensaba en algo muy distinto. Algo que no tenía nada que ver con la reunión en su propia casa.

Pensaba en una mujer. No "una". Única.

¿Por qué se resistía?

¿Por qué le contaba los argumentos de películas viejas?

¿Qué debía hacer Leo para que ella fuese suya?

Ninguna mujer —nunca— se le había resistido.

¿Por eso la deseaba tanto?

—Y tenemos baños privados (aspiró Serra).

—*Toilets* (corrigió Grandi).

Pasó sin saludar Dante, el hermano de Leo, y subió a su recámara.

Entró un hombre extraño, vestido de charro mexicano, bigotón, con el gran sombrero en la mano. Lo introdujo el mayordomo Giaquinto.

—Herr Juan Colorado.

Detrás, los sirvientes Luigi y Franco cargaban un inmenso objeto, una suerte de globo y arrastrando cuerdas que los sirvientes, con escalera manual portada por el chofer Scarpocino y entre los tres —Luigi, Franco y Scarpocino— amarraron las cuerdas a la cabeza del globo y lo levantaron, atado a una viga del salón, a una altura apenas superior a las cabezas de los invitados.

—Es una sorpresa traída de las fiestas populares de México —anunció Leonardo.

Todos pusieron atención.

—Es una piñata —dijo el hombre vestido de charro, haciendo una sonrisa Colgate debajo de su feroz bigotón.

—¿Qué hacemos? —preguntó, alerta, Krebs.

—Tomas el palo y le pegas —contestó, napolitano, Grandi.

—¿Y luego?

—¡Sorpresa! —exclamó el llamado Juan Colorado y se escabulló por la puerta, escoltado como por obligación por Luigi y Franco, ambos vestidos a la gran usanza del uniforme negro del cuello a los zapatos y conduciendo al charro a la calle.

—¿Qué es? —preguntó Gebhart.

—Tome el garrote y averigüe —sonrió Leo.

—Insisto. ¿Qué hay? —repitió Gebhart.

—Lo que dijo el mexicano: sorpresas.

—Una mujer desnuda —rió Serra.

—¡Dos! —exclamó Grandi.

—Somos muchos. ¿Sólo dos? —contó el banquero Dahl.

—Un chaparrón de mierda —comentó con acidez el vulgar Gebhart.

—No —rió Leonardo—, una sorpresa.

—¡Me encantan las sorpresas! —exclamó el presidente Solibor.

Lo miraron con desdén. Se calló.

—¡Una sorpresa! —dijo de nuevo el anfitrión, con una mirada de ensoñación, como si recordase su ascendencia mexicana y las fiestas de Navidad —"las posadas"— en México. Cantó inesperadamente,

En nombre del cielo
os pido posada…

Y recordó sin quererlo a Gala, la mujer tan enigmática como el contenido de la piñata que colgaba en el centro del salón. ¿Qué esperarían encontrar en ella los invitados? Mujeres, dijo Serra. Mierda, lamentó Gebhart. Pájaros, imaginó Grandi. Armas, se negó a pensar Thünen. Billetes de banco, se le ocurrió a Dahl.

—Usted está joven —le sonrió Leonardo a Serra—. Tome el garrote. Pegue duro.

Serra tomó el palo.

—Pero antes, cúbrase los ojos con un pañuelo.

Obediente, Giaquinto —pidiendo perdón— amarró un pañuelo a la cabeza de Serra.

—Ahora, pegue —ordenó Leonardo mientras Giaquinto subía y bajaba la piñata con una cuerda.

Serra giraba con el palo entre las manos, incierto, golpeando al aire. No acertó. Se dio por vencido. Fue el turno de Krebs, de Malines, de Burgdorf, del sindicalista Saur. El militar Thünen se negó a "la comedia", dijo.

Entonces Leonardo tomó el garrote.

—¡Póngase el pañuelo! —exclamaron varios.

Leonardo no les hizo caso.

Con el palo en alto asestó un formidable golpe a la piñata. Los decorados de palos y palmeras cayeron hechos trizas. El brazo cayó al suelo. La piñata se vació de contenido.

Billetes de banco.

Centenares de billetes de banco.

El "aaaah" fue colectivo.

El presidente Solibor fue el primero en hincarse a recoger los billetes.

"¡Aaaah!" le siguieron todos, uno por uno, juntos, de rodillas tomando billetes, codeándose unos a otros, apartándose con furia, golpeándose unos a otros, como niños, como hombres salvajes que nunca hubiesen visto un billete de banco en sus vidas.

Sólo el general Thünen seguía de pie.

Sólo el joven Grandi no se hincó ante los billetes.

Sólo Leonardo, de pie, cruzó la mirada con el misterioso mexicano Juan Colorado, quien se la devolvió con unos ojos muy negros, fijos, incapaces de parpadear. Había regresado a presenciar la escena.

Sólo Leonardo, de pie, pensó en Gala y tuvo la sensación, no deseada, de que todo esto sucedía por órdenes de ella, como una suerte de anticipo. ¿De qué? ¿Del amor, del poder, de la burla esencial de todas las cosas, la falta de seriedad intrínseca a la vida, a nuestro ridículo paso por el mundo?

Cruzaron miradas Leonardo Loredano Colbert y Juan Colorado. Leo tuvo la sensación de que "Juan" lo conocía a él, pero él no sabía quién era "Juan". El recuerdo de Gala lo disipó todo.

Leonardo rió.

—Billetes falsos, señores. Billetes de juego. De "Mono-polio". Bilimbiques.

Los invitados miraron a Leonardo. Se miraron entre sí. Miraron los billetes y los soltaron como si portaran enfermedades incurables.

Se fueron incorporando poco a poco.

—Giaquinto, Scarpocino —ordenó Leonardo—. Champaña para los señores.

Federico (10)

¿Dónde está tu familia? ¿En la sangre o en el interés?

Federico, cualquiera que sea el interés, primero viene la familia. Donde nacimos. A veces, donde nos criamos.

¿A veces? Claro. Si naces como Oliver Twist, sin padres conocidos, tu familia es un hospicio. Cruel, en el caso de Oliver.

De allí la intriga de Dickens, tu contemporáneo.

No, era mayor que yo. Mucho mayor.

No importa. Sin ese inicio, no hay novela. Oliver no tiene por qué huir del hospicio, caminar a Londres, llegar agotado, unirse al gang de Fagin y, finalmente, recuperar a su familia.

Que lo buscó durante toda la novela.

Porque de lo contrario, no habría novela. Me das a entender que tú no quisiste a tu familia.

La quise. Pero la dejé atrás.

¿Qué quieres decir?

Acabamos de ver la escena de Leonardo con sus socios. Un asco.

¿Y la familia no?

¿Qué tiene que ver?

¿No te das cuenta que Leonardo, *un* Leonardo, cualquiera que sea él o su origen, ha sustituido a la familia de la sangre por la familia de los intereses? De familia en familia. Clan. Ancestros.

¿Y los nazarenos? ¿No son ya parte de la familia de Leonardo?

Los nazarenos están ahí por agradecidos. Leonardo los salvó del olvido y la miseria. Los obligó a abandonar su oficio de pintores, sus hábitos monacales, su corte de pelo bíblico, para convertirlos en matones.

¿Quién quita que mañana vuelvan a ser los devotos de San Isidoro?

No te adelantes.

Sólo imagino. El mundo cambia y nosotros con él. Lo bueno y lo malo acaban por fundirse.

¿Le das un futuro feliz a los nazarenos?

No sé. Sólo sé que no pueden volver a ser lo que fueron.

¿Ni lo que son?

Tampoco.

¿No tienen familia?

Son hermanos.

Sólo que a la familia verdadera nunca la puedes abandonar del todo. En cambio, la familia de los intereses puedes cambiarla por otra.

Veo a Leonardo demasiado comprometido con esta pandilla.

Familia. Clan.

Como gustes. El punto es que la puedes abandonar.

Creo que tienes razón. Vamos a ver.

Hablas de la vida…

La nuestra.

Nuestra vida, sí, con un espíritu crepuscular… ¿Qué quieres decir? ¿Crepuscular?

Que tenemos que perderlo todo.

¿Cuándo?

Para siempre. Para el porvenir.

¿Y cómo respondemos? ¿Cómo actuamos?

Con cinismo.

¿Qué es para ti el cinismo?

La alternativa al bienestar beato.

¿No es mejor?

Para los mediocres.

¿Y para ti?

La ironía.

¿Qué es?

Digamos: conocemos el camino bueno, sólo que es difícil. Escogemos el camino malo sólo porque es más fácil. O sea, ironía es simulación. O escogemos lo fácil, sabiendo que es malo pero pretendiendo que, por ser menos difícil, ha de ser mejor.

También es verdad, porque revela el disimulo… ¿Cómo superar el disimulo de la ironía, que sería igual a la exigencia de la verdad?

Mediante el arte, que emplea la ironía sólo para destruirla…

¿Desmintiendo, de paso, la vida, Federico?

Profundizándola.

¿Cómo?

La ironía es una máscara. Y todo lo que es profundo procede enmascarado.

Pero el alma romántica se enmascara también, y es lo opuesto a tu ironía.

Deja en paz mis contradicciones.

Es que siento rabia contra "las bellas palabras" y "los bellos sentimientos"; una rabia helada.

El problema es que aun las "buenas personas" pueden convertirse en "malas personas", es el caso de…

Brutalmente. Sin transición.

¿Como los personajes de las leyendas?

Tú lo has dicho.

Ahora escúchame bien. Voy a contarte del padre, como personaje de leyenda, pero también como ser de esta narración. Se llama Zacarías.

Ah, el padre de Leonardo y de Dante.

El mismo. Tu padre.

Zacarías

Los objetos regados aquí y allá, dejados a descomponer-
se solos, agredidos sin prisa por el tiempo. ¿Quedarían destrui-
dos sólo si el tiempo no los dañaba? ¿Eran objetos viejos? Sólo
en apariencia. Periódicos y revistas antiguos. Lees en voz alta
los títulos. Es como si tuviesen toda una falsa sabiduría cotidiana a su alcance.

Buscas a tu padre entre las montañas de periódicos cortados con tijera, objeto de una ocupación tan vana como cotidiana.

Sí, tuviste que engañar a esa maldita guardia pretoriana,
los "nazarenos" de tu hermano Leonardo. Vestidos de negro, del
cuello a los pies, olvidado su origen bíblico, religioso, dignos
de una propiedad moral que ahora ellos, los "nazarenos", Giaquinto, Franco, Scarpocino y Luigi, atribuyen a la fuerza que
no sólo los protegió, sino que los resucitó con el requisito: "Para
ser, sean lo que yo les digo que sean. Sin preguntas". Los "nazarenos" al servicio de Leonardo Loredano.

Y ellos, a fin de ser, olvidaron.

Sólo que aún no conocían a la perfección los misterios
de la casa paterna, escondrijo infantil de los hermanos Leonardo y Dante con la salvedad de que Dante conocía refugios y
escaleras ignorados por Leonardo. Y este, sin falta, accesos que
Dante nunca había usado.

Cuenta Dante, habiendo burlado la vigilancia de los
"nazarenos":

—A menudo, regreso al desván de mi casa paterna. Regreso a ver a mi padre. Cuando mi hermano Leonardo ordenó
que lo subieran hasta arriba, con los cachivaches inútiles, pude
oponerme, pelear con mi hermano, alegar.

—¿Tú crees que nuestra madre estaría de acuerdo en que mandaras a papá al desván, con los muebles viejos?

—Ella no tiene vela en este entierro. Vive lejos.

—Lo amaba.

—Yo tengo que recibir socios y amigos. Me estorba la presencia de un anciano inútil.

—¿Y en la recámara?

El guiño de Leonardo fue elocuente.

—Sólo que Zacarías nuestro padre le ganó la partida a su hijo. Me la ganó a mí, que pensé: "Qué más da. El viejo se va a morir. Ni cuenta se va a dar".

Se la ganó al mundo entero.

No faltó ayuda —y razón— médica.

—Su señor padre no dura un año —dijo el doctor de los espejuelos sin aros, Ludens.

—Quizás, ni meses —comentó la monja con cara de harina que lo acompañaba.

—Menos, si la enfermedad sigue más rápido su curso —fue rebajando los tiempos y las esperanzas el médico.

—Quizá sea bueno llevarlo a nuestro hospicio, doctor —opinó la monja.

—No —dije con energía—. Él siempre me dijo que quería morir en casa, con los suyos.

La monja disimuló en vano una carcajadita bajo las anchas mangas de su hábito.

—Un paciente tiene derecho a retirarse de la vida —apuntó el médico—. A morir.

—Mi padre no ha manifestado esa voluntad —contesté con irritación creciente—. Mírelo, no tiene voluntad.

Mírelo: el hombre enérgico que me castigaba enviándome a pasar horas en este mismo camaranchón era hoy un ser sin habla ni voluntad. ¿Tenía pensamiento siquiera? Lo llevamos al piso final de la casa que no quería abandonar y que sería, por voluntad de su hijo Leonardo y sumisión de su hijo Dante, el equivalente —o al menos el pronóstico— de su tumba.

—En el hospital, tendría derecho a renunciar al tratamiento —dijo el doctor.

—Aliviaríamos en lo posible su dolor —continuó la monja disimulando la risa.

—Podría nombrar a un sustituto —añadió el doctor, incapaz de ocultar su ansia de llevarse a mi padre a su hospital de inválidos, que eran, para él, todos, "locos".

—¿Cómo va a nombrar a nadie si no puede hablar? —dije con naturalidad.

—¿Que no puedo hablar? —gritó de repente mi padre desde su silla de ruedas—. ¿Que soy idiota?

Todos enmudecimos, palidecimos, inmóviles, mientras mi padre señalaba con un dedo amarillo a la monja:

—Tú, puta vieja, alcahueta falsa, eres como la tiniebla. Vieja traidora, ¡largo de aquí!

La monja abandonó por un momento su mirada baja y mentirosa, abrió los ojos inyectados de sangre e iba a decir algo, cuando mi padre se dirigió al doctor.

—¡Intolerable pestilencia te consuma, envidioso, maldito matasanos! ¡Vete de aquí a la mala ventura!

El doctor nos dio la espalda, la monja se santiguó y mi padre redivivo exclamó:

—¡Ganada es Granada!

Yo mismo, perplejo, me acerqué a él, dudando de lo que oía y veía.

—Padre —le dije, a falta de razones claras y mientras los intrusos, el doctor y la monja, se escabullían por las escaleras, protegidos, con azoro, por los "nazarenos".

—Sí, ya sé —me dijo Zacarías mi padre—. Quisiera morir, te lo juro. Estaba a punto de morir. Sólo que cuando noté que todos o me querían o ya me veían finado, extinto, infecto, acabado, liquidado y mortecino, le pregunté a la muerte:

—"¿Me quieres ya, espantosa?"

—"Todavía no, Zacarías. Todavía no."

—"¿Y entonces?"

—"Vuelve a la vida, hijo."

—Y aquí me tienes.

—Vivito.

—Y coleando.

—¿Qué sabes?

—Lo que supe.

—¿Qué supiste?

—La guerra.

—¿Cuál guerra?

—La secreta, la que nadie sabe…

Me miró con ojos de asombro y espanto.

—Las cosas que se saben al morir. ¡No te imaginas!

Le interrogué, inquieto.

—Todo lo que ignora tu maldito hermano.

Yo lo escuchaba con una naturalidad sorprendente. Con la misma naturalidad con la que hablaba mi padre, como si él mismo no hubiese estado ausente todos estos años. Como si su parálisis no fuese sino un intermedio veloz y ahora regresase el Zacarías de siempre, mentando madres con un vocabulario de comedia teatral española.

—De zarzuela —me corrigió, leyendo mi pensamiento.

Federico (11)

¡De zarzuela! Don Zacarías es un vejestorio anticuado, ¿no, Federico?

Vamos a saltar de la autoridad paterna a la autoridad de la ley.

Ambas tienen que ver con la justicia, ¿o no?

Sí, como no. Vamos a ver de cerca una nueva actuación de Aarón Azar en los tribunales. Se trata de defender a Elisa…

¿La niña con la que antes hablaste?

La misma. Ahora está acusada de haber asesinado a la pareja cristiana que le dio asilo, salvándola del horror de su madre y el padrastro.

Difícil defensa, Federico.

Fíjate mejor en el problema al que se enfrenta el abogado defensor, Aarón Azar. Elisa mató a sus benefactores. Ese es el tema particular.

El más importante. Se trata de Elisa y su responsabilidad. Nada menos.

Ya veremos. Ahora te pido que pienses en la justicia.

Un tema muy general. Demasiado general.

De eso se trata. Aarón defiende a Elisa, caso particular. Pero también quiere defender a la justicia, caso general. ¿Y qué es la justicia? Es la conformidad con la norma.

Es un ideal, digo yo.

Sí, un ideal de igualdad bajo la norma. Y la norma dice: a cada cual lo suyo. Ya empiezan las dificultades. La norma es general: se trata de impartir justicia. Aunque la norma es particular. Se trata de dar a cada quien lo suyo. ¿Cómo conciertas darle a cada quien lo suyo con la demanda de la norma, hacer justicia?

No lo había pensado.

Aarón Azar tampoco. Sabía que Elisa había matado. Era culpable. Pero él quería salvarla.

¿Cómo lo sabes?

Porque lo escribí.

¡Ah!

Mira: esto es importante porque va a determinar la futura acción política de Aarón Azar. Dite como él se dice a sí mismo: la ley determina el sitio de cada cual. Y cada cual quiere sobrevivir. Cuando la ley te condena a muerte, ¿debes buscar la manera de que en vez de muerte haya vida? ¿Cuál es tu deber?

Cumplir con la ley.

¿O cumplir con la vida?

Los criminales no pueden andar sueltos. Nos ponen en peligro a todos.

¿Y cuándo hay la posibilidad de que dando el perdón, dando la vida, deje de haber peligro?

Es una apuesta peligrosa. ¿Qué tal si no?

¿Y qué tal si salvas una vida? ¿Qué tal si sí?

Tienes razón, Federico. Es una apuesta arriesgada. No sé si estoy de acuerdo contigo.

Aarón (2)

Vestido de negro. Dentro y fuera del tribunal. De negro, en la calle. De negro, en la casa. ¿Necesitaba el hábito oscuro para juzgar a una niña? Más bien, para defenderla. La vio y sintió una gran confusión, poco acostumbrada en él. ¿Estaba aquí para acusar a la acusada? ¿O para defenderla?

Quizá, se dijo Aarón Azar, ni para acusar ni para defender. ¿Entonces? ¿Por qué vestía las ropas sombrías del abogado defensor? ¿O acusador? ¿Por qué se dejaba llevar por el contraste entre sus ropajes oscuros y el vestido blanco de la acusada? Blanco, del cuello a las rodillas. Albo, albeante, ¿por qué lo deslumbraba? ¿No era la costumbre en el tribunal de menores: vestir de blanco a los acusados, como para sugerir que la pureza infantil era el presupuesto del proceso y por tanto a él, ¿defensa, acusación?, le correspondía manchar esa albura, demostrar que la pureza atribuida a la infancia era simple apariencia, prejuicio moral, ¿artificio literario?, y que al buen abogado —¿juez, defensor?— le correspondía sacar a relucir —relucir, esa era la palabra— las manchas del vestido blanco?

Aarón Azar había preparado con esmero el expediente. A la acusada se le atribuía el asesinato del matrimonio Borman, una pareja cristiana que acogió a la niña de siete, ocho años, rescatada de un "hogar", si así podía llamársele, cruel y corrupto, donde la niña vivía atrapada en un rincón donde no podía sentarse o recostarse, obligada a comer mierda, beber jabón licuado, mamar al carcelero impotente, recibir golpes… y al cabo salvada por los vecinos, adoptada por una pareja —los Borman— de horarios puntuales y tres comidas al día, cuenta en el banco y Volkswagen en el garaje…

—¿Por qué los mató, señores y señoras del jurado? ¿Por qué mató esta niña, a los diez años, esta niña que ahora tiene doce? ¿Por qué envenenó las sopas de una pareja caritativa que le dio techo y comida?

Aarón hizo una pausa y miró, uno por uno, a los miembros del jurado.

—¿Por qué, en vez de matar a sus torturadores, mató a sus salvadores?

Volteó a mirar a la niña acusada.

Se maldijo a sí mismo por haber aceptado esta misión en el tribunal de menores. Vio a la acusada sentada ahí, sin moverse, sin ningún nerviosismo, sin ningún gesto juguetón de las manos, sin ningún giro infantil de la cabeza. Allí con la mirada inmóvil. ¿Qué esperaba? ¿La absolución por ser menor de edad? ¿La condena reservada para criminales menores de trece años? ¿Cuándo iba a cumplir los trece la acusada? No tenía papeles de registro o de bautizo. Fue sometida a un examen corporal por el juzgado. No, no tenía señas de pubertad. Nada. ¿Cómo juzgarla? ¿Por un crimen cometido dos años atrás, cuando sin duda era una niña? ¿Por su edad actual, estimada entre doce y trece años por los peritos?

—El crimen se juzga por la edad que la acusada tenía al cometerlo.

Volvió a mirar, uno por uno, a los miembros del jurado. Es lo que quería. Que cada uno bajara la mirada, dándose cuenta de que la acusada cometió el crimen a los nueve, diez años de…

—Pero no mató a la pareja criminal en cuya casa vivió en el maltrato, como prisionera…

Azar levantó la cabeza.

—En ese caso, no sería culpable de nada… sería, más bien la víctima…

Temió que la gorra se le fuera de lado.

—Se le acusa de haber matado por envenenamiento a una pareja noble, honrada, que le dio techo y cariño cuando fue salvada de la criminal asociación de su madre y el amante de su madre.

Se arregló la gorra en la cabeza. Notó que algunas mujeres del jurado, automáticamente, hacían lo mismo en el pelo.

—Pero al matarlos era impúber.

Ahora miró a la inmóvil muchacha.

—Ahora está dejando de serlo, según el peritaje…

Azar se dio a sí mismo una mirada abstracta.

—Ello no impide que el crimen que se le atribuye lo cometió siendo niña y en consecuencia, exenta de verdadera culpabilidad, irresponsable según la ley.

Casi convirtiéndose en parte del jurado al acercarse a él, reclinarse en la división que separaba a los jurados del defensor de oficio, Azar, defensor de oficio, asumió al fin su función, no era juez, no era acusador, defendía a la niña acusada para…

—¿Devolverla a su familia?

El primer jurado aprovechó para limpiar sus anteojos con un pañuelo, a fin de no mirar a Azar.

—No tiene —le dijo directamente al jurado que limpiaba los lentes, casi acusándolo de la ausencia de familia.

—¿Entregarla a una institución caritativa de la asistencia pública?

Ahora Azar miró a una mujer de aspecto doméstico y caritativo.

—¿No es esta otra forma de privación de la libertad? —inquirió, casi clavando la nariz en la de un jurado de aspecto desagradable y punitivo.

—¿O es la libertad el mejor conjuro de la libertad?

Ahora Azar miró al cielo, dramáticamente.

—¿Puede ser libre quien jamás lo ha sido: la acusada?

Cerró los ojos como si invocara a la diosa de la justicia y a la divinidad de la misericordia.

—¿Le negaría el cielo más libertad a esta muchacha de la que el honorable jurado podría otorgarle?

Entonces miró como un relámpago al jurado en su conjunto.

—Libertad. Libertad.

Aarón Azar sacó un pañuelo y se limpió los ojos.

—No invoco tu nombre en vano. ¡Libertad!

La muchacha acusada no mostró emoción alguna.

Aarón, con los ojos secos, miró con una mezcla de desafío y simpatía a cada miembro del jurado.

—Pudo haber matado a sus torturadores. Sería inocente. Mató a una pareja decente en nombre de su venganza a una pareja culpable.

Cerró los ojos.

—Juzguen ustedes.

Federico (12)

¿Dónde empieza la justicia?

Desde el principio, Federico. Perdona que vuelva a un tema que te irrita.

Nada me irrita. Es la ventaja de ser visto como un loco.

No digas necedades. Hablo, nuevamente, de la familia como genealogía. Perdóname. Ya hablamos de la familia como genealogía. Ahora quisiera ser menos inteligente que tú y referirme, sin más, a los parientes, a la parentalia.

Es una fatalidad. Naces en una familia.

Voy a contarte de una familia no fatal, sino buscada, inventada...

Artificial.

Si gustas. Es algo que nos concierne a todos. ¿Cómo nos alejamos de la familia?

Por la amistad. En vez de padres, amigos.

¿Y después?

Somos víctimas de las organizaciones de trabajo, profesionales, lo que hacemos para sobrevivir.

¿Y una familia intelectual?

Puede ser.

¿Y una familia puramente casta?

Debe ser. Conocí a una mujer...

¿Cuándo pudiera no serlo?

Puede ser. Se llamaba Salomé Lou Andreas...

¿Cuándo se inventa o construye una relación entre personas que no son familia, que tienen vedado el sexo, que sólo se reúnen para...?

Anda, cuenta. Ardes de ganas, mi joven amigo.

Leo (2)

Cuando se cruzaban en el caserón de Zacarías, Leo y Dante solían hablarse. Muy rápido. Conscientes de que uno y otro tomaban caminos muy distintos en la política pero que al cabo eran ciudadanos de la misma polis. Eran hermanos. Tenían un padre incapacitado recluido —escondido, diría Dante— por Leo en el desván, cuidado por dos "nazarenos". Tenían una madre lejana, una aristócrata francesa —Madame Mère, Charlotte— recluida asimismo en un castillo de la Dordoña al que le faltaba una muralla para ser, de verdad, una fortaleza. Tres alas y el campo abierto.

Se cruzaban los hermanos y se decían banalidades, muy consciente cada uno de cuanto los separaba. Rara vez —como esta— coincidían en el desayuno que uno de los "nazarenos" les dejaba dispuesto —a la inglesa— en una mesa a fin de que cada cual se sirviese a su antojo.

Leo ya comía, sentado, cuando Dante entró, lo saludó, se sirvió y se sentó mirándolo de frente, casi retándolo. (—Habla primero tú.)

Su hermano levantó la mirada y se la devolvió —más cínica, más divertida— a Dante.

—¿Has visto las películas de Lilli Bianchi?

—Hace años.

—Es interesante. Ayer conocí a una que dice ser su hija, me contó que su madre, la estrella, la detestó siempre porque Gala no era tan bella como la madre.

—Como si la belleza se heredara.

—Parece que Lilli Bianchi lo creía y se lo reprochaba a la hija. Entonces, figúrate, Lilli veía sus propias películas y se extasiaba, como si la belleza propia la compensara de que su hija no la hubiese heredado…

—¿Era fea la hija? Digo, ¿es fea?

—¡Qué va! Bien linda la muchacha. Sólo que otro tipo de hermosura. La madre, Lilli, era muy esbelta, lánguida, casi un orgasmo ambulante, ¿sabes? Y la hija era —o es— simplemente bonita, con fleco, un poco más llenita que la madre —si la recuerdas—. Mirada tranquila, no seductora. Pero labios muy duros. Como si acabaran de beber cicuta… ¡Ja!

Leo rió con el encanto que Dante (y el mundo) le conocían.

—Te lo digo, Dante, porque esta mujer me hizo la proposición más extraordinaria.

—Ah.

—Que sólo sería suyo en compañía de otro hombre. Ella y dos hombres.

—Hay gustos. Nadie se asusta ya.

—Eso mismo le dije. Ella contestó que no le interesaba el escándalo. Que el escándalo no era que una mujer viviese con dos hombres, sino que la relación no fuese carnal, los tres juntos sólo que los tres puros, sin tocarse nunca…

—¿Hablando nada más?

—Algo más. Pensando juntos. Proponiendo problemas y resolviéndolos juntos. Sólo para concluir que la solución de un enigma es un nuevo enigma.

—Sería difícil aguantar la prueba, Leo. Digo, sin sucumbir en algún momento.

—¿Ella contigo? ¿Conmigo? ¿O los tres juntos? —rió Leo—. ¡Un *ménage à trois!*

—Supongo que ella es sincera y no quiere llegar a ese extremo.

—Quién sabe —Leo jugueteó con una cuchara—. No sé si ella propone esta relación de castidad sólo para demostrar que no es posible. Que la carne siempre cede.

—Tienes razón, conocemos casos, se puede sacrificar una carrera, una vida, el amor verdadero, por cinco minutos de sexo inmediato y fácil… ¿O no? ¿Qué crees?

—¿Consensuado o no?

—¡De saberlo depende la sentencia! —ahora Leo rió abiertamente.

—Tu amiga, ¿se llama…?

—Secreto.

—Como se llame: cree que tres podrían ser felices…

—En un arreglo puramente intelectual.

—¿Y dos, una pareja no?

—Eso alega. Ella dice que no. Cree que el matrimonio es una vulgaridad que destruye la inteligencia. Que la inteligencia puede darse entre dos personas siempre que no se acuesten juntas. Pero que el genio sólo aparece cuando dos hombres y una mujer viven juntos sin relación sexual. Como personas inteligentes y dialogantes, eso dice.

—Le da muchos poderes al diálogo, tu amiga.

—No me interesa. Aunque me presto a la prueba —dijo Leo con un guiño imperceptible.

—Es tu debilidad. Lo ensayas todo, dejas, olvidas, vas al siguiente asunto —dijo sin recriminación Dante.

—Lo sabes y sabes que tú eres lo contrario. No somos iguales. ¡Qué bueno!

—Entonces, ¿a qué viene esta plática?

—A que ella quiere que los dos hombres de su relación ideal seamos tú y yo.

Leo se limpió los labios.

—Lo malo es que Lilli Bianchi murió hace mucho tiempo. ¿Qué edad tiene la hija?

—Enterró ayer a la madre.

—Simbólico —dijo Leo detrás de la servilleta que le servía de máscara. O de amortiguador—. Saca las cuentas.

—¿Importa?

—Para el placer, ninguna importancia, hermano.

El "nazareno" Luigi entró a separar la silla cuando Leo se levantó.

Nadie ayudó a Dante.

Federico (13)

Recuerdo a Lilli Bianchi…

¿Podemos ser contemporáneos de todos los seres humanos?

Sí, gracias al pensamiento, o la obra de arte, la literatura. Yo miro un cuadro de Velázquez y me convierto en contemporáneo de Velázquez.

¿Lo sabe Velázquez?

¡Claro que no!

Entonces es una contemporaneidad trunca. Tú eres contemporáneo de Velázquez pero él no lo es de ti.

Te equivocas, Federico, Velázquez es su cuadro. Yo miro al cuadro y el cuadro me mira a mí. Voy más lejos. *Las Meninas.* Las está pintando Velázquez. Pero las figuras del cuadro no miran al pintor. Todos nos miran a nosotros. Nos convertimos en parte del cuadro y el cuadro en parte de nosotros…

Vieja tesis. La conozco.

Déjame contarte otra manera de ser contemporáneo de alguien.

Hay muchas.

Me refiero a la contemporaneidad de la existencia.

¿Dos personas?

Sí. Como un individuo lejano a otro y por ello viviendo en otro tiempo, incorpora a otra persona que también tiene su tiempo, al suyo. Dejan de ser extraños. Se vuelven contemporáneos en el sentido, Federico, de existir al mismo tiempo.

Como un cuadro de Velázquez y quien lo mira.

O como un cuadro de Velázquez nos mira a nosotros.

Te digo que te mueres por contar. Anda.

Aarón (3)

¿Adónde llevarla? En la casa de huéspedes, los miraban. ¿Tendrían sospechas? ¿Quién era esta niña —esta muchacha— introducida a un lugar decente por un simple inquilino, por más respetable que fuese?

—Aarón es un hombre decente.

—Ni tan decente, oye, si anda metiendo niñas menores en su cuarto...

—Nuestro cuarto, recuerda, Aarón es sólo un huésped que paga por...

—Es hijo de amigos nuestros.

—Bueno. Su padre abandonó el hogar. Su madre murió.

—De pena.

—No importa. Conocemos a la familia.

—Por eso, en nombre de la familia, no podemos admitir que Aarón introduzca mujeres desconocidas en nuestro...

El diálogo de los Mirabal no tuvo lugar. Aarón lo imaginó a la perfección. No podía ser de otra manera. Regresó a la pensión sin la niña. ¿Imaginó las miradas de reprobación de los Mirabal? ¿Tan pronto había cundido por la ciudad la noticia?

—Elisa Borman.

—¡No me llame así! —gritó por primera vez la acusada.

—Elisa Borman, por el asesinato de tus padres...

—¡No eran mis padres!

—... adoptivos, este tribunal te condena, en vista de los antecedentes del caso, y considerando que tu maltrato anterior y desde la infancia, te privó del juicio...

—¡Yo no estoy loca! *No crazy!*

—... a ser recluida en el ala infantil del manicomio del doctor Ludens.

Azar no había invocado la locura. El tribunal había errado. No sabían qué hacer. Elisa fue víctima hasta los ocho años. Fue criminal a los diez. Iba a cumplir, hipotéticamente, trece. El tribunal, alegando exceso de trabajo, había dejado pasar el caso deteniendo a Elisa en el asilo en espera de que al revelarse la pubertad, la ley de Ludens pudiese aplicarse como a un menor criminal —sólo que el crimen, como un fantasma blanco, se aparecía entre la acusada y la pena.

—El manicomio —sugirió el, hasta entonces, silencioso abogado acusador—. Es una loca, señorías, una loquita.

Aarón Azar preparó la fuga. Entre el tribunal y el manicomio mediaba media ciudad, cien nudos de tránsito y una buena docena de accidentes. Crúcese rápido. Es que hay luz roja. No haga caso. Soy autoridad. Como mande. Cláxones. Luces. Camiones. Insultos. Choferes coléricos. Golpes. Confusión. El otro oficial, distraído. Fuga cuando el conductor de Elisa y Aarón se bajó del auto y Aarón y Elisa se escaparon en otra dirección…

—Dantón, por lo que más quieras…

—¿Quiero algo? —sonrió Dantón.

—Dale asilo a esta muchacha.

—Y a mí, ¿quién me asila de la tentación?

—Arriba, en tu desván.

—Allí se instaló mi padre.

—Está en coma.

—Recuperó los sentidos.

—Tu casa es grande.

—Es de mi hermano Leonardo. Allí recibe.

—Mejor. Como la carta robada.

—¿Qué?

—A la vista de todos, Dantón. En la cocina, con la servidumbre. Una criada. Una más. Nadie se entera. Palabra de honor.

—¿Y tú, Aarón?

—¡En cuánto pueda! ¡Cuánto te lo agradezco!

—No es nada.

—Nunca lo olvidaré. Cuenta con mi gratitud.

Regresó a pie a la pensión, obsesionado por una cuestión: quién era Aarón Azar, quién había sido hasta ahora él mismo. Un hombre dócil pero dueño del amor propio. Su orgullo era ser como era. Esto le dotaba de un sentimiento de ser único: Aarón Azar. No había dos hombres iguales. Nadie hacía coincidir tan perfectamente la apariencia y la verdad. Aarón era lo que parecía ser. Un abogado austero. Un hombre sin vicios. Un individuo sin ataduras —sentimentales, eróticas, pecuniarias— que lo desviasen del cumplimiento del deber. El pasado era un vago recuerdo. El abandono del hogar por su padre nadie lo recordaba, salvo quienes tuviesen —aunque sin mostrarla— compasión: los Mirabal.

Aarón Azar, caminando por las calles desoladas de una ciudad —se dio cuenta nuevamente, sin desearlo, mientras iba del juzgado a la pensión— desolada, como si una orden imposible de juzgar, perentoria y permanente, la condenase a un ominoso silencio. (¿Dónde se metía la gente? ¿La población, por qué no se dejaba ver? ¿Se escondían? ¿Tenían miedo…?) Aarón Azar tenía, por eso ahora y siempre a veces, el sentimiento de ser único. Caminaba con la cabeza en alto, como si no hubiese obstáculos en el camino. Él era así. Siempre había sido así. ¿Por qué entonces en este día, a medida que las calles se iban llenando de gente, sintió una novedosa necesidad de ser como los demás? A medida que los autobuses se dejaban escuchar y los escasos tranvías sonaban su peculiar música elemental —hierro, madera, vidrio, cable—, ¿por qué necesitaba reiterar lo consabido, la confianza en sí mismo, como si estuviese a punto de perderla —las ruedas del camión aboliendo charcos?

La gente comenzaba a salir de calles aledañas, de puertas y ascensores y Aarón Azar no quería ser como ellos, se prendía a su propia personalidad con la fuerza de lo amenazado. Se veía impelido a ser igual a ese oficinista que subía al tranvía y le pedía excusas a la muchacha de fleco risueño, igual al obrero que reunía piedras en una obra y miraba por primera vez a Aarón, como Aarón a él, igual que la mujer despeinada y con cara agria que abría las ventanas de una casa humilde sólo para mirarlo a él.

Igual que los dos hombres en sendos balcones del Hotel Metropol que bajaron la mirada para observar el paso de Aarón. El hombre de bigote generoso, que le cubría la boca. Y el hombre de rostro conocido, que miraba a Aarón sin reconocerlo.

¿Era demasiado temprano?

¿Tanto había cambiado Aarón en unas horas?

¿Por qué no lo reconocía Dante?

—¡Dante! —gritó Aarón y Dante no le contestó pero los transeúntes cada vez más numerosos lo miraron como jamás lo habían mirado. Un excéntrico, un loco vestido todo de negro, que gritaba a media calle: ¡Dante!

Aarón se dio cuenta. No se ruborizó porque su sombrío atuendo hubiese sofocado cualquier otro color. Siguió su camino con un sentimiento irreconocible de ser uno de tantos, uno de los demás. No quiso mirar a su alrededor. Temía ser reconocido como uno-de-más, ya no el abogado Aarón Azar, sino un hombre común y corriente, necesitado de los demás, temeroso de ser rechazado por los demás.

La claridad del día oscurecía el alma de Aarón. Caminaba como siempre, tranquilo. Pero luchaba contra el abandono de su propia quietud.

—Mejor ser anónimo.

—Soy tu demonio.

—Mejor ser como todos.

—Soy tu demonio.

—Mejor ser…

Llegó, pálido y sin fuerzas, a la casa de huéspedes. Saludó cortésmente a los Mirabal empeñados ya en las tareas del día.

Entró a su recámara. Hizo lo de siempre. Abrió la ventana para que entrara el aire. Puso un puñado de alpiste para los pájaros en el saliente de la ventana. Se sentó en su mecedora favorita. Tomó el aro y siguió el bordado que tanto le tranquilizaba.

Sabía que no era cierto.

Su vida tranquila no volvería a ser.

La vida de antes.

Por la ventana abierta entró un rumor desconocido. Venía de la calle. Él conocía la calle. El rumor era nuevo. Era de la misma calle de siempre, pero era novedoso.

Federico (14)

¡Caracoles!

Snails. O *Helix*. Por favor.

¿Qué va a hacer Aarón Azar con la niña Elisa? ¿Adónde la va a llevar?

Lee a Poe. Para esconder, hay que evitar el escondrijo. La "carta robada" debe estar en el lugar más conocido, a la vista de todos. A nadie se le ocurre buscar lo robado en el lugar que no es escondrijo.

¡Caracoles!

¡Helix! Hay una verdad de la mentira que conocemos con el nombre de "arte". ¿Crees, por ejemplo que Gala es una "artista"?

Lo fue Lilli Bianchi, desde luego.

Entonces hablemos de Gala y Lilli.

Cómo no.

Leo (3)

No tardó Leonardo en descubrir la presencia de la niña Elisa en su propia casa, burlando la vigilancia de los "nazarenos" gracias a la guía de Dante. ¿Sabía su hermano Dante lo que hacía? ¿Pensaba que alojando a la niña en el desván junto al padre Zacarías, Leonardo jamás subiría a encontrarla? ¿No se daba cuenta Dante de que Leonardo vigilaba el hogar desde que Zacarías, por así decirlo, "resucitó" para insultar al doctor y a la monja? ¿Fue una "resurrección" pasajera, provocada por dos presencias indeseadas —un médico de locos, una monja tahúr y fumadora— lo que despertó a Zacarías? ¿Resucitó para siempre? ¿O sólo esas presencias detestables lo despertaron de momento, antes de regresarlo al sopor?

Ahora, Leonardo vigilaba su propia casa como si fuese ajena: un territorio enemigo protegido por los fieles "nazarenos". Hasta que Zacarías insultó al doctor y a la monja, el desván había sido territorio excluido de la casa de los Loredano. Leonardo empleaba la vieja mansión capturada entre dos edificios altos como área de recepción. Sus múltiples contactos con el gobierno, las fuerzas armadas, los negocios, los hospitales, los juzgados (todo lo que conforma la llamada "sociedad civil") le obligaban a recibir, ofrecer cenas y dar la impresión —exacta, por lo demás— de que él, Leonardo, era parte de "ellos", de que su hermano, Dante, era un intelectual inofensivo y excéntrico, de que la madre había desaparecido en su castillo y de que el padre, Zacarías, sufría de una parálisis absoluta —mental y corporal— irreversible. Es decir: Leonardo existía por sí, para sí, sin ataduras de ninguna especie. Y se permitía burlar a los poderosos.

Todo ello le daba libertad de relacionarse con los poderes fácticos y de actuar con ellos en una vasta comedia que nadie invocaba pero en la que todos actuaban.

Leonardo sabía la verdad.

La guerra era cierta. Tenía lugar en un sitio lejano, por no decir exótico. Ahí estaba, en la jerga oficial, "la frontera de la libertad". La guerra era, por definición y necesidad, interminable. Si se ganaba en el sitio A brotaba nueva amenaza en el sitio B y *ainsi de suite* en todo el alfabeto. Hasta una lejana X-Y-Z.

¿Dónde andarían? ¿En la Q? ¿Tan pronto? No inquietarse —comentaban los habituales invitados a casa de Leonardo—; no inquietarse: el alfabeto tiene la virtud de reiniciarse sin pausa.

—Apenas lleguemos a la letra Z, ya asoma la cabeza la letra A de vuelta, rió un secretario del gabinete presidido por un primer ministro casi anónimo, renovado a cada rato, antes de que nadie pudiese identificarlo o darle poderes inmerecidos.

Los verdaderos poderes —Leonardo lo sabía porque los adulaba— eran invisibles. Por eso elegían una visibilidad pasajera, al cabo mentirosa. Se la atribuían a los poderes visibles, poderes ficticios. El verdadero poder lo ejercía gente permanente en sus funciones —negocios, armas, justicia, salud— pero desconocida en su representación real. Había que adularlos. Y había que rebajarlos. Era la estrategia de Leonardo.

Todo ello convenía soberanamente a Leonardo. Sólo que ahora, una novedad inasible amenazaba la paz adquirida. Como si no bastase la vuelta a la vida del violento Don Zacarías, ahora, como una maldición, aparecía a su lado una niña de no más de doce años, pelo corto, pecas, boca descarnada, mirada cruel, manos amenazantes, rodillas raspadas, calcetines caídos, zapatos viejos. Parada ahí, al lado de Don Zacarías dormitante. Como una guardia. Vigilando: mirando sin sorpresa, como un enemigo más, al intruso.

El intruso, se dijo a sí mismo Leonardo, yo el intruso, yo el dueño de la casa, yo el anfitrión de los poderes de facto, ¿yo soy el intruso en un orden nuevo creado por mi padre, avalado por mi hermano, ofendido por esta niña que, ella sí, es la intrusa, aquí presente sin derecho, dándole a Leonardo la sensación de ser él, Leonardo, el extraño? Tal vez era la seguridad de esta niña dejada aquí por Dante, ¿con qué motivo? ¿Proteger al anciano Zacarías? ¿Ser protegida por la desprotección del viejo? ¿Poner a prueba el dominio absoluto de Leonardo sobre esta casa y su destino en el mundo del poder?

¿O decirle a Leonardo, de una manera oh cuán sutil, oh cuán malvada, que su tiempo se acababa, que soplaban vientos nuevos, que la gran mentira nacional llegaba a su fin, que las guerras exteriores beneficiaban a unos cuantos —fabricantes de armamentos, exportadores de alimentos, constructores de comunicaciones, reconstructores de ciudades y aldeas devastadas, financieras y burócratas—, todo el sindicato del poder que Leonardo recibía a cenar, como para asegurarse unos a otros de que todo marchaba bien, de que el mundo organizado por ellos y para ellos era permanente?

Y que Leonardo Loredano era el garante de esa permanencia, el guía del compás del poder, el convencido de que ellos se entendían entre sí porque Leonardo los reunía a cenar y relacionaba a unos con otros, sonrientes, contentos, asegurándoles que vivían en el mejor de los mundos posibles.

¿Por qué, entonces, estaba esta niña andrajosa metida en su casa, como una pústula indeseada, sin razón de ser? Y unida, además, al anciano repulsivo que, quizás, había recobrado el habla y con la palabra, el insultante poder de amedrentar, joder, desorganizarlo todo en nombre de una ilusoria libertad.

¿Y por qué había venido Dante su hermano a estacionarle a esta niña inexplicable en el desván y al lado de Zacarías, como una doble amenaza a lo que Leonardo era, lo que Leonardo quería?

La niña miró a Leonardo con esos ojos desafiantes y llenos de un rencor oculto que prometían, si fuesen provocados, si no tuviesen lo que deseasen, nada menos que una catástrofe.

Leonardo agitó la cabeza, negando las evidencias. Cerró la puerta y los ojos. Esto no era más que un sueño, un mal sueño. Había que despertar. Los brazos del amor lo consolarían.

Sólo que esta noche ella no quería hablar de sí misma, ni del turbado Leonardo, sólo quería —sucede— hablar de su madre y de la muerte de la madre, tan deseada en secreto.

—Por eso no me ha buscado —se dijo Leonardo al cerrar la puerta del desván.

Los "nazarenos", azorados, le abrieron paso, confundidos.

Federico (15)

No me desvío si voy al jardín.

¿Cuál jardín?

El Jardín de Epicuro.

Lo haces por fastidiarme. Conoces mi opinión de Epicuro. Mi mala opinión.

Pues te aguantas. El simple hecho es que los tres amigos —Saúl, Aarón y Dante— se reunían en un jardincillo al que llamaron "Jardín de Epicuro".

Sinvergüenzas. ¿Por qué no "Jardín de Sócrates"?

Deja de lado nuestras diferencias. El hecho es que el jardín era "de Epicuro" porque los tres amigos querían acercarse al pensamiento de los sentidos.

¿En qué sentido?

Los sentidos físicos. Los tres se sentían engañados por el poder disfrazado de razón y querían despojarse de todo lo lejano a los sentidos, radicarse en los fenómenos cercanos al sentido.

¿Querían expiarse de su propio pensamiento? ¿O no querían despojarse de la divinidad, consideraban que el cristianismo era la máscara impúdica del mal, careta cristiana, corazón diabólico, como Leonardo y compañía?

¿Y en vez, Federico?

En vez, figúrate, el vacío infinito.

No te entiendo.

Si partes de la idea inconcebible de que sólo hay el vacío infinito, sin principio ni fin...

Me parece espantoso.

Claro. Y por eso empiezas por lo más pequeño para vencer a lo más grande. Ese es Epicuro. Que te pide sentir frío y calor, dolor y bienestar, para ocupar el vacío del universo.

¿Cómo?

Con átomos, con lo mínimo, con lo que nos sujeta a la Tierra y nos impide caer, verticalmente al vacío.

Se llama la ley de la gravedad. Dime algo menos obvio.

La caída. La caída permite que los átomos se unan para impedir la caída. La caída moral e intelectual.

No entiendo nada.

Renuncia a tu doble máscara de Sócrates con Cristo, mi pobre amigo. Una falsa fe y una razón incierta. Todo para ocultar el hecho desnudo del poder. Para decir que lo divino no hace falta. Que la beatitud es una mentira. Que la religión es superstición. Que es el temor lo que nos lleva a la religión. Es, también, una mentira. Y que la muerte es sólo la disgregación de átomos de un cuerpo. Nada más.

Federico, me haces sentir miedo. Náuseas.

Mejor vamos al Jardín de Epicuro. ¿Conoces a Saúl Mendés?

Todavía no.

El Jardín de Epicuro (1)

Así quiso María-Águila llamar al pequeño espacio verde detrás de su casa. La Gran Avenida. No estaba lejos —una cuadra apenas— pero el ruido farragoso no llegaba hasta aquí y en ello ella veía un pequeño milagro de la existencia. Nada autorizaba que a unos metros de la calle más ruidosa de la ciudad se escondiese un jardín silente. Donde podían reunirse los tres amigos. Y ella, servirles té, café y escucharlos pensando que esto jamás se repetiría. Porque todos nos haríamos viejos y moriríamos. Porque la historia de hoy no sería la de mañana. Porque mañana seríamos olvidados, aunque los plátanos de sombra y los sicomoros amarillentos durasen un poco más.

Ella miraba a los tres amigos reunidos en el imposible jardín, sentados en los bancos sin respaldo que ella les procuraba, más cercanos al ascenso de las hiedras por las paredes ayer nada más desnudas y hoy cada vez más verdes, como si la naturaleza obedeciese a un deseo secreto de María-Águila:

—Danos un poco de belleza, danos un poco de verdor.

Porque María-Águila jamás lo decía y le costaba pensarlo: ¿Cómo iba a durar esta felicidad? Sólo que para ella —para nadie más— se prolongase también la juventud de los tres amigos, tan distintos entre sí.

Aarón Azar, pequeño y consciente de una calvicie prematura que no sabía si mostrar u ocultar, agradecido del bonete judicial que le permitía mostrarse con la cabeza cubierta. Al menos en los juzgados. Y fuera de ellos, con un sombrero de ala baja que también le ensombrecía el rostro. Sólo que aquí, en el Jardín de Epicuro, ninguno de los tres amigos usaba sombrero y Aarón mismo, al calor de la conversación y de la amistad, olvidaba ese pequeño (y ridículo) complejo de la calvicie naciente. ¿Tendría —sonrió María-Águila para sus adentros— la tentación coqueta de usar peluca o bisoñé, intentando darle a la vanidad masculina un aire tan serio como el gorro en los tribunales?

María-Águila había asistido, de vez en cuando, acompañando a Saúl, a los juicios en que Aarón ejercía como defensa a veces, acusador otras y en ambos papeles a ella le pareció convincente. Se olvidó —ella, Aarón lo mismo— de la calva inmerecida en un hombre de menos de treinta años. En cambio, él —y quienes lo miraban— admiraron lo que Aarón realmente era: un abogado elocuente, lleno de recursos, como ahora que en el tribunal de menores defendía a una niña de unos doce años, Elisa, salvada de una pareja de inmundos sadistas y entregada a otra pareja de gente honorable a la que, sin embargo, la niña asesinó. Ahora la niña Elisa miraba a Aarón asombrada por la luminosa elocuencia del abogado defensor, Aarón Azar, sin entender una sola palabra pero deslumbrada, engolosinada casi por la virtuosidad de un hombre que la salvaba, quién sabe, ella no entendía, de la cárcel, de la muerte. María-Águila creyó descubrir esto también en la mirada de la chiquilla de la libertad. Pues Dante la había traído a esta reunión para entregarla a Aarón. Y la niña no decía ni hacía nada. Los contemplaba. ¿Los entendía? María-Águila quiso cruzar miradas con la niña. Ella sólo tenía ojos para Aarón su defensor. En esa mirada, la chiquilla desplazaba la propia personalidad. ¿Cuál sería, de dónde vendría, de qué se le acusaba?

—De matar a sus padres —le dijo Saúl en voz baja.

—Que no eran los suyos —añadió Dante.

—La adoptaron (Saúl).

—Mira a Aarón con cariño (María-Águila).

—Creo que por primera vez quiere a alguien (Dante).

—¡Vaya! ¡Si nuestro amigo Aarón logra domar a esta fierecilla! (Saúl).

Ahora, en el jardín, incómodo con la cabeza descubierta (pues ni Saúl ni Dante usaban sombrero), Aarón escuchaba atento las ideas del joven aristócrata ganado a la rebeldía, en contra de la tradición de su familia, sobre todo en oposición a su hermano Leonardo, consejero talentoso de un gobierno condenado, fatalmente (Saúl), a desaparecer.

—Hay que tener voluntad para ganarse a la gente (Saúl).

—¿A la peor también? (Aarón).

—Si queremos convencerla (Dante).

—Hay gente in-con-ven-ci-ble (Aarón).

—A esos no, pues (Dante sonrió).

Y siguió diciendo que a la revolución le correspondía llegar a lo más duro y recalcitrante del alma. Tratar de convencer a los más reacios de que un orden de libertad le convenía incluso a los enemigos de la libertad.

—¡La materia se convierte en espíritu! (Aarón).

—Cuidado. El pensamiento, por lo contrario, se endurece en el poder (Saúl). Se mineraliza.

Entonces discutieron (María-Águila servía té, las hiedras ascendían indiferentes por los muros de ladrillo, los ruidos de la avenida no llegaban y la niña Elisa miraba si había que confiar en las convicciones o dudar de ellas).

—¿De quiénes? (Dante).

—Para empezar, de los tuyos (Aarón).

—Aquí estoy yo. Con ustedes. Eso es lo que cuenta. ¿No basta? (Dante).

—Estás hoy. ¿Estarás mañana? (Aarón).

—¿Lo dices por mí? (Dante).

—Lo digo por todos, por ti, por mí (Aarón), por todos.

Aarón miró a Saúl.

—Lo digo por ti (Aarón).

Saúl sonrió. María-Águila se turbó y se detuvo con la bandeja del té en las manos. Miró a Saúl. Con qué precaria salud llegaba a estas fechas, a estos grandes días que ya se acercaban, por los que tanto habían luchado los dos, la pareja Saúl-María-Águila. Desde que se conocieron en la universidad y descubrieron algo fantástico: que compartían las ideas tanto como los cuerpos, que la relación sexual era muy satisfactoria y que la relación intelectual y política no lo era menos.

Sólo que María-Águila se dio cuenta muy pronto de que Saúl era un hombre enfermo, débil, incapaz de pedir más cariño y mayores cuidados que los que ella, desde el primer momento, le brindó.

(—No sólo soy tuya, Saúl. Yo soy tú.)

El jardín de la amistad.

Ella se propuso recibirlos, acompañarlos. Sentía que la unión de los amigos era indispensable para llegar a la verdad. ¿Qué hacía allí Elisa? ¿Qué observaba la niña?

—¿Al poder? (Aarón).

—A la verdad (Saúl). Más importante que el poder.

—¿Temes que el poder y la verdad no se lleven bien? (Dante).

—No quisiera ponerlo a prueba (Saúl).

María-Águila evitaba mirar a Saúl cuando decía cosas como estas. Mejor miraba a Dante y Dante comprendía. El cuerpo de Saúl era necesario para que su mente brillara y su espíritu se manifestara. Sin ese cuerpo, ¿dejarían de ser la mente, el espíritu, esa parte de nosotros mismos (María-Águila, Dante) a la que le damos el valor más grande, a veces sin pensar (María-Águila) que sin el cuerpo el espíritu no funciona, calla y desaparece cuando el cuerpo muere? Se resistía, mirando a Saúl, a creerlo.

Sirvió el té. Quería que sus actos corrientes, cotidianos, ocultasen su angustia interna. No quería hacerla visible (no te muestres, angustia mía, por favor no perturbes el instante: María-Águila) y se imponía una serenidad que, acaso, no engañaba a Saúl, que sabía las verdades y las compartía con la mujer (su mujer: María-Águila) como parte de la unión con Aarón el abogado y con Dante el aristócrata, unidos los tres por el objetivo común, la revolución. ¿Y la niña llamada Elisa?

¿No sería mejor la inconsciencia?, llegó a pensar María-Águila, ¿no sería mejor que ella les pusiese una droga en el té que los anestesiase? ¿No sería mejor, Dios mío, que no ocurriese nada de lo que, fatalmente, iba a ocurrir? ¿Por eso estaba allí esa niña, para negar la fatalidad?

Serenidad. Tal sería la droga que María-Águila se daría a sí misma. Serenidad.

Aunque el momento llegaría (lo sabía) en que la serenidad no sería posible:

—¿Por qué? (Dante).

—Porque la historia lo prohíbe (Saúl).

—Ahora estamos serenos. ¿No somos históricos, Saúl? (Dante).

—Antes de la revolución, todo es prehistoria (Saúl).

—¿Después de la revolución? (Aarón).

—Espero que no lo veamos (Saúl).

—Entonces, ¿para qué...? (Dante).

—El cielo también debe ser transitorio (Saúl).

—¿Y el infierno? (Aarón).

—Depende de nosotros (Saúl).

María-Águila admitió que una tarde Dante trajese a la muchacha de la falda larga y las mentiras aún más anchas, la llamada Gala y sus preguntas la ahuyentaron del ánimo de María-Águila.

—¿No te importa? (María-Águila).

—Tú mandas. Eres la dueña de casa. ¿Puedo preguntar por qué, sin ofensa? (Dante).

—Porque cree en Dios (María-Águila).

—¿Cómo? A mí me parece divertida porque es muy fantasiosa. Hay mentiras planas, sin gracia. Las de Gala me parecen divertidas (Dante).

—Cree en Dios (repitió María-Águila).

—¿Y? (Dante).

—Cree en la perfección. Nosotros no lo somos. No podemos serlo, Dante. No seríamos revolucionarios (María-Águila). Hubiéramos seguido en la fe.

—¿Por qué? ¿Qué crees que es Dios? (Aarón).

—Es perfecto (Saúl le quitó la respuesta a María-Águila). Existe: pero no es.

—Entonces no importa. Somos sin él. ¿Y qué? (Aarón).

María-Águila no se inquietaba con estas palabras. La inquietaba, en cambio, la presencia de las dos mujeres. La niña Elisa, que Dante le entregó a Aarón, y la mujer Gala, que Dante invitó por su cuenta. María-Águila no disputó estas presencias que venían a turbar lo que primero fue una íntima, secreta conspiración de tres hombres y una mujer. Ahora, cada hombre se presentaba con otra mujer —Elisa, Gala— y María-Águila se refugiaba en su propio sentimiento religioso —había sido monja, había pertenecido a una congregación sagrada— y ahora debía admitir que la nueva congregación revolucionaria admitiese, junto al círculo de los tres hombres, a tres mujeres, ella, la niña Elisa, la llamada Gala.

En su espíritu se debatía este conflicto entre ser ella sola, la mujer que pasó del convento a la conspiración, la única revolucionaria verdadera, y otras dos mujeres de fidelidad política incierta —una niña, la otra desconocida— que acompañaban a los revolucionarios sin las credenciales de María-Águila.

Mas, ¿no había ella misma pasado del convento a la revolución? Su caridad cristiana le impedía, a pesar de sus dudas, negarles presencia, en el Jardín de Epicuro, a Gala y a Elisa. Aunque su inquietud, a pesar de ello, persistiera.

II. Y retiemble en sus centros la tierra

Basilicato (1)

Tenía una tentación. Clavar clavos en los zapatos. En el interior. Clavos que no se sentirían a primera vista. Clavos secretos que irían saliendo con el uso del calzado, hasta atravesar el cuero, los calcetines, la carne misma. Imaginaba el grito de sorpresa y dolor cuando el metal tocase la carne viva. Horror. Sorpresa. O al revés. ¡Qué importa!

Basilicato termina tarde su trabajo y sale a caminar por las calles.

Sabe que no llama la atención. Hay que ser muy bello o muy feo para que la gente se fije en ti. Basilicato no es guapo. Es más bien feo. Sólo que es un feo común y corriente, indistinguible de la fea mayoría que recorre, como él esta noche, las calles.

Se mira de reojo en una vitrina.

Ríe con una mueca torcida.

Cada cual se hace una idea de sí mismo mejorando a la realidad.

No es calvo. Está casi rapado. El pelo se le vuelve gris y Basilicato lo prefiere corto, muy corto, así no se notan las nacientes canas. Eso cree. La verdad, su cabeza es como una pelota vieja en la que el encanecimiento se confunde con las arrugas reveladas por el rape. ¿Sonríe alejándose del reflejo pálido de sí mismo en la vitrina? Cuando era joven, una cabellera luenga, oscura, ocultaba los accidentes del cráneo, un simple cajón atornillado a los hombros, una caja de huesos cosidos entre sí, como cualquier otro objeto del mundo. Ahora, a los cincuenta y tres años, la cabeza parecía una bola de billar sucia, olvidada, dejada en un rincón a crecer pelos grises sobre un cuerpo grande y fuerte en apariencia, porque era más alto que el común de los mortales, pero débil, fofo, él lo sabía, lo sabía y por eso multiplicaba los actos de fuerza, clavaba los zapatos con energía y se sonaba con fuerza la nariz en la manga de la camisa, pateaba lo que encontraba en su camino: botes de basura, gatos, troncos de árboles, alcantarillas y faroles. A patada limpia: que se supiera que Basilicato el zapatero era un hombre rudo, fuerte, poderoso.

Un hombre solitario. Cuando terminaba el trabajo en la zapatería, se quitaba el delantal, se ponía un gabán gris y se paseaba creyendo o haciendo creer que era más fuerte de lo que, desnudo y ante el espejo, era. Tenía que regresar a la pieza alquilada en el sótano de un edificio alto. Tenía que desnudarse. Tenía que verse en el espejo. Tenía que sentir lástima de sí mismo. Tenía que masturbarse para sentirse vivo, nuevo, importante. Tenía que caer rendido a dormir en un catre.

Por eso sintió tanto, antes que nadie según él, el cambio que se venía encima. No era cierto —lo sabía— que él, Basilicato el zapatero, lo supiera antes que nadie. Era algo que estaba en el aire, se sentía, podía olerse, pero sólo se vio cuando los soldados empezaron a marchar sin marchar; era muy raro, grupos de soldados marchando por las calles, soldados que no iban en formación, que hablaban, gritaban, cantaban como si fuesen hombres libres o por lo menos sin disciplina. Soldados, lo que nunca se veía en la ciudad, porque los soldados salían a las continuas guerras en lugares lejanos y ya no regresaban y los que volvían no eran vistos, desaparecían, el rumor corría que los declaraban locos y los encerraban en un manicomio para que no hablaran, ahora no, ahora quién sabe cómo, quién sabe por qué, se juntaron, uno y dos, dos y cinco, cinco y quince. Y caminaban por las calles, no marchaban, caminaban.

Y agitaban.

—No vendan —les gritaban a los comerciantes.

—Escondan los víveres —decían al pasar frente a un mercado.

—Cierren las tiendas.

—Pongan a parir a los poderosos.

—Escondan los víveres.

—Que falte todo.

—¿No sienten odio?

—¿No sienten rencor?

—¡Hasta cuándo!

Este se convirtió en el primer grito de la gente que empezó a cerrar comercios, y ofrecer víveres a los soldados primero, a los pasantes enseguida, hasta que Basilicato se unió a la muchedumbre en marcha, de los barrios populares a la plaza central, de los comercios callejeros a los grandes almacenes, de las callejuelas oscuras a las avenidas iluminadas, de las covachas sin nombre o número al palacio del poder ejecutivo, y Basilicato empezó a gritar con ellos, uno más pero con todos, se sumaban, ya eran cientos, ya eran miles, ¡basta!, ¡basta!, no somos mártires, somos trabajadores, si no hay justicia entonces hay violencia y cuando hay violencia no hay contradicciones —esto gritaba desde un balcón el revolucionario Saúl Mendés-Renania, un pañuelo blanco amarrado a la cabeza, asistido por la mujer que lo sostenía, toda vestida de negro, pelo negro, ojos negros, ¿boca negra?, preguntaron quienes los vieron arengando desde el balcón. ¿Por qué seguimos vivos?, gritaba Mendés, ¿no debíamos estar todos muertos? ¡Viva la vida! Gritaba mientras la multitud le abría los brazos, le tendía una manta, le gritaba: ¡Salta, salta, somos tuyos, únete al pueblo! Y ella, María-Águila (Sor Consolata), lo soltaba, qué iba a hacer, al fin Mendés cumplía su destino, había escrito, había hablado, había gritado, ¡Revolución, revolución!, ahora no decía, actuaba, Saúl Mendés saltaba desde un balcón de un segundo piso, abandonaba a su mujer, y caía en brazos de los suyos, el pueblo insurrecto, como si todos hubiesen escuchado la voz de Saúl Mendés, la violencia es el instrumento de la justicia, no persuadan más, ciudadanos, nadie los escucha, todos los engañan, no persuadan, acción y actúen, muévanse, aquí estoy yo Saúl Mendés, uno más entre todos, yo soy ustedes, ustedes son yo, no toleren más, adelante, vacíen las tiendas, júntense en las plazas, ocupen los edificios públicos, adentro, miren, hasta los guardias se unen a ustedes, adentro, adentro, cojan al presidente Solibor, es un cobarde, no se defenderá, arránquenle la banda nacional del pecho, úsenla de bandera, grítenle a todos: somos los hombres nuevos, viva Saúl Mendés, vivan los soldados de la revolución, soy del pueblo, gritó Basilicato uniéndose a la gran marcha, soy del pueblo, aunque en su interior se dijese a sí mismo, soy el pueblo.

—Basilicato: eres el pueblo.

—¡Hasta cuándo!

Federico (16)

Basilicato es parte de la historia.

Aunque no lo sabe.

¿Quiénes saben que "son" historia? ¿Sólo los que la hacen?

Y los que la piensan.

Ese es un gran enigma, Federico. Piensas lo que haces o haces lo que has pensado.

Te llevo de regreso al Jardín de Epicuro. En el fondo, eso es lo que debaten Saúl, Aarón y Dante.

Saúl (1)

El soldado de uniforme gris opaco los miraba. Los venía mirando desde hacía algún tiempo. Los tres eran amigos, aunque muy distintos entre sí.

Los tres tenían un objetivo común.

El más llamativo se llamaba Saúl Mendés-Renania. Era judío. Llevaba el apellido de una familia sefardita expulsada de España en 1492. Con palabras que Saúl llevaba en el corazón y en la cabeza, oía la exigencia del inquisidor, "Di la verdad…", "Di la verdad… o se te mandará dar el garrote en el mollero del brazo izquierdo, di la verdad o se te mandará dar la segunda vuelta de mancuerna… di la verdad".

—¿Por qué nunca tomasteis oficios de arar y cavar, de criar ganado, por qué se allegaron muy grandes caudales y haciendas con logros y usuras? ¿Por injuriar a Jesucristo y a la iglesia: monasterios violados, monjas profesas adulteradas y escarnecidas?

Salieron de España rumbo al norte de Europa. Se llevaron consigo sus puertas, a cuestas, para soñar que un día, al abrirlas, volverían a España, Mendés-Francia, Mendés-Alemania, Mendés-Renania, él, Saúl mirando desde niño la antigua puerta española de Valencia en la casa familiar de Maguncia. Creció con el ánimo de no darle nunca la razón a quienes perseguían a su gente. El ánimo no de vengarse sino de ofrecer una vida nueva al abrir la vieja puerta del rencor y la nostalgia.

Llamó entonces "revolución" a la puerta de su casa en Maguncia y miró más allá del río, a ambos lados, y agradeció el dolor del pasado porque le permitía adivinar, en oposición, la alegría del porvenir. Empezó a frecuentar, para despojarse de rabias viejas, las iglesias cristianas de Maguncia, aspirando hondo el incienso que transformaba el aire aunque ese perfume sagrado no saliese del templo a la calle.

Salvo esta vez. La monja oraba cerca de él en el templo. Se persignó, se levantó y caminó hacia la salida. Saúl olió el incienso de la iglesia y se dio cuenta de que la monja olía a lo mismo. Se levantó. La siguió a la calle. La mujer no abandonaba el olor sagrado. Olores de bencina y florería, de estropajo y tomate, de árbol y ropa: ella lo apartaba y reducía todo el aroma de incienso que emanaba del propio cuerpo de la religiosa.

La siguió hasta la puerta del convento. Allí, Saúl se interpuso, abrió los brazos para impedir que la monja entrase. Se dijo que su acción no era de hoy, sino para siempre. Lo dijo al mirar el rostro de la mujer enmarcado por la cofia de su orden. Un rostro que se desprendía del hábito y se convertía en algo distinto, algo sólo para él, un rostro de amor al cual Saúl se adhería desde ese momento, para siempre, aunque ella lo rechazase.

¿Y por qué no lo habría de rechazar, al intruso, el insolente, el hombre desconocido que le prohibía ingresar al convento?

La monja María-Águila, llamada entonces Sor Consolata, miró a Saúl Mendés-Renania con los brazos abiertos; impidiendo el paso y miró en las palmas de las manos del hombre las heridas abiertas, sangrantes, los estigmas de un sacrificio sin fin. Cayó de rodillas ante el hombre y juró no abandonarlo más, de la misma manera que las llagas en las manos de Saúl no se cerrarían nunca.

—Ponte guantes cuando no estemos solos —le dijo María-Águila cuando se despojó de los hábitos (Sor Consolata), los hizo una bola y los arrojó al río que allí se unía a otro río. Rin y Main.

Juntos, se dedicaron a propalar la idea de la revolución en plazas y en auditorios, dondequiera que podían o los permitían y acababan por expulsarlos. Nunca encarcelarlos. Él le mostraba las palmas sangrantes a los policías y éstos se hincaban, rezaban lo que les enseñaron sus madres. Y María-Águila, ya sin hábitos de monja (Sor Consolata), reunía en el rostro tal gravedad que una bendición suya bastaba para ahuyentar el peligro.

—No les hagan caso. Están locos.

En cafés y calles, en plazas y auditorios, Saúl y María-Águila. Dos locos. Dos santos.

Y lejos de su hogar y la tradición de los Colbert, de los Loredano, el hijo rebelde, Dante, impulsado acaso —imaginó el oficial uniformado de gris opaco— por el deseo de no ser lo que se esperaba que fuese, desilusionando a la familia (aunque la madre, Charlotte Colbert, vivía muy lejos en un castillo de la Dordoña, y el padre, Zacarías, había perdido la conciencia y el habla en un ataque y por eso quizás Dante sólo se oponía a su hermano Leonardo), ¿por qué?, se preguntaba el oficial. Su rebeldía no tocaba ya a sus padres. Sólo afectaba a su hermano. Y este, ¿era quien era y hacía lo que hacía sólo porque era y hacía lo que no se esperaba de un heredero como él? Negar la posición heredada para hacerse de un sitio propio en el nuevo régimen, dar ideas, encubrir crímenes, auxiliar a la gran mentira... El oficial que pensaba esto se llamaba Andrea del Sargo y estaba dispuesto a todo para cambiar la situación, como lo estaba Dante, aunque los motivos de este incluyesen —debía imaginar Andrea— rebelarse contra la familia, contra el hermano...

—Y no sólo —le decía Andrea a sus amigos cercanos del ejército—. Lo admito. No sólo. Quiero concederle algo más.

—¿Qué cosa?

—Que quiere, como nosotros, el cambio, la revolución.

—¿Apuestas?

—Apuesto. Ellos nos servirán de ariete para derribar la muralla del poder actual.

—¿Y nosotros?

—Espera. Paciencia.

El tercer amigo era Aarón Azar. Es abogado en los tribunales. Vive en una pensión modesta. Tiene pajareras a las que cuida mucho. Un hombre solitario y meticuloso. Al que le gusta bordar y tejer, una distracción de su trabajo en los tribunales. Va caminando al juzgado y regresa a pie a su casa. No alarma a nadie. Pero cuando tiene que defender o atacar como abogado, le entrega el alma a la profesión.

—Cuídate de los hombres con fama de honrados, Saúl. Suelen ser los menos honrados.

—No lo sé. Ahora nos sirve, camarada.

Andrea y sus hombres impidieron que saliese el vuelo al Medio Oriente. Junto con los aviadores y soldados de este vuelo, impidieron el que salía al norte de África. Ya sumaban medio centenar. Detuvieron el vuelo al Caribe. Fueron sumando, cien, quinientos, mil. Impidiendo que saliesen. Rescatando a los que regresaban.

—Únete. Te van a mandar al manicomio.

—Únete. Si te rebelas, te fusilan.

—Únete.

Marcharon por las calles. Nadie los supo detener. La policía se amedrentó viendo marchar a soldados armados. Muchos se unieron a ellos. La gente se asomó a las ventanas, salió a la calle, abandonó los cafés, los cines, las tiendas.

¿Qué ocurría?

Tormentas. Lluvias. Temor. Un profesor toma como rehenes a sus estudiantes. Un recluso abandona mujer, hijos, casa para unirse a lo que ve como el derrumbe de cuanto detesta: todo. Un hombre y una mujer se unen y se declaran su loco amor: nunca antes, sólo ahora, ¿por qué ahora? Otro hombre pierde la distinción entre el ayer y el mañana y sale desesperado a buscar el hoy en la masa que marcha, arrasa, atrae, hasta el edificio donde vive Saúl Mendés-Renania, el que desde antes habló y anunció y ahora debe encabezar su propia obra, la revolución.

Lo que dijo, lo que pidió Saúl ya está aquí, en la calle. Ahora, Saúl debe encabezar el movimiento.

Junto a él, sus amigos fieles, el abogado Aarón Azar, el noble Dante Loredano.

El trío gobernante de la revolución. Lo dice el comandante militar, Andrea del Sargo.

Detrás de él, los regimientos liberados.

La prueba del éxito revolucionario: la cabeza del presidente Solibor paseada en una lanza por las avenidas afiebradas, celebrantes, confusas y alegres, de los ciudadanos libres.

El balcón del tribuno. Saúl Mendés y su mujer María-Águila. Y sus compañeros de lucha, Dante y Aarón, que entraron por la vieja puerta judía de 1492, llevada de casa en casa hasta llegar, el día de hoy, a la de Saúl y María-Águila.

La morada final.

La puerta "Revolución".

Federico (17)

¿De manera que tanto Saúl como María-Águila tenían un pasado religioso?

Bueno, ella claramente. Abandonó el convento por amor a Saúl. Sólo que pensó que podía dejar el claustro, pero no a Cristo.

Ah, de eso no me has hablado. Cristo.

Jesús es el primer cristiano.

Pero no el único.

Te equivocas. Jesús fue el único cristiano. Por eso lo crucificaron.

¿Y sus discípulos?

Tenían que escribir los Evangelios para justificarse como seguidores de Cristo. Sus discípulos.

De otra manera, Federico, no sabríamos nada de él. Un predicador mesiánico más en la antigua Judea.

Había muchos, es cierto.

¿Creeríamos en Jesús sin los Evangelios?

La persona de Cristo es tan grande que sobrevive a la propaganda de los evangelistas.

¿No acabas de decir que Jesús era uno más? ¿Cómo sabríamos de él sin San Marcos, San Juan, San Mateo?

El chiste es que Jesús era más que sus propagandistas. Tenía que serlo para que los evangelistas tuviesen crédito, fuesen creíbles.

¿Te entiendo bien? ¿Jesús era un gran hombre con o sin Evangelios?

Así es.

Pero es conocido gracias a los Evangelios...

Correcto.

Entonces, hay que agradecer a los Evangelios.

No sé si dicen la verdad.

A veces me confundes, Federico.

No, aunque el Nuevo Testamento sea todo una mentira, una fabricación, tuvo consecuencia, lamentable a mi entender.

¿Qué fue?

Matar el sentido trágico…

¡Tu tema!

Ya volveré. Matar el sentido trágico y sustituirlo por el dolor recompensado por el eventual ingreso al cielo. Una forma revolucionaria del progreso. No asumir en plenitud nuestras vidas, sino entregarnos a la promesa del paraíso post mortem. ¡Bah!

El cristianismo triunfó. Dime por qué.

Porque por primera vez indicó que la pobreza era el camino de la salvación. Antes, nadie quería ser pobre. Era como ser esclavo. Ahora, el pobre podía resignarse porque sería alguien: el huésped futuro de un paraíso *para ti*.

Eso no elimina la ambición de salir de la pobreza.

Allí está el conflicto. Si permaneces en la pobreza, el cielo será tuyo. Si no, más fácil pasará un camello por el ojo de una aguja. Por esta razón, Jesucristo, el traicionado por todos, se queda solo y muere cada día…

¿Qué quieres decirme?

Que una revolución revela estas contradicciones.

¿Por quién lo dices?

Por los tres protagonistas del movimiento, Saúl Mendés. Aarón Azar. Dante Loredano.

En el Jardín de Epicuro…

El Jardín de Epicuro (2)

Los tres sintieron la melancolía de verse juntos en el Jardín de Epicuro. Los tres, de maneras diferentes, pensaron que nunca más se reunirían para imaginar lo que ahora ya había ocurrido. La revolución había triunfado. La tropa se había negado a combatir en África y Asia. El motín tuvo lugar en el aeródromo militar. Los soldados dijeron "no". Y lo dijeron porque ataron cabos, porque entendieron la vieja frase "carne de cañón". Porque se dieron cuenta de que no regresarían de la guerra. Porque supieron que el presidente Solibor y sus aliados financieros Burgdorf y Krebs y Malines necesitaban soldados muertos o enfermos para enviar nuevos contingentes y mantener el mundo de su provecho, armas y transportes, municiones y cuarteles, cohecho de gobiernos africanos y asiáticos, mercenarios en última instancia, desempleo.

Y ellos dijeron *no*.

Y ellos dijeron *basta*.

Y en el Jardín de Epicuro, Saúl Mendés-Renania lo dijo antes que nadie:

—Los eventos nos han rebasado, mis amigos. Nosotros agitamos con la palabra. Ellos actuaron sin nosotros. ¿Nos escucharon acaso? Lo dudo. Se movieron por sus propios motivos. Sin nosotros.

—Sin embargo —se apresuró a decir Aarón Azar—, la gente se reúne en la calle debajo de tu balcón, Saúl.

—Quizás lo que dices es cierto —añadió Dante—. El hecho es que el pueblo cree que lo que sucede es por obra y gracia de tu pensamiento. Tú escribiste. Los militares no. Tus escritos han triunfado.

—¿Y qué quieren que haga? —lamentó Saúl.

—Tienes que encabezar la revolución —se apresuró Dante.

—¿Aunque no sea cierto? —bajó la voz Saúl.

—Que sea cierto —dijo con premura Aarón—. El pueblo te aclama. Te consideran el jefe de la revolución.

—Pero es una mentira —dijo el ceño de Saúl.

—¡No importa! —exclamó Aarón—, es lo que el pueblo cree.

—¿El pueblo cree una mentira? —sonrió Saúl—. ¡Vaya!

—La gente que marcha y pone en fuga a los poderes del régimen y pasea la cabeza del presidente en una pica no miente, Saúl.

Saúl miró a sus dos compañeros con un esfuerzo. No quería mentirles. Tampoco quería decepcionarlos. Quizás entenderían, simplemente, la verdad.

—Soy amado —dijo para sorpresa de Aarón y Dante.

—Eres amado —enfatizó Dante.

—Pero dejaría de serlo si tomara el poder —Saúl miró a Dante, luego a Aarón, con fijeza, sin pedir algo similar a la compasión: la comprensión.

—Pero la revolución la hicimos para tomar el poder —exclamó Aarón conteniendo el enojo visible en sus sienes nerviosas sobre la calvicie incipiente.

Saúl negó con la cabeza.

—No.

—¿Entonces…? —dijo Aarón.

Saúl tomó asiento en el banco del Jardín de Epicuro y por un rato se observó la punta de los zapatos.

—La pasión por la justicia y la libertad nos ha dominado…

—¡Nos domina! —interjecta, de pie frente a Saúl, Aarón.

—Sólo que el poder impide la justicia e impide la libertad —Saúl evitó pisar una hormiga—. El problema es que hemos triunfado.

—Como lo queríamos —añadió su voz Dante, también de pie.

—Antes de tiempo —suspiró Saúl—. Les concedo esto, mis amigos. Retóricamente, estábamos preparados para la revolución; prácticamente, no…

—¡Qué importa! La revolución está aquí, camarada Saúl, la revolución llegó… —insistió Aarón.

—¿A destiempo? —levantó la mirada Saúl.

—¡A su tiempo, no hay otro! —trató de impedir su propio grito Aarón—. ¡No hay otro!

—Yo no lo imaginaba —dijo sin humildad alguna Saúl—. Yo quería tiempo para pensar, preparar…

—¿Y acceder? —soltó la mano Aarón.

Saúl negó con la cabeza.

—No. Nunca. Yo imaginé una revolución puramente teórica. La revolución en la cabeza y el espíritu. No en el poder. El poder…

—¡Triunfamos, Saúl! —gritó exasperado Aarón.

—No. Perdimos —Saúl evitó el suspiro.

—No te entiendo —dijo ahora Dante.

—Ser revolucionario es ser opositor. Siempre. El triunfo del revolucionario es un acto mental. En contra. Crítico. Sin posición oficial. Contra toda posición oficial.

Se puso de pie y ahora miró con fiereza a Dante y a Aarón.

—¿Se disponen ustedes a ser funcionarios del régimen, ahora que la revolución ha triunfado?

—Para llevarla a cabo —dijo con gran calma Dante, sorprendido y hasta un poco molesto por la actitud negativa de Saúl.

Aarón fue más directo:

—Entonces no valió la pena nada, fue inútil pensar, los deseos fueron inútiles, yo me hubiera quedado en el juzgado, Dante con su familia aristocrática, tú en las nubes de tus teorías, mi pobre, mi pobre Saúl…

—Dirás tu *miserable* Saúl —lo miró sin cariño Saúl.

—Tú lo acabas de decir. *Miserable* —escupió la palabra Aarón, intervino Dante, calmando y, repitiendo, "sólo triunfamos con el apoyo de nuestros amigos", mientras Aarón no dejaba de hablar, quién sabe si oponiéndose a Saúl, quién sabe si

declamando su propia acción, con o sin Saúl, no hay organiza-
ción, es cierto, somos unos niños perdidos en el bosque, es
cierto, y se hincó y besó las manos de Saúl diciendo—: ¡No hay
tiempo, Saúl!, no tenemos ninguna influencia sobre el ejército,
los trabajadores, los sindicatos, sólo nos queda el congreso, la
asamblea, Saúl, la alianza con el congreso, ¡dime que sí!, ¡déjame
actuar!, no me mires así, abatido, ¡déjame triunfar, Saúl…!

—Si quieres ser el moralista incómodo… —respondió
Saúl a la catarata verbal de Aarón.

—Si no lo soy, ellos nos dominan —clamó Aarón.

—¿Ellos? —preguntó Saúl.

—Los vencidos…

—Aarón: el puro en la sociedad impura crea un mundo
a su propia imagen. O desaparece.

—¿Y esa pureza es incompatible con el poder?

Saúl no contestó. Se levantó cuando llegó al Jardín
María-Águila, toda de negro, avisando las masas se agolpan
debajo de nuestro balcón, Saúl, ven pronto, te aclaman todos,
abatido ayer, mi amor, victorioso hoy. Ven, rápido, sígueme…

Cuando Aarón y Dante quedaron solos en el Jardín de
Epicuro, el primero dijo con amargura:

—Si te halagan, es porque te creen corruptible. Las masas aclaman a Saúl.

Dante registró estas palabras, sin decir nada.

—¿Dónde quedó nuestra revolución? —se preguntó sin
demasiada convicción Azar.

—Aarón, hay una felicidad que nace de lo necesario.
Hagamos lo necesario sin traicionar los ideales de Saúl.

—Y hay una revolución nacida de la desesperación —lo
miró con fealdad Aarón—. ¿A cuál le apuestas?

—¿Tiene razón Saúl? —se detuvo un instante Azar—.
¿Es mejor ser anónimo?

—No seas lo que no eres —insistió Dante, buscando
sin hacerse violentado un terreno común para unir a los que
ahora sentía distanciados…

—¿Sólo triunfamos cuando nuestros enemigos nos apo-
yan? —añadió con amargura Azar.

En el camino de regreso a su alcoba, María-Águila le iba diciendo a Saúl, nadie mata la verdad cuando todos la conocen, Saúl, acepta a la multitud, no huyas de ella, ten serenidad, mi amor, las pasiones no son obra ni de la divinidad ni de los hechos, las pasiones son nuestros motivos ocultos, son egoísmos con máscara de amor, el amor esconde al odio, la humildad al orgullo, la serenidad que necesitas ahora te la quisiera dar yo misma pero no puedo, no la encuentro en mi espíritu, sólo hallo el orgullo sabiendo que es humildad, sólo encuentro amor para no admitir el odio, sólo invoco la piedad, Saúl, la compasión, y no sé a cambio de qué… no sé.

—Tú decides, Saúl. Las maletas están hechas.

Federico (18)

Esto es muy amargo, Federico.
Propón algo agradable, más agradable. No faltaba más.
Cómo no. Esa amiga tuya. ¿Cómo se llama?
Dorian.

Dorian (3)

La describí al conserje del Metropol.

—¡Ah, cómo no! Sólo que no vive aquí.

No tuve que preguntar, "¿Entonces dónde?". Porque era una impertinencia. Los conserjes saben más de lo que admiten. El cliente no debe saber que saben ni, sobre todo, que saben más.

—Viene al bar de vez en cuando.

Seguí preguntando sin preguntar.

—Recoge hombres viejos.

Miré hacia el bar.

—Como ese.

Me senté al lado de un anciano. Bebía algo llamado zarzaparrilla. Se limpiaba continuamente los labios y el mentón con la mano. Suspiraba. Tenía cara de ángel antiguo. No tenía pelo en la cabeza. Cultivaba bigote y barbilla.

Me atreví:

—Dice Dorian que esta noche no podrá venir.

—¡Ah!

Iniciamos una conversación banal —amaba las carreras de caballos, no le importaba perder una fortuna, lo importante es competir, no ganar.

—Además, el aire libre me hace bien.

—El hipódromo en la tarde.

—Eso es.

—¿Y en la noche?

Sonrió pícaramente, como un Santaclós libidinoso.

—En la noche, usted lo sabe. Dorian.

—No, ella no me ha contado nada.

—¡No me diga! Entonces es cierto.

—¿Qué?

—Que Dorian guarda los secretos. Eso me dice ella. Eso promete. Yo no le creo. ¿Cómo creer?

—Pues créale, señor. Dorian es una tumba…

—¡Ah! A la tumba me va a llevar con sus placeres. Yo ya no estoy para…

—Nada, muy guapo, muy girito.

—Porque me lo dice. Ella no. Como todo pasa a oscuras.

—¿Oscuras?

—Ella insiste. Sólo a oscuras. Dice que nadie la ha visto desnuda. Yo le imploro: déjame ser el primero. Ella no se deja. Ni el primero ni el segundo. Todo a oscuras.

—Bueno, tiene su gracia, no me lo niegue.

—Es cierto. Tienes que adivinar su forma.

—¿Le agrada?

—Es distinta —sonrió el viejo.

—¿Distinta cómo?

Rió:

—Secreto, secreto. La verdad es que es muy interesante acostarse con una mujer que no se deja ver.

—¿La adivina?

—La siento. Es su manía.

—¿Cómo? Ya ve que no lo sé todo.

—Sí, ya sabe. Yo ya estoy muy viejo. La dejo hacer. Y hace todo lo que quiere.

—¿Le gusta a usted?

—¡Qué remedio!… Mírela, allí viene. ¡Dorian!

Me escabullí.

—Adiós.

Ella no me vio —venía acompañada de un hombre grandote. No sabría describirlo. O más bien, lo adiviné desnudo. Venía muy trajeado. Un saco de lana verdosa y un pantalón grisáceo. Camisa azul. No importa. Yo lo adiviné debajo de la ropa. Un físico que la ropa no llegaba a ocultar. Una musculatura de atleta excesivo. Bíceps, piernas, abdomen ondulado. Un cuello de toro. Un hombre fuerte pero en cierto modo inútil. Tuve la impresión de que no utilizaba su cuerpo. Salvo para una cosa: fornicar. Pasarse el día acostado, felicitándose de su físico, dejándolo desaparecer como una playa demasiado empinada, como para salvarse del mar, aunque el mar la vaya devorando poco a poco. Un Charles Atlas en vegetación.

Se inclinó sobre Dorian. Era muy alto. Tenía cara de chapuza, de engaño, de satisfacción sobrada aunque indebida consigo mismo.

Le dio un beso en la coronilla a Dorian, se fue.

Ella le sonrió y se fue a sentar junto al viejo.

El hombrón se arregló la corbata.

El viejillo se lamió el bigote.

Me quedé a mirar sin ser mirado.

El viejillo se fue.

Dorian caminó con falsa seguridad por el bar del Metropol. En el vestíbulo la esperaba el hombre alto, fuerte, grueso, vulgar. La tomó del brazo. Salieron.

Federico (19)

¿Te desilusiona Dorian?

No, Federico. Nunca tuve ilusiones.

¿Qué viste en Dorian?

Una muchacha que quería saber.

¿Supones que era ignorante y ahora quería saber?

Es obvio. Su francés era falso, recién aprendido. Se esperaba eso de ella: que hablara francés.

¿Y Wagner?

Es, cómo te diré, la recompensa cultural que ella encontró. Hablas francés. Te gusta Wagner. Entonces ya no eres tan puta. O eres puta de lujo.

¿Crees que mi relación con Wagner era la de un puto de lujo?

Tú me contarás cómo era esa relación.

Tienes razón. Todos tenemos momentos de camello antes de tener momentos de león.

No te entiendo.

Yo tampoco. Ya llegaremos a eso. Ahora nos espera la historia. Se está haciendo la historia ante nuestra mirada y tú y yo hablando de putas de lujo. *Porca miseria!*

Saúl (2)

No salgas de la bañera, le rogó María-Águila (antes Sor Consolata), descansa, vienen jornadas difíciles, vas a hacer falta, no podrás hacer nada si te faltan las fuerzas…

Suceden cosas —respondió desde la bañera Saúl Mendés-Renania—. Suceden cosas que yo debía conducir, no ellos…

No podrás conducir nada si no te repones.

Sólo la acción me repone.

Regresa fuerte, Saúl, reponte, no podrás hacer nada en tal estado de debilidad…

Ellos se aprovecharán. Dante, que quiere conciliar a todos, Azar, que quiere aprovechar a todos…

¿Y tú?

Los principios.

¿Cuáles?

Los del pueblo.

¿El pueblo no se defiende solo?

Sí, sí, pero yo soy parte de…

Deja que el pueblo haga, que el pueblo diga. Tú debes recuperar la salud para unirte al pueblo que ya habrá hecho lo que…

¿Por sí mismo?

¿No lo crees?

Lo creo. También creo en los dirigentes. Si yo no estoy allí, estarán Azar y Dante. Yo no.

Tú eres superior a ellos, Saúl.

¿Metido en una bañera?

El pueblo te representa, como tú representas al pueblo…

No han cesado las tormentas durante casi dos semanas. Tormenta y lluvia. ¿Por qué salen las multitudes a las calles bajo la lluvia? El profesor Dumart ha tomado a sus alumnos en re-henes. Nadie saldrá de la escuela hasta que las cosas se aclaren. Lo hago por ustedes. ¿Y nuestras familias? Por algo los manda-ron a clases. ¿Por qué profesor? Para que tengan oportunidades. ¿Ellos no? Ya las tuvieron. Ahora ustedes se quedan aquí, ence-rrados conmigo, hasta que pase la tormenta. No sea tan meta-fórico, profesor. ¿Qué, qué dices?

Que familias enteras se han hacinado en los sótanos, esperando el fin de algo que no alcanzan a comprender: con qué horror vieron pasar ayer, por las calles, al mediodía, la ca-beza del presidente Solibor clavada en una pica, el presidente de la república asesinado por la chusma revoltosa, no saben lo que hacen, ese presidente no tenía poder, era un pobre símbo-lo, dice Saúl Mendés desde su bañera, el presidente era revoca-ble, un símbolo, te digo, María-Águila, el verdadero poder es un mar, no una playa, puedes empedrar la arena, ¿cómo com-bates al mar?

¿Sabes que anoche un padre mató a toda su familia? Lo detuvieron. Lo interrogaron:

—Quería vivir solo. —¿Y su familia? —Interrumpieron mi destino. —¿Lo supieron? —No supieron nada. —¿Usted supo lo que hacía? —No, los maté sin saberlo. —¿Ellos no sabían, usted no sabía? Entonces, ¿quién sabía? —No me confundan.

Cúbrete, Saúl, estás desnudo.

¿Crees que puedo excitar a alguien, en este estado? Anda, llámalo.

Hay una gran carcajada al paso de la cabeza de Solibor por las calles. Ahora todo es posible, se escucha un grito, ahora somos libres para hacer lo que queramos… ¡Libres!

¿Soy distinto? Soy distinto porque estudié el sacerdocio, fui consagrado al servicio de Cristo y luego me arrancaron los hábitos porque me lancé a la política revolucionaria. ¿No tenía razón?

La tenías.

¿No tenía razón en denunciar un sistema de privilegios que beneficiaba a unos cuantos a costa de la mayoría? ¿No tenía razón en decir que el presidente no era más que el pelele de grupos poderosos? ¿No acerté señalando con el dedo a jueces, militares, empresarios, sacerdotes, toda la cábala de funcionarios corruptos a su servicio, la mentira, el poder real manipulado por Leonardo Loredano y del cual no puede distanciarse su hermano Dante por más que finja, la sangre puede más que la ideología, Leonardo vencerá a Dante porque Leonardo sabe la fuerza de la sangre y Dante la niega. ¡María-Águila, déjame salir de la bañera! ¡Tengo que actuar!

No, no.

¡Para salvar a la república! ¡Sor Consolata! Era cosa del destino.

El precio del pan ha subido más allá del alcance de todos. El asesinato del presidente ha asustado a la gente, incluso a sus enemigos. ¿Qué hay en su lugar? ¿Quién manda ahora? Están asaltando los comercios. ¿Quiénes? Turbas, Saúl, turbas incontroladas que temen morir de hambre. ¿Prefieren morir fusilados? Como mártires, Saúl, como no hay poder, habrá mártires.

Decidió darse por muerto. Decidió ver todo lo que pasaba como si fuera el más allá. Él, muerto, podía mirar la vida como la muerte de los demás.

¿No soportó la historia?

Quizás. Es una explicación. Hay muchas.

Hay familias enteras en los caminos. Huyen.

¿Adónde?

No saben. Creen que cualquier parte es mejor que la ciudad y la violencia.

No hay metas —rió Saúl Mendés en su bañera.

Hay grupos que andan destruyendo casas enteras. Como si no quisieran que nada quedara en pie. Para poder empezar de nuevo.

Pero aquí al lado, María-Águila, oigo ruidos de construcción.

Es cierto. Muchos destruyen. Otros construyen.

¿Quién construye?

Un obrero.

¿Cómo se llama?

No sé.

Dile que suba a verme.

Hay un recluso que lleva veinte años encerrado en su casa con su mujer y dos hijos. Les prohibió salir a la calle. El contacto con la calle era el contacto con el mal. No había nada bueno allí afuera. Harían todo en casa. La limpieza, las oraciones. Crecer frutas y vegetales en el jardincillo. Recibir el agua del cielo: cántaros llenos de la lluvia de Dios. Se cortarían el pelo los unos a los otros.

Tu diario ha sido prohibido, Saúl. Te acusan de incitar a la revolución contra la revolución.

Ah, ya empezaron a confundir la revolución contra el sistema anterior con la rebelión contra el sistema actual. ¿Sabes lo que eso significa, María-Águila?

No.

Que el sistema nuevo empieza a parecerse al antiguo. Que sólo vamos a cambiar a las personas, no a las cosas. Que Dante acabará siendo como su hermano Leonardo pero Leonardo jamás será como su hermano Dante quisiera ser… ¡Déjame salir de aquí, te lo ruego!

No.

¡Hago falta! ¡Consolata!

No te entiendo. No hace falta Saúl Mendés, hace falta el pueblo, tú lo dices, tú lo proclamas, no te niegues, Saúl, sé fiel a ti mismo… ¡No salgas de la bañera! ¡No muestres tus llagas!

Saúl escondió en el agua sus manos sangrantes.

Tienes razón, María-Águila…

No desvaríes. Sor Consolata. La monja fui yo.

Federico (20)

¿Qué te parece?

Demasiado realista, Federico.

¡Ah! Tú sabes qué es lo real.

Bueno, igual que todo el mundo. Lo que vemos, oímos, tocamos.

¿Y lo que imaginamos? ¿No son más reales Hamlet y don Quijote que la mayoría de nuestros contemporáneos?

Sí, en la imaginación.

Que entonces es más fuerte que la realidad, digamos, cotidiana.

En cierto modo.

¿Por qué?

Dime tú.

¿Sabes lo que es el *amor fato?*

No. Vagamente.

Te cuento. Es el amor del propio destino.

¡Qué maravilla! Depender del destino, que por definición no conocemos.

Ese es el punto. Amar lo que nos va a suceder, hasta conformar un destino. El mío. El tuyo.

Oigo una risa maldita. Hablas de una libertad absoluta. No existe.

Hablo de una libertad recurrente. Eso sí existe. Si no la primera vez, entonces la segunda. La tercera, hasta el infinito… así.

¿Dónde empieza tu libertad?

No lo sé. Existe hoy pero ya ha existido antes si no para mí, para otros.

¿Y dónde termina? ¿Cómo lo sabes?

La misma respuesta, ¿no es una prueba del eterno retorno que yo, Federico Nietzsche, esté hoy aquí, contigo más de un siglo después de…?

Cállate, por favor. No digas nada…

Es que quiero inducirte a hablar de maneras de sobrevivir habiendo muerto.

¿De quién quieres que hable?

De esa amiga que encontraste en una fiesta.

¿De Gala?

Sí.

¿Qué tiene que ver…?

No juegues conmigo. No disimules, a ti te gusta esa mujer.

De acuerdo.

Háblame de ella.

¿Qué tiene que ver…?

Nada. Es tu turno de hablar, ¿recuerdas?

Gala (3)

Contó Gala que no tuvo que seguir las instrucciones que dejó su madre Lilli. Decidió, más bien, superarlas. Mirando el cadáver desnudo de Lilli, Gala decidió —¿podía hacer algo distinto?— reverenciar la leyenda. La fue vistiendo poco a poco. Cubrió el cuerpo yerto con telas de cebra y encima colocó pieles cosidas al cadáver, que permanecieron allí como testimonio del arte de Lilli Bianchi aunque esta se consumiese. La cubrió enseguida con una capa de zorro rojo y cuando el agente fúnebre quiso cubrir la calva de Lilli con un pelucón blanco, Gala se lo impidió.

—Ella quería que la enterráramos elegante —insistió el agente.

—Sí, pero no como un frutero —objetó Gala y en vez, ofreció, todo estaba preparado, una peluca de blancura brillante, empleada en otros tiempos para "papeles de emperatriz". Chifón negro, plumas de avestruz, encaje plateado. ¿De qué le servirían ahora? En cambio, durante el velorio matinal, cuando nadie miraba, Gala introdujo en el féretro, al alcance de los brazos cruzados de su madre, una tetera llena de whiskey. ¿Quién sabe? ¿Se emborrachan los muertos? Simple y sencillo. ¿Sienten sed allá abajo, tan cerca del calor del infierno?

Y además, ¿por qué iba a cambiar la muerte las costumbres que llevaron a Lilli a la tumba? ¿Cuánto whiskey aguanta una beldad esbelta y pálida sin hacerse gorda y colorada? Disfrazar primero la gordura de sus años juveniles, alcanzar el color de la luna: brillo artificial, la luz del escenario que Lilli no abandonaría sin dejar huella, dormida para siempre en un féretro situado al borde de una piscina, de modo que los dolientes sólo la pudiesen ver de un lado, el derecho, el que ella prefería para ser retratada.

Un cajón junto a una alberca.

Un maniquí final evocando las glorias de la seda y la cebra, de los gallos lavados de color verde para brillar más, de los pájaros negros y las perlas blancas y el terciopelo color botella.

La gente iba pasando al lado del féretro.

Tantos años de soledad después de abandonar los escenarios, soledad determinada por la propia Lilli Bianchi para que nadie la viese envejecer, para mantener contra todo calendario la leyenda de la mujer art decó, figura y época y ahora respeto y evocación...

Hasta que llegó el Svengali van Loon, el director de Lilli, se abrió paso, apartó a los dolientes, no hizo caso de las protestas, de las injurias veladas, se abrió paso a codazos, con exclamaciones groseras, exclamaciones germánicas, llegó, pequeño, enérgico, tan vivo como cuando la dirigió, tan iluminado como cuando la condujo, tan endemoniado como cuando la recordó y suspiró y lamentó y decidió dar este golpe final, la dirección de escena que faltaba, el cine en blanco y negro que se necesita para luego ir al color con seguridad de artista: el Svengali, pequeño, alborotado, dueño de una fuerza que parecía tan final como la muerte misma, llegó con violencia al ataúd puesto al lado de la piscina, y con ambas manos lo arrojó al agua, entre exclamaciones de sorpresa, indignación, incapacidad de detener lo que ocurría, acaso felicidad ante el espectáculo final de Amalia María Klopstock, *also known as* Lilli Bianchi escapada de la muerte, flotando fuera del féretro abierto, el cajón flotó un poco antes de hundirse, anclado por sus metales, pero Lilli no.

Ella flota más que su propio ataúd.

Ella va perdiendo la cara de zorro, las plumas de marabú, las zapatillas de raso, las medias de seda, el vestido de chifón, la peluca brillante.

Ella queda desnuda, calva, esquelética, con la boca abierta, con los ojos mirando al cielo.

El creador, el director, el Svengali van Loon, no llora, tampoco ríe. Se lame el bigote, satisfecho.

Esto le contó Gala a Leonardo:

—Por eso no pude verte ayer. Asunto personal.

Esto le contó Gala a Dante:

—Perdóname por no acudir a la cita. Asunto de familia.

Leonardo calló y su silencio era igual a la indiferencia.

Dante quiso saber más.

—Otro día te cuento.

—Vamos al Jardincillo de Epicuro, Gala.

Federico (21)

Bueno, al menos Gala cree en algo.

Creer.

La fe: como gustes.

Conocimiento sin pruebas. Creencia sin certidumbre.

Es cierto porque es increíble, dijo Tertuliano.

La fe religiosa. Pero la fe política, la fe en la democracia, ¿esa sí exige pruebas?

Yo diría que sí, Federico.

Y yo te diría que no. Ves: la democracia nos dice que todos somos iguales, partes del *domus*, del pueblo, de la ciudad.

Bueno, es un presupuesto político. A la hora de votar… No llevas al carpintero a vivir contigo en nombre de la democracia.

Quizás. Pero en la revolución… Ve cómo ascienden de rápido, de lo más bajo a lo más alto…

¿Es la prueba de la revolución llevar a la práctica la igualdad que provocan?

Es que la revolución es revelación. Cívica, no religiosa y política, no…

Basilicato (2)

Deber cívico. Unanimidad. Y violencia. Esta, sobre todas, fue la palabra que accionó a Basilicato, soldados, trabajadores, Saúl en su balcón, arengando, sostenido por María-Águila (que además era religiosa) para no caer a la calle y si caía, no importaba: la multitud lo esperaba con una manta abierta para que Saúl se arrojara por su voluntad, por accidente, y no muriera, jamás muriera, acogido por la masa liberada que ya había matado al presidente Solibor y paseado su cabeza cortada por las calles, al grito de "¡Hasta siempre!" que había sustituido de la noche a la mañana el "¡Hasta cuándo!", del arranque revolucionario.

Allí andaba Basilicato juntándose a las marchas, sintiendo que por primera vez vivía, ya no era un zapatero solitario que se masturbaba ante el espejo antes de dormir como un saco de papas, dormir sin sueños, dormir sin más pesadilla que una sola, ridícula: que le viesen desnudo, sin musculatura, tal y como era, un hombre solitario y débil, fofo y pobre, y ahora no, ahora era parte de la masa que iba juntando, barrio tras barrio, calle tras calle, al gran descontento multitudinario que se mostraba. ¡Bastaba un hombre, uno solo, soldado o trabajador o crítico, para iniciar la gran marcha, verse seguido como guía, como Saúl Mendés!

Los desfiles se sucedían. Los parajes se llenaban de proclamas, bandos, acusaciones, promesas. Se veían ancianos por vez primera, muchachas por última vez. Basilicato tuvo esa impresión instantánea de una muchedumbre de viejos que no se distinguían por su edad, porque la multitud, los rejuvenecidos y muchachas que al unirse a los desfiles envejecían de repente, como si sus destinos, suspendidos o aplazados, se cumpliesen en el instante revolucionario y todas ellas, púberes e impúberes, vírgenes o desfloradas, adquiriesen en el mismo instante la edad definitiva.

La edad final: ¿era esta la edad de la muerte con independencia de juventud o vejez? Al morir, ¿cobrábamos todos la misma edad, la edad del tiempo de la muerte, que nos iguala a todos, por los siglos de los siglos: ceniza o hueso, la carne despojada, la mirada hueca? Eso veía Basilicato en todo el detritus social revelado por el simple hecho de que la ciudad había dejado de pertenecerle a unos cuantos, a los de siempre… Ahora era la ciudad de todos y Basilicato vio y entendió esto, lo agradeció en su fuero más interno porque a él mismo lo vindicase: ya no era el anónimo zapatero Basilicato, ahora tenía el nombre de la gran marea que descendía de los cerros y ascendía desde el río, colmaba las plazas y pisoteaba los jardines, incendiaba los bosques y aplanaba las avenidas.

Sólo que la aparición de todos, que tanto valor, tanta personalidad compartida le dio a Basilicato, también le reveló que entre *todos* se encontraban los mendigos, los hambrientos, los desesperados. Y él, Basilicato, era parte de ellos. O más parte de ellos que del liderazgo emergente. Dante, Aarón, Saúl eran los nombres que más se escuchaban. La urgencia en el ánimo de Basilicato fue la de escapar a la gran masa revelada por estas horas ardientes en las que el sol parecía no ponerse nunca, en que los desfiles de antorchas hacían brillar a la noche, en que la luna misma se iluminaba más para guiar los movimientos del pueblo liberado en un instante —¿un día, dos semanas, un mes?— y Basilicato, habiendo gozado de la liberación y de formar parte de las mayorías, empezó a temer que, al día siguiente al último día, el destino lo devolviese a la zapatería.

Miraba a Saúl Mendés perorar desde el balcón con una toalla blanca en la cabeza, semidesnudo (¡como el pueblo!), sostenido por María-Águila (antes monja). Ella toda vestida de negro, salvando a su hombre de una caída desde el balcón a sabiendas de que abajo esperaba siempre una gran sábana tendida para salvar la caída, rodearlo de multitudes, vitorearlo, pasearlo por las calles y devolverlo al fin a su casa, donde lo esperaba, angustiada, María-Águila (oraba por él).

No puede ser, pensó confusamente Basilicato, este hombre hace falta, tiene cabeza, piensa, no puede desaparecer un día arrojándose de un balcón. ¿Y si no hay una manta desplegada para recibirlo? ¿Y si en el desfile por las calles agitadas alguien lo mata, le dispara, le arroja una piedra a la cabeza? ¿Y si Saúl no regresase?

Esta idea llenó de pavor a Basilicato, quien veía en Saúl al redentor del propio Basilicato y de toda la gente parecida a él, la revolución sin Saúl podía perderse, Dante no sabría hablar desde un balcón y arrojarse al vacío, Aarón era un hombre desconocido, un abogado menor de tribunales exaltado por la marea revolucionaria. Saúl era el hombre, el dirigente, la voz…

Había que proteger a Saúl.

¿Y quién mejor que Basilicato, hombre del pueblo, trabajador, zapatero acostumbrado a mirar a los hombres de abajo a arriba, del calzado a la cabeza? Conocedor de la gente, de sus virtudes pero también de sus vicios. Sabedor de que los hombres se dejan arrebatar un día por la pasión pública —lo estaba viendo, cómo no— y al siguiente por la pasión privada y luego por pasión ninguna, sino por la costumbre diaria, el oficio rutinario, la indiferencia o el cansancio.

¿Y entonces, qué? Entonces Saúl Mendés, se dijo a sí mismo Basilicato, preservarlo, protegerlo, estar a sus órdenes, en su puerta… era salvar a todos.

Así se lo dijo a María-Águila y ella, tan aterrorizada por la idea de lo que podría sucederle a Saúl, tan débil y tan voluntarioso, Saúl supliendo con la fuerza de su voluntad la debilidad de su cuerpo, aceptó la oferta de Basilicato, vigilar a Saúl, que era rehén de la masa, protegerlo de sí mismo, de su entusiasmo, obligarlo a descansar, dormir, entrar a la bañera y reposar. Cuidar sus llagas. La primera vez que Basilicato, permitido por María-Águila, desnudó a Saúl para meterlo en el agua, descubrió las llagas que el héroe tenía en el cuerpo, dos estigmas en el vientre, las piernas, el pene, asombrado el zapatero de hallar tantas heridas permanentes en el cuerpo del gran tribuno, del líder de líderes, Saúl Mendés.

Yo lo cuidaré, yo lo cuidaré, se dijo a sí mismo Basilicato, y si no se lo dijo a María-Águila es porque intuyó en el
acto que para esta mujer cuidar a Saúl, atender a su hombre,
darle un destino a Saúl digno no sólo de Saúl sino de María-
Águila, era una obligación que nadie podía suplir. Un deber
religioso.

Federico (22)

No entiendo. Me dijiste que el Jardín de Epicuro era algo así como la sede de un ateísmo filosófico. Pero tanto Saúl Mendés como María-Águila venían de la religión…

Deja que te cuente.

Digo, Saúl de Israel, María-Águila del cristianismo.

Y la revolución quería ser laica.

El conflicto está allí. ¿O no?

Saúl (3)

—Es Dante que viene a verte —anunció María-Águila.

Mendés hizo un gesto para levantarse de la bañera. La mujer se lo impidió. Sin violencia, tomó a Mendés de los hombros y lo obligó a sentarse en el agua. Entró Dante, muy arreglado, casi proclamando la seriedad de su visita, la necesidad de su encomienda: severo, vestido de negro pero con la camisa abierta al cuello, sin corbata.

"Una declaración" pensó Mendés detrás de los párpados cerrados. "Viene como amigo, sólo que viene serio. O al revés".

—Te hemos extrañado en la asamblea —dijo Dante.

—Yo los he extrañado más —respondió Mendés mientras suprimía el movimiento de levantarse de la bañera. María-Águila había puesto sus manos sobre los hombros de Mendés.

—Por eso vengo a verte —dijo Dante—. Quiero que estés al tanto.

—¿Quieres o quieren?

—No, yo quiero.

—¿Y Aarón Azar?

—También.

—Siguen actuando juntos…

María-Águila enjabonó los hombros de Mendés dando un simulacro de normalidad al momento.

—Todos deberíamos actuar unidos, Saúl —le advirtió familiarmente Dante.

—¿Por qué? —el jabón se le metió en los ojos a Mendés.

—Por el bien de todos. Por el bien de la revolución.

Dante no se puso de pie al decir tan solemnes palabras, pensó el enjabonado Mendés. Siguió sentado, tranquilo.

—Equiparas las dos cosas, el bien común y la revolución…

—Así es.

—Sólo que eres aliado de Aarón Azar y Aarón Azar es mi enemigo.

—Porque tú lo quieres.

—¿Él no?

—La prueba es que soy aliado de Aarón y estoy aquí contigo.

—Emisario de la paz.

—No. Sólo quiero mantener la unidad de la revolución.

—¿Por qué? ¿Para qué?

María-Águila retiró las manos. Conocía a Saúl. Iba a hablar solo. Todo contacto o intrusión de otra persona lo irritaba, le hacía perder la serenidad…

—Porque no necesitamos enemigos. Los tenemos. Debemos atraerlos a nosotros.

—¿Tu hermano también? —casi escupió Mendés—. ¿También Leonardo? ¿También los nazarenos?

Dante disimuló bien su enfado ("Si es que alguna vez se encabrona", pensó Mendés).

—Todos. Si se suman a la revolución y sus propósitos.

—¿Que son…? —a Mendés le costó disimular el sarcasmo.

—Crear un frente amplio que incluya a todo el que piense como nosotros. No excluir…

—¿"Nosotros"? —casi gimió, desde la bañera Mendés y repitió, con ironía mayor—, ¿"o" nosotros?

Dante no le hizo caso:

—Evitar que el cuerpo de la revolución se ampute. Sumar voluntades.

—¿Contra quién, Dante?

—Contra quienes no se unan a un proyecto que los incluye a ellos…

—A los enemigos.

—Si quieres llamarlos así… también.

—A tu hermano.

—No por ser mi hermano. A su causa, si quiere ayudarnos.

—¿Ayudarnos a qué?

—A defender al país contra sus enemigos.

—¿Tu hermano y sus amigos son nuestros amigos o nuestros enemigos?

—Serán nuestros amigos si nos ayudan a reclutar un ejército popular, suspender leyes temporalmente, establecer una dictadura pasajera, régimen de excepción...

Mendés hizo un esfuerzo por incorporarse en la bañera. María-Águila lo detuvo otra vez. Lo que se levantó fue la voz del enfermo.

—¡Van a decir que sí!

—Qué bueno...

—¡Qué malo, Dante! Lo aceptarán todo porque todo es temporal, tú mismo lo acabas de decir, dictadura pasajera, régimen de excepción. ¿Y luego, qué sigue a lo pasajero, qué sigue a lo excepcional...?

—Un orden nuevo —siguió hablando con calma Dante.

—¿O la restauración del orden viejo?

—El nuevo orden lo impedirá.

—¿Cuánto tardarán tu hermano y los suyos en aprovechar a su favor las nuevas leyes, convertirlo en oportunidad de rehacer fortunas, de acumular riquezas?

—Aarón y yo... —dijo, ahora con debilidad, Dante.

—¡Aarón! —Mendés salió a medias de la bañera.

—Aarón y yo, contigo, Saúl —dijo esta vez con más convicción Dante.

—Tú, tú por lo menos buscas cosas concretas, aunque no ves las consecuencias, tú te mueves con la sociedad, buena o mala. ¡Pero Aarón! Aarón no tiene idea del mundo. O más bien, tiene una idea abstracta, carece de malicia, no es oportunista... ni siquiera oportunista.

—Lo estás elogiando.

—¡Lo estoy maldiciendo como jefe de una revolución! ¡Aarón es un ser moral! ¡Que siga en los tribunales!

—Una garantía de...

—De nada, Dantón. Tú sigues a tu clase de origen, sin darte cuenta. Aarón ni eso hace. Aarón sirve a un sueño moral, imposible, un sueño en el que sólo existe el soñador mismo, Aarón Azar. ¡Date cuenta! ¡No te engañes! ¿No lo viste en la asamblea?

—Me estás pidiendo que rompa la unidad de la revolución…

—¡Se rompió! ¡Está rota!

Saúl Mendés se puso en pie en la bañera. María-Águila no pudo detenerlo. Dante suprimió un ruido.

Saúl, de pie, desnudo, mostró los estigmas rojos del vientre, las piernas, el pene: rojos, a la vez difusos y fijos, signos cardenales, amoratados, impresos como sellos en la pálida piel del hombre poco musculoso aunque dotado de una energía que le venía, pensó en ese momento Dante, del alma del pasado, de una historia que le pertenecía siéndole ajena.

—¿Ves? —le dijo Mendés—. Estoy marcado por el hierro candente del judaísmo. No sólo los santos. No sólo Cristo. Todos los judíos, se vean o no, portamos estos signos, estos estigmas, Dantón, estamos estigmatizados. Como si al nacer nos impusieran una señal en el cuerpo. O lo que es peor, en el alma.

—Son las llagas de Cristo —balbuceó Dante y María-Águila asintió.

Mendés lanzó una carcajada que era casi un grito:

—Son los tejidos que protegen a un animal. Son parte de la bestia. ¿Tú crees que los judíos no teníamos estigmas antes de Jesús? ¿Crees que Jesús nos estigmatizó? ¿O nosotros a Jesús? ¿Qué crees?

—No vine a esto —sacudió la cabeza Dante.

—No, viniste como emisario de Aarón —ahora Mendés, de pie, desnudo, iba señalando cada una de sus llagas casi con orgullo como si fuesen medallas—. Viniste a persuadirme de cosas buenas, cómo no, solidaridad revolucionaria, todos juntos, todos buenos, ¡cómo no! Todos iguales. ¡Ya lo creo!

—¿Entonces? —recobró la dignidad Dante.

—Entonces dile a Aarón que yo no acepto el compromiso…

—Entonces…

—Yo me levanto sólo contra el enemigo que es tu hermano Leo y los suyos, yo rechazo un frente amplio que nos castra a todos para beneficio final de nuestros enemigos, yo no le temo a una amputación del cuerpo revolucionario, porque…

Señaló sus estigmas con un dedo. La mujer tuvo el impulso de cubrirlo.

—… porque mi cuerpo, el mío, ya está vencido, dile eso a tu hermano, Leonardo. Díselo a Aarón, pero mi alma no se rinde, mi alma no tiene estigmas, mi alma luchará hasta la muerte por una revolución sin concesiones, sin compromisos…

—Con violencia —se molestó, poniéndose de pie, Dante.

Sonrió Mendés, antes de volver a sentarse en la bañera, asistido, casi con lágrimas, por María-Águila.

—Dile a Aarón Azar que ignora a su corazón.

—¿Y tú, Saúl?

—Yo no tengo.

Federico (23)

O sea, hay muchas maneras de estar en la historia. A veces la haces, a veces la sufres, a veces nada más la miras…

Tenemos que conocer a un nuevo personaje que hace, sufre, contempla. Es más que un personaje. Quizás es un linaje.

Con mucho gusto, Federico.

Madame Mère (1)

Daba por muerto a vuestro padre. Desde que entró en coma, me dijeron los médicos que ese sería su estado de allí en adelante, hasta su muerte. Mi presencia era superflua. Lo era desde hace tiempo, cuando Zacarías mostró al mundo su vulgaridad, su abierta ansia de poder y dinero.

No hace falta —le dije—. Con lo que heredamos, nos sobra.

Sólo que heredar es recibir de otros. De los anteriores. A nosotros, nuestros...

Otros. Yo no.

No tenías quejas, antes...

Las tengo ahora. Quiero deberme algo a mí mismo. Quiero que mi fortuna sea mía...

Lo es.

Mía de mí, Charlotte. Sin deberle nada a nadie sino a mí mismo, ¿me entiendes?

Tan lo entendí que no le volví a hablar. Eso duró muy poco. Zacarías fue generoso, lo debo admitir. Todo lo que teníamos en común me lo adjudicó a mí. Sin decirlo, me dijo: "Toma lo tuyo y regresa a tu país." Y así lo hice. Mirando de lejos las sinvergüenzadas de vuestro padre. Os soy franca. Sin-ver-güen-za-das. Aprendí palabras nuevas, ajenas a nuestra familia. Peculado. Una palabra que ni siquiera aparece en el diccionario, de tan infame. El robo de dineros públicos. *Jongleries*. Hipocresías, charlatanerías. Prestanombres para gente más inmoral que el propio Zacarías. Hombres de paja para sus propias infamias: cobrar la mitad de los contratos concedidos por su ministerio, obtener la mitad de las ganancias de las obras contratadas, servir de intermediario en crímenes fiscales. Servirse de prestanombres para sus propios crímenes.

¿Y tú, madre?

Lo soporté todo hasta el día en que bajé al sótano atraída por un olor a chamusquina y encontré a vuestro padre quemando papeles en el bóiler. El dueño de la casa haciendo *métier* de criado. O de criminal. Quemando papeles.

¿Qué haces, Zacarías, por Dios?

Nada tuyo, Charlotte, nada que ver contigo…

¿Nada que ver conmigo? Sepan cuánto me hirió esa simple frase que me separaba para siempre de vuestro padre: *nada mío. Nada nuestro.* Unos papeles incendiados en el bóiler. Nada. Nada. Supe en ese momento que vuestro padre se condenaba a sí mismo. Ya estaba encarcelado y no lo sabía.

¿Por eso te fuiste, madre?

Yo tenía mis tierras. Yo tenía mi dignidad. Yo tenía mi pasado. Cuando me casé con Zacarías Loredano creí que todo eso nos unía. No calculé que en nuestra sociedad no bastaba la legitimidad del pasado. Hay que crearse una legitimidad nueva, acorde con el tiempo. Lo confieso, hijos míos, mi pasado era ilustre pero era otro, distinto, propio de un tiempo olvidado. Y vuestro padre lo que quería era un presente propio, que acordase con los tiempos nuevos. Quería ser igual a todos los que hicieron fortuna gracias al desorden de los tiempos nuevos. Debérselo todo al presente, nada al pasado. Yo era parte del pasado. Fiel a la tradición. Ustedes, Leonardo y Dante, llevan el nombre de su padre, Loredano, también llevan el mío, el de vuestra madre. Colbert. Colbert D'Aulnay. Recuerden que descienden del gran Colbert, el reformador de Francia, un hombre que no necesitó de la corrupción y la falsedad para cambiar al país, crear tribunales para recuperar ganancias obtenidas por los malos manejos de gente como tu padre y sus camaradas, Colbert que impuso la tasación general, incluyó al clero y a la aristocracia antes excluidos del pago, despojó de títulos a los falsos nobles. Le ganó a sus enemigos, comerciantes y contratistas. Ese es el ejemplo, hijos de Loredano y de Colbert, el legado traicionado por vuestro padre. No os juzgo. ¿Dónde estáis, Leonardo, Dante? ¿Defiendo yo nuestra herencia?

Recuerdas mucho, Madame Mère.

No recuerdo. Tampoco olvido.

Tienes muchos rencores.

No, Dante, sólo prevenciones.

Tienes muy exaltado el espíritu.

No, Leonardo, soy fiel a mi herencia.

Tu causa.

Mi fervor. No entusiasmo, no. Sólo fervor.

¿Y entusiasmo no, por qué no? ¿No es una virtud?

Entusiasmo es avidez. Entusiasmo es ansia de complacer. Entusiasmo es fanatismo.

Es acción, Madame Mère.

Es interés, madre.

Es tipo de interés, hijos.

¿Regresas a la Dordoña? Cuida tus tierras.

Tu padre ha salido del coma que, ya ven, no era tan eterno.

¿Y tú?

Quizás debo regresar a mis tierras. ¿Qué piensan ustedes?

¿A qué viniste?

A veros.

¿Además?

Yo los eduqué. Ahora necesito que ustedes me eduquen a mí. ¿Qué sucede?

Federico (24)

¿Qué te parece?

Que Charlotte...

Madame Mère...

Como gustes. Ella no sólo hereda, sino que vive una historia. ¿Cómo soporta que su marido Zacarías y sus hijos Dante y Leonardo no se conformen con heredar, sino que insistan en *hacer?*

Porque ella sabe que sólo haciendo se hereda. Herencia sin acción es destino cumplido. Es fin, ruina, terminación...

¿Quieres decirme que estos "hombres" de su Francia, más que negar la tradición de Charlotte...?

Madame Mère.

Está bien. ¿La prolongan?

De la manera más sorprendente.

¿Qué quieres decir?

Que si una mujer como Madame Mère, con cinco siglos de tradición, no ve en la novedad de los hechos actuales un espejo de hechos muy antiguos, pues entonces ella misma no tendría tradición.

Te entiendo. No hay tradición que no provenga de la acción histórica.

Así es. Aunque, como siempre, simplificas.

Olvídalo. Sigue la historia de Saúl Mendés y María-Águila.

Y tú trata de relacionar lo que ocurre hoy con lo que ocurre una y otra vez.

¡Ah! El eterno retorno, tu manía.

Saúl (4)

¿Sabes que el famoso recluso salió al fin, después de más de veinte años, de su casa?

¿Y la mujer, los hijos?

Asombrados, me digo.

¡Estupefactos, te digo! ¿Y qué hizo?

Salió gritando en medio de la multitud, gritó que lo abandonaba todo, casa, mujer, hijos, huerta, oraciones, para asistir en la calle al derrumbe de todo lo que más odió. Dijo que al fin podía reírse de todo, ser él mismo porque el mundo al que odiaba ya no era…

Nada nos amenaza. Todo es amable. La gente se quiere, se respeta, se animan unos a otros. Ya no hay hijos desobedientes, ni esposas infieles, ni maridos ausentes, ni jefes tiránicos, ni jueces injustos, ni oficinistas soberbios, ni hospitales cerrados al enfermo, ni doctores que cobran, ni prestamistas ni acreedores, ya no habrá ambición desmedida, mentiras perversas, engaños o compasiones más crueles que un engaño… ¿Habrá libertad?

¡Ay María-Águila! ¡Ay, Consolata!

Basilicato los oía. Los miraba. Estaba a las órdenes de la pareja. Sobre todo de Saúl Mendés. Ser aceptado por uno de los jefes —¿el más grande?— de la revolución colmaba las ambiciones del zapatero. ¡Esto era la revolución! El zapatero era el hombre de confianza del jefe rebelde. Y este, Saúl, podía salvarse a sí mismo del peligro, de la refriega, de la calle a la que se debía porque el brusco, activo, ignorante Basilicato hacía cosas, acciones secundarias que Saúl podía dejar de lado porque ahora el hombre del pueblo, Basilicato, podía hacer las cosas pequeñas, breves, que antes el propio Saúl se echaba a cuestas.

—No tienes por qué hacerlo todo.

—Es lo que se espera de mí, María-Águila.

—Escoge. Separa la paja del grano.

—¿Y quién se ocupará de la paja?

—Ahí está Dante, tu camarada.

—Mi camarada es el hermano de Leonardo.

—Eso no lo convierte en traidor.

—¡Quién sabe!

—Está Aarón.

—Un hombre demasiado moral.

—¿No es bueno?

—No en una revolución.

—¿Qué diferencia, Saúl?

—En la revolución hay que ser bueno para los malos fines y malo para los buenos fines.

—No puedes hacerlo todo. No puedes arrojarte de tu balcón a la calle.

—Los brazos del pueblo me reciben.

—¿Y el día en que ya no te reciban?

—Ese día vendrá…

—No sé si lo preguntas o lo afirmas.

—Como gustes, María-Águila.

—Ahora no puedes arrojarte desde el balcón. Tus llagas te lo impiden, amor mío…

—Ya me curaré…

—No se preocupe, jefe —intervino Basilicato—, yo haré todo lo que usted no puede.

—¿Lo que yo no puedo?

—Bueno, lo que usted no quiere, quise decir…

Basilicato miraba a la pareja. Agradecía que lo hubiesen aceptado aquí. Por los motivos que fuesen. Los escuchó cuando creían que él no oía.

—Es un bruto, Saúl.

—Es un hombre del pueblo. Por ellos luchamos.

—Es muy bruto. Yo no confiaría en él.

—Nos ayuda.

—Mientras estés enfermo. ¿Y después?

—Deja que me reponga. Volveré por mis fueros.

—Ya lo sé. No confías en tus amigos. No tienes fe en Dante, en Aarón…

—Sí, María-Águila, los quiero. Pero ellos no son tan queridos como yo por el pueblo.

—¿Quién te lo dice?

—No necesito decirlo. Tú lo ves.

—¿Eres indispensable?

—No. Nadie lo es. Salvo el pueblo mismo.

—Pues si el pueblo es como este bruto Basilicato…

—No se trata de un solo individuo.

—¿Entonces?

—Es la masa. Todos, la razón la tienen todos aunque uno solo no la tenga, ¿me entiendes? *Todos.*

Basilicato estudiaba la figura, los movimientos de María-Águila. Era tan distinta de todas las mujeres conocidas por el zapatero. Era cierto. Él tenía cincuenta y tres años y seguía soltero. ¿Qué pasaba? Que tenía vergüenza —o miedo— de desnudarse. Frente a una mujer. Que el cuerpo de Basilicato era uno vestido y otro desnudo; ante el espejo, se veía débil y sólo recuperaba una dosis —pasajera— de valor y de autoestima si se masturbaba. El onanismo le hacía creer que ninguna mujer le daría la satisfacción que él se daba a sí mismo. ¿Cómo saberlo? Temía el contacto con una hembra. Una mujer desnuda. Creería que Basilicato era un hombre fuerte. Desvestido, provocaría la desilusión. La burla.

La propia María-Águila, la mujer de su patrón Saúl Mendés, no lo miraba como a un hombre atractivo. María-Águila jamás le había dirigido una mirada de deseo. Todo el amor, toda la ternura —Basilicato lo veía bien— eran sólo para Saúl, su hombre.

¡Qué ganas de ser querido así! Casi suspiraba Basilicato. Nadie lo había querido así a él. ¿Su madre, quizás? Era un recuerdo perdido. Basilicato andaba solo en las calles desde los diez, doce años. Había frecuentado, muy joven, a putas accesibles que no lo miraban siquiera. Luego, nadie, nada. No se atrevió. La edad lo había maltratado. ¿Quién podía amarlo? Basilicato ni siquiera contestaba a esta pregunta. Sabía de antemano la respuesta. Nadie.

Acaso, llegó a pensar, estaba aquí, al servicio del jefe Mendés sólo para ser testigo del amor entre Saúl y María-Águila. Lo admitió. Basilicato gozaba a esta pareja tanto o más de lo que la pareja se quería a sí misma. Basilicato esperaba las horas nocturnas, cuando se suponía que todos dormían, para oír, espiándolos, a Saúl y María-Águila. Cuando él salía de la bañera y ella lo secaba con la misma toalla que Saúl usaba en la cabeza cuando se dirigía al pueblo, para significarse ante el pueblo, ¡el hombre de la toalla en la cabeza!

Una toalla blanca amarrada a la cabeza y el hombre casi desnudo para significar que, como el pueblo, era un descamisado, pero con esa toalla amarrada a la cabeza como una insignia de su diferencia, de su valor. Era el líder. Era como todos pero se distinguía de todos por ese turbante blanco que se le enredaba en la cabeza. Ese signo de su diferencia, siendo su cuerpo desnudo como el de todos. La insignia del poder: una toalla amarrada a la cabeza.

¿Por qué ahora que ya está mejor y se dispone a salir al balcón y arrojarse al aire María-Águila se lo impedirá?

¿Por qué ahora que Saúl Mendés regresa al pueblo, su mujer se lo impide?

¿Por qué, súbita, sin prevención alguna, en el balcón, a la vista de todos, María-Águila le dice a su marido que la revolución será traicionada por otros, no por ti, porque habrá traición, es fatal, no lo dudes, no hay revolución sin traición, sin deslealtad, sin felonía? Porque tú, mi amado hombre, oyes la música del alma, y los demás no, tú brillas en la noche y ellos hacen un ruido sin luz, ellos traicionarán y tú no, y ellos le darán un nombre distinto a su traición, la llamarán necesidad, obligación, expediente y sólo tú llamarás por su nombre lo que nunca harías, Saúl: traición a lo que hoy eres, a lo que hoy dices, a lo que el pueblo ve en ti, ellos traicionarán y denunciarán a los traidores pero gobernarán con las leyes de la traición, condenarán al traidor, pero aplaudirán la traición, se dirán moderados cuando traicionen, llamarán traidores a los moderados, se consumirán en el círculo de sus propias mentiras y yo, porque te amo, te evito este destino, Saúl, yo te mato para que nunca puedas traicionarte a ti mismo y para que nadie te traicione a ti, mi puro, amado, irrepetible hombre: muere en estado de pureza, Saúl, nunca la perderás si mueres ahora y ahora mueres porque de pie en el balcón yo te clavo el puñal en cada una de tus llagas, para que tu sangre brote al fin de tu cuerpo a la hora de la muerte, te mato para que cumplas tu destino revolucionario, mi hombre, mi adorado Saúl, tú nunca traicionarás, que la revolución sea traicionada por otros, no por ti, amor mío…

El cuerpo herido de Saúl Mendés se columpió por un momento en el balcón. Luego, cayó a la calle. Si le quedaba vida, la perdió al estrellarse, sangrante, contra la multitud que lo aclamaba y que no entendía, que creía, acaso, que Saúl sabía volar, ¿por qué no?

Hasta que vieron el cuerpo muerto.

Hasta que vieron arriba, en el balcón, la figura oscura de María-Águila, Saúl desnudo y muerto en la calle y ella arriba, negros el pelo, las cejas, los ojos, el vestido, y rojas las manos.

Hasta que ella dio la espalda a la muerte de su hombre y encontró los ojos de otro hombre —el siervo, el criado— que lo vio todo y no impidió nada.

Federico (25)

Saúl era un idealista.

Explícate. ¿Idealista?

La invención de todos los valores.

Una temeridad, ¿no?

No, una gran oscuridad en busca de un poco de luz. Una pregunta tan oscura que arroja su sombra sobre quien la hace: Saúl Mendés-Renania.

¿Era un romántico?

Quería ser parte de un todo. Entonces hay que romper con tu propia individualidad.

¿Tendrán ese mismo problema sus amigos sobrevivientes, Dante y Aarón?

Van a la cabeza del desfile fúnebre de Saúl.

Saúl (5)

Marcharon juntos a la cabeza del desfile fúnebre de Saúl Mendés. Invitaron a la viuda, María-Águila. Su guardaespaldas, un hombre rudo y calvo, dijo que la mujer estaba postrada en cama. Dante y Aarón entendieron. Encabezaron la caminata del hospital, donde sin éxito trataron de revivir a Mendés, al panteón que Mendés inauguraría. Primer héroe de la revolución. Primer caído por la patria.

¿Suicida? ¿Por qué? ¿Para qué?

¿Asesinado? ¿Por quién? ¿Por qué? ¿Para qué?

Ni Dante ni Aarón, al frente de la marcha fúnebre, querían o podían contestar estas preguntas. María-Águila era presa de un mutismo de ojos encendidos. ¿Nadie sabría leer esa mirada? Dante y Aarón la recordaban, pero como parte de una pareja, pareja revolucionaria, devotos ambos, desde siempre, a la idea del cambio. Habían, al cabo, triunfado. Saúl Mendés y María-Águila. Eran los héroes.

¿Por qué, entonces, esta muerte repentina? ¿Por qué, ahora, los tres mosqueteros de la revolución —Dante, Aarón, Saúl— eran sólo dos?

Sólo dos. No se miraban, en la marcha del hospital al panteón. El cuerpo de Mendés fue traído a la calle envuelto en una gran sábana blanca. La multitud que lo esperaba estalló en un solo grito.

¡No!

¡Queremos verlo!

¡Saúl Mendés!

¡Por última vez!

¡Verlo!

Como si en el hospital alguien hubiese tenido la osadía —¿jugado la broma?— de sustituir el cuerpo del héroe por otro cadáver, anónimo. —¿Por quién? ¿Para qué?

¿Por quién? Por la cabeza de Dante cruzó el nombre de su hermano, Leonardo, capaz de robarle el héroe a la revolución.

¿Para qué?, iba pensando Aarón, ¿no entendía el pueblo que los verdaderos héroes eran ellos, el pueblo, el mismo pueblo que ahora posponía sus legítimos anhelos, el deseo de bienestar inmediato para los pobres que empezaban a reclamar el pan que el antiguo régimen no les dio y que el nuevo régimen les prometió, los ricos que temían perder lo suyo o confiaban en que la revolución los perdonara? Y la masa, esa muchedumbre que seguía el cortejo de Saúl Mendés, esa masa que gritó:

—¡Desnúdenlo!

—¡Queremos saber si es él!

—¡De verdad él!

—¡Saúl Mendés!

—¡Apóstol de la revolución!

Y por eso iban Aarón y Dante al frente de la procesión fúnebre, rodeados de miles y miles de ciudadanos que lo abandonaron todo —el hogar, el trabajo, el sótano, el hambre— para acompañar a la última morada al santo de la revolución.

—¡Saúl Mendés!

Saúl Mendés que no se rindió, que no tuvo tiempo de corromperse, eso pensó María-Águila, escondida detrás de los cortinajes de su propia casa, mirando por un resquicio de ventana el paso del cortejo de Saúl su hombre, diciéndose a sí misma, el loco amor de un hombre y una mujer no acepta la realidad, otra realidad que no sea la de su propia pasión —se mordió con una mezcla de irritación imposible y cariño duradero el puño cerrado—. Ninguna realidad y ningún obstáculo tampoco para ser y vivir la pasión superior.

¿Duraría el amor de Saúl y María-Águila un solo día de poder, en el poder? Ella lo había acompañado en toda la lucha y eso los unió, la lucha por las ideas. Sólo que las ideas iban a triunfar o a ser vencidas. Y ella —mirando el cortejo de su hombre desde las cortinas de su casa— hubiese deseado —lo deseaba aún, en este momento— la continuidad de la lucha, incluso la continuidad de la derrota, si esa era la condición para que Saúl y María-Águila se siguiesen amando. No tener más poder que la rebeldía. No darle órdenes a sujeto alguno, salvo a ellos mismos.

Acaso podía imaginar, viendo pasar bajo las ventanas el cadáver de Saúl, una traición, una gran traición, de los jefes sobrevivientes, Dante Loredano y Aarón Azar, a los ideales de Saúl, porque los ideales no se conservan con el poder y eso lo sabía Saúl y ella no sabía si lo sabían Dante y Aarón y entonces ella se alegraba de que su hombre se hubiese salvado de, ¿cómo llamarlo, el compromiso, la duda?, no la traición a sí mismo si hubiese llegado, como sus dos amigos, al poder.

Ignoraba María-Águila que este no era el momento de la traición tan temida por Saúl. Era el momento de la acción y del triunfo y ya en los primeros días del éxito revolucionario, los enemigos se habían desenmascarado, huyendo, organizando ejércitos contra la revolución, temerosos y escandalizados de que la revolución hubiese sido obra de soldados rebeldes, no sólo descontentos sino insumisos, ahora insumisos, a la política que los enviaba a las guerras del "tercer mundo" para que no regresaran nunca, muertos en desiertos y montañas lejanos, muertos o prisioneros, prisioneros o fusilados: pero que nunca regresen, que no se sepa nada, que haya guerras lejanas y secretas para que no haya rebeliones cercanas y abiertas.

—¿Y los que regresan? Porque es necesario que algunos regresen —alegó el presidente fantoche, Solibor.

—¿Por qué habían de regresar? —le preguntó con una sonrisa entre pícara y macabra Leonardo Loredano.

—Para que todo sea verosímil —dijo con razón el presidente.

—Está bien —accedió Leonardo—. Yo me encargo de eso.

Declarados muertos —asesinados— para que no hablaran. Encerrados en el manicomio del doctor Ludens.

Sólo uno escapó. El corso Andrea del Sargo, acostumbrado a desobedecer con la esperanza de mandar (así se definía a sí mismo). Del Sargo comenzó por informar a los soldados en los frentes exteriores, no se hagan ilusiones, de aquí nadie sale vivo, algunos regresan, es cierto, sólo para ser declarados locos o enfermos, recluidos en hospitales y manicomios, ¿cómo sabes?, lo sé, me escapé en el aeropuerto, escondido entre los paracaídas, ja ja. Eres pequeño, te equivocas, soy grande, muy grande, pero tú soldado, eres más grande que yo, puedes ser el que manda, no el mandado, ¿me entiendes? Creo que sí, Andrea, General Del Sargo, desde ahora, ¿me siguen?, ¿adónde?, a tomar los aviones para nosotros, a impedir que los que vuelven sean animalizados, esa es la palabra, tratados como animales por el poder, ¿y el poder?, tomarlo, soldados de la patria, tomar el poder, cortarle la cabeza al presidente, pasearla por las calles ensartada en una lanza, ¿solo?, ya verán, compañeros, ya verán, no somos los únicos averiados de nuestra república, verán unirse a nosotros a los pobres, a los descontentos, a los humillados, a los ofendidos, ¿y a los satisfechos?, discriminemos, camaradas, discriminemos, ¿y al frente?, ¿tú, Andrea, serás el jefe?

—No —rió fuerte Andrea del Sargo—, al frente los jefes de la resistencia política, Saúl Mendés, Aarón Azar, Dante Loredano.

—Dante es de una familia rica.

—Mejor. Tranquilizará.

—¿Y nosotros? ¿Y tú?

—Esta no es una revuelta militar.

—¿Qué es, Andrea? Dínoslo.

—Es una revolución popular.

María-Águila corrió la cortina y encontró la mirada de Basilicato. Un hombre feo, rudo, poco inteligente, que había cumplido las órdenes menos decisivas de Saúl cuando este se sentía fallecer de fatiga, se metía a la bañera, no podía estar en todo. Basilicato hacía las tareas menores, aquí, Basilicato, allá, Basilicato...

Y tú en tu bañera, Saúl Mendés-Renania, tú lavando tus llagas en el agua y yo tu testigo fiel, lista siempre con el toallón, sal del baño, Saúl, no te enfríes, tampoco te calientes, resérvate para los grandes hechos, para las grandes fiestas, sobre todo, Saúl, para la fiesta de la muerte, tú me diste vida, me diste amor, me diste ideas, acciones, ¿qué más puedo darte yo, tu permanente amiga María-Águila, Sor Consolata, sino la purificación de la muerte, tu hazaña final, necesaria, Saúl, antes de que la victoria te arrastre junto con Dante y Aarón y te arruine, Saúl, y ya no pertenezcas a mí y a nuestra causa, sino a ellos y a la suya, que no puede, no debe ser la tuya? Tu vida debe culminar ahora, cuando eres limpio, entero, un verdadero revolucionario, tú detrás de una mesa gobernando, no tú, Saúl, mejor muerto, debes morir para ser tú mismo, para seguir siendo Saúl Mendés-Renania, ¿me entiendes?, ¿entiendes que te mato antes de que sea demasiado tarde, entiendes que te mato para ver el paso de tu cadáver por las calles, del hospital al panteón donde serás el primer héroe de la revolución, desnudo en la camilla que precede la procesión, tan desnudo como quería verte el pueblo para conocerte entero, sin el disfraz de la autoridad, un cuerpo desnudo y plagado de heridas que ya jamás cicatrizarán, Saúl, y tu sexo en reposo para siempre, tu circuncisión revelando la limpieza hebrea de tu vida…?

María-Águila cerró la cortina y encontró la mirada, a la vez inocente, grosera y levemente pícara de Basilicato. El testigo. La única persona fuera de María-Águila que conocía la verdad.

Federico (26)

Oye, Federico. Hay un personaje que se nos ha perdido en este tumulto.

¿Quién?

El tal Rayón Merci. No lo veo desde que Aarón Azar lo condenó a la cárcel.

No podemos ocuparnos de todo el mundo.

Te digo que falta Rayón Merci. ¿Qué sabes de él?

Todo y nada.

¿Tú hablaste con él?

Me disgusta nuestra conversación.

Si yo te digo lo que sé, tú debes hacer lo mismo.

III. Ciña, oh patria

Dante (2)

Cabalga de noche. Todas las noches. Del bosque a la plaza, de la plaza al lago, del lago nuevamente al bosque, bajo cielos amedrentados, surgiendo del umbrío bosque al diamante extendido del lago, aprendió a montar desde muy niño, junto con su hermano Leonardo. *Les frères mexicains,* los llamaban por descender de mexicanos y porque estos tienen fama de jinetes. ¡Y eso que el caballo llegó tan tarde, con la conquista española! Monstruos de cuatro patas, nunca antes vistos, y el hombre de fierro, armado y parte de la bestia, era la bestia misma: cuatro patas, dos brazos, dos piernas aferradas a las ancas.

En esto pensaba Dante cuando corría de noche por bosques y parques, plazas y lagos, de noche, fantasma de la ciudad, heraldo mudo de la revolución negada por la permanencia del dolor, de la miseria, del pasado.

—Toma tiempo —le decía Aarón Azar—. Nada cambia de la noche a la mañana.

—No lo entienden —replicaba Dante—. El cambio ya. Creen que la revolución es el cambio inmediato. La felicidad, en suma.

—Tú háblale a las masas. Tú eres bueno para hablar y convencer. Ya sabes, yo no.

—Ah, la gente quiere acciones dramáticas, que los compensen…

—¿De qué…?

—De la lentitud del gobierno.

—Gobierno no. Revolución. Habla. Convence, Dante. Todavía no concluye la revolución.

—¿Acabará algún día?

Aarón no contestó, pero los dos hombres —los dos amigos— sabían que había cosas inmediatas, y otras a largo plazo. Había una revolución de ahora y otra de mañana.

—¿Cómo prolongar en el futuro el entusiasmo de hoy?

—Con cuentagotas.

—¿Eso es revolución?

—Es revolución permanente. Es revolución institucionalizada.

Aarón se refugiaba en la soledad y Dante le hablaba a la multitud, había enojo, desencanto, premura. Como si el entusiasmo popular hubiese culminado en la marcha fúnebre de Saúl Mendés y ahora la gente despertase de una gran fiesta con dolor de cabeza y pidiendo aspirinas.

—¿Quién les manda beber tanto la noche anterior?

Dante y la asamblea de la revolución.

Contra los enemigos de la revolución.

¡Alertas!

Unidos todos.

La gente grita: ¡Justicia!

Démosle justicia.

Aprueben las leyes de la revolución.

Apoyen los movimientos populares.

¡Apoyemos, di mejor, Dante!

¡Apoyemos!

Precavidos contra los enemigos de la revolución.

La revolución empieza aquí, aquí en la asamblea, con nosotros y con nuestras leyes.

Aquí aprendemos el vocabulario de la revolución. ¡Apoyemos!

Aquí derrotamos al pasado resurgente con el futuro insurgente. ¡Apoyemos!

¿Y tu hermano? —grita una voz desde el foro—. ¿Leonardo Loredano? ¿Ya lo castigaste? ¿Ya lo expropiaste? ¿Leonardo? ¿Tu hermano?

Cambiaba con velocidad impresionante el discurso de Dante. Era el mismo, era el nuevo, era el llamado.

Hay un enemigo exterior a nuestras puertas. Ese es el verdadero peligro contra la revolución. ¡Todos los patriotas unidos contra el peligro exterior! ¡Esa es la diferencia, quién se ha unido al extranjero y quién ha permanecido en la patria, defendiendo con su presencia a la nación y en consecuencia a la revolución…!

¿Y tu hermano?

¿Y el pueblo?

Hay tormenta. La emoción popular estalla. Hay miedo. Hay robos. Los de abajo quieren juzgar a los de arriba. ¿Quiénes son ahora los de arriba? ¿Dante? ¿Aarón? ¿Dante visible? ¿Aarón invisible?

Mírenlos: son uno. Se abrazan en la asamblea. Son como hermanos, Dante y Aarón. ¿Hermanos Dante y Aarón? ¿O hermanos Dante y Leonardo? Galopar toda la noche. Sin fin. ¿Adónde?

¿Al destino, se pregunta Dante, al propio destino?

A seducir a las masas, esa es tu tarea.

¿Dónde?

En la asamblea.

¿Y mi soledad, cuándo?

¿Solo, sin el cargo de su familia, los siglos de dominación y riqueza de la madre Colbert, el oportunismo del padre Zacarías? ¿Sin la fraternidad inmediata de Leonardo? Renunciar a todo, renunciar a sí mismo, ¿eso era la revolución?

Una infinita soledad en nombre de la solidaridad. Cómo ser solidario siendo solitario. Y cómo seguir siendo uno mismo y parte de la comunidad. La asamblea ni siquiera se planteaba estas cuestiones. Para Dante, eran asuntos de vida o muerte. Nadie tenía derecho a pedirle que renunciara a su pasado en nombre del porvenir. Su madre Charlotte, su padre Zacarías, su hermano Leonardo eran tan suyos como su camarada Aarón y como su líder Saúl, como la viuda recluida María-Águila, y todos ellos eran tan parte de él como la asamblea de abogados, notarios, pequeños comerciantes, mujeres liberadas y enfurecidas, profesores convencidos, a su vez, de que la revolución era no sólo para ellos, *era* ellos, ingenieros, médicos, antiguos dentistas, jóvenes idealistas y jóvenes enojados, el pueblo entero representado aquí y defendido por sí mismo, es decir, por su número: ¿Quién era Dante, quiénes eran sus padres y su hermano, por qué no estaban aquí, parte del gran todo revolucionario? ¿Cómo se atrevía Dante a pertenecer al pasado y al mismo tiempo, a un presente que auguraba el porvenir? Debía entender, Dante debía entender: ¿Con la asamblea, uno más y parte del todo, o contra la asamblea, uno menos por ser parte del pasado? (¿Y no lo eran todos?)

Conciliar, conciliar, tal era la meta de Dante, al mismo tiempo que exigía, por convicción y como prueba de su fidelidad revolucionaria, aplazar las leyes, proceder con decisión, ejecutar, fusilar si fuera necesario. Ofrecer la receta de su propia desaprobación sin alcanzar a convencer de la necesidad de su propia redención.

Dante, cabalgando la noche entera, se decía que no, la revolución era algo real, tangible, un ente en sí mismo, sin amarres de familia, sin emociones, sin recuerdos, sin ternuras.

La revolución, como Saturno, devora a sus propios hijos, dijo Saint-Just en el clamor de la revolución francesa, y permanece sola, sin fisuras, como un gran ídolo que se justifica a sí mismo y no considera los sentimientos de quienes no estamos hechos de piedra.

¿Podemos, se preguntó a sí mismo el caballero de la noche, humanizar al menos una parte de la revolución, darle entrada al sentimiento de piedad junto con el de solidaridad? ¿Querer a la gente, de veras, sin traicionar a nadie?

¿A la revolución?

¿A la familia?

Tu hermano. Danos la cabeza de tu hermano. Demuestra que eres un verdadero revolucionario.

Traiciona a tu propia fraternidad para ganar la nuestra.

Federico (27)

¿Qué es la voluntad de poder? Es la creación de formas que subyugada a otras fuerzas que a su vez reaccionan, se adaptan, asegura la existencia del poder gracias a la sumisión al poder.

La voluntad. ¿Y el instinto de poder?

No, es que puede haber voluntad de no tener poder. En ese caso, el instinto también juega, sólo que en contra del poder. Ya conoces mi teoría. Nada existe sin conflicto, oposición y lucha. Aun lo que renuncia a conflicto, oposición y combate.

¿Un caso en tu narración?

Gala, sin duda.

Leo-Gala (1)

A Gala le costó aceptar a Leonardo escondido en su casa. ¿Pensaban ahora que la casa de Gala era un escondite perfecto? Ella se negaba aceptar esto. Aceptó a Leo. Pensó que su hermano, Dante, había llegado al poder. Y que tendría todo un desafío: convencer al pueblo de que era un revolucionario. A pesar de su nombre. A pesar de sus padres. Y a pesar de su hermano.

No supo Gala si protegía a Leo de su hermano Dante. O de la plebe que le exigiría la cabeza de Leo. O si admitía a Leo por sí mismo, aunque no hubiese guerra: Leo por Leo, porque eran amigos. Porque Leo era parte del proyecto de amor de Gala. Ella y los dos hermanos reunidos en armonía, excluida la tentación de la carne. Los tres en un diálogo ajeno al acontecer diario. ¿No lo habían superado, ese acontecer?

Cuando Gala le dio techo —refugio— a Leo, se cuidó de acusarlo. Lo que importaba es que él estuviese aquí, con ella. Principio del trío tan deseado. ¿Vendría un día Dante? ¿Acabaría por unirse a su hermano y a la mujer de ambos? Gala no sabía si Dante adivinaba un porvenir sin más poder que el del amor que pudiesen darle su hermano y la mujer de ambos.

Ahora, al abrirle la puerta a Leo, ella pensaba más en esta posibilidad —Leo, Dante, Gala— que en los pecados que podía acusarle a Leo. Le zumbaban en la cabeza, como avispas mentales. Leo con un padre encerrado en el ático. Con una madre lejana y desdeñosa en un castillo de la Dordoña. Con un cónclave de poderosos reunidos en la casa de Leo para convencerse a sí mismos del triunfo de su política del engaño.

No hay guerra.

No hay supresión de noticias.

Los cadáveres de los soldados muertos no regresan de noche, cuando nadie los cuenta y nadie los ve.

Los heridos no están en el manicomio.

Ella lo sabe porque Leo no se lo ha dicho.

¿Cómo lo sabe ella?

¿Se lo ha dicho Dante?

¿Saben los hermanos que ella sabe?

¿Saben que sabe?

¿Y por qué sabe lo que sabe Gala?

¿No es Gala algo más que una excéntrica, una tonta que cuenta cuentos sobre domadores asesinos de sus tigres, estudiantes japoneses que matan por ignorancia a celebrantes del Carnaval?

¿No es Gala más que la hija imaginaria de una estrella de cine, Lilli Bianchi, enterrada y arrojada a la piscina por su vengativo y rencoroso director Van Loon?

¿No es cierto todo esto, lo que Gala le ha contado a los hermanos Dante y Leonardo?

Con el propósito de urdir una trama, de inventar una historia, invitándoles a entrar porque un cuento es eso, una invitación a entrar al mundo del relato, de la imaginación, lejos del poder y el contra-poder, de la reacción y la revolución.

¿No lo entendieron?

Ella entendió que Leo estaba aquí, en casa de ella, refugiándose. ¿Qué temía? ¿La venganza popular? ¿O la de su hermano Dante? Esto no lo concebía Gala. Si algo tenía Dante, se dijo al recibir a Leo, era una decencia esencial, tanto pública como íntima. Dante obraba por convicción. No traicionaba. Por eso lo quería Gala. Lo necesitaba para integrar el trío del diálogo con su hermano Leo, porque este no era como Dante y porque ella creía en el diálogo a partir de la diferencia, no la oposición. Leo era *el mal*.

Acaso esta esperanza era vana. Fue en nombre de su perenne ideal (el contrario) que Gala le abrió las puertas al fugitivo Leonardo, adentro, adentro, aquí no te buscarán, y si te buscan, no te encuentran, Leo.

¿Qué había en la mirada de este?

Había la vergüenza de su pasado, eso quiso ver Gala, eso le bastó para admitirlo. Que él pudiese sentir que su pasado era malo, que su madre Charlotte tenía razón en mantenerse alejada, que Zacarías recuperado para la furia y la injuria hacía imposible la vida en común, que Zacarías estaba más loco hoy que ayer, acompañado en el desván por esa mugrosa muchacha adolescente (¿cómo se llamaría?), y sobre todo, que los papeles se invertían, que ahora el poder le pertenecía a quien hasta ayer era sólo un intelectual dispensable: Dante. Y no a él, a Leo.

Leo temía el desdén de Gala. Ella lo sabía todo aunque no entendiera nada. Ella conocía el poder mal empleado de Leo y ahora lo recibía y no le recriminaba el pasado. Es más, fingía desconocerlo. Lo recibía como siempre. Como si no hubiese pasado nada. Nada menos que una revolución. Ella ignoraba si los hechos de la calle aplazaban o aceleraban el sueño ideal de Gala viviendo con Leo y con Dante. Por eso la presencia de Leo en casa de Gala no era, para ella, la prolongación de un hábito, sino la novedad de un deseo. El principio de una reunión deseada porque Gala se decía en secreto, "los quiero a los dos, los deseo a ambos, y si no los reúno a ambos, acabaré por acostarme con uno u otro, es la debilidad de la carne, es el pecado de Lilli mi madre, darle el sexo a todos, hombres y mujeres, maridos y amantes, pasajeros todos, un solo sexo femenino receptivo de la muchedumbre". Ese asco, alertándolo como posibilidad, es lo que Gala quería evitar y diciéndose los quiero a los dos, temo entregarme a uno solo, sólo si los dos aceptan hablar conmigo al mismo tiempo puedo no sólo aplazar, sino evaporar la tentación carnal.

—Entra Leonardo. Estás en tu casa.

Federico (28)

No me parece que este sea el destino de Leonardo, Federico.

La pregunta es esta: ¿el destino llega sin nuestra voluntad? ¿O somos nosotros quienes lo provocamos?

Dante (3)

¿El destino llega sin nuestra voluntad? ¿O somos nosotros quienes lo provocamos?

La asamblea revolucionaria puso al voto la ejecución de los contra-revolucionarios. Se propusieron largas listas de antiguos funcionarios, de expatriados, de traidores. Todos juntos y todos revueltos. Como si el que no estuviera de cuerpo presente en la asamblea misma —el congreso de la revolución— fuese por ello mismo enemigo de la revolución.

El congreso: iban llegando de todo el territorio representantes de los campesinos, la clase obrera, los profesionistas, los educadores, los pequeños propietarios, los magistrados como Aarón Azar… ¿Los grandes burgueses y aun aristócratas, como Dante Loredano? Por supuesto: la revolución era generosa y abierta, quienes estaban contra ella eran sus enemigos. ¿Sólo quienes estaban contra ella? ¿O quienes pertenecían a las clases enemigas?

—Pero un obrero puede traicionar a la revolución —alegaba Dante pidiendo justicia, clemencia y aun personalización de los castigos surgidos de una asamblea dispuesta a demostrar su poder con el número de enemigos identificados y ejecutados.

—Es más fácil que un burgués acomodado nos traicione —le replicaban.

—Y más —gritaba otro— un aristócrata renegado.

—La revolución no se fortalece excluyendo, sino incluyendo —argumentaba Dante.

—¿Incluyendo a tu hermano? —le contestó una carcajada colectiva.

Así de grande era el odio contra Leonardo, convertido en el primer enemigo de la revolución, por serlo en verdad, o por ser hermano del tribuno Dante.

¿Y si Dante no ocupase la tribuna?

¿Sería Leonardo objeto de tanto vituperio si no fuese hermano de Dante?

Quizás, quiso imaginar Dante, Leonardo sería condenable y condenado por sus propias acciones. Era el testaferro del poder, el corre-ve-y-dile del presidente Solibor, cuya cabeza fue paseada por las calles clavada a una pica, ayer nada más…

Leonardo merecía el oprobio, admitió en secreto Dante, que mantenía a toda hora una consulta con su alma, creía en su alma y en los demás y por eso alguien como Gala podía quererlo, dominarlo…

Esta idea lo llenó de felicidad, en este momento. Otra, lo llenó de duda y prevención. ¿Debía él, Dante, abandonar la tribuna para dejar sin pretexto a la asamblea? Acaso, si él ya no estaba allí, se olvidarían de él y de su hermano Leonardo. Buscarían otras víctimas. Porque la asamblea, en este momento de su nacimiento rebelde, requería enemigos y los enemigos debían ser víctimas o la asamblea carecería de sentido. ¿Cómo se justificaría el notario ante el obrero si no pedía la cabeza del oligarca? ¿Cómo, a su vez, se justificaría el trabajador si no le exigía al profesionista la fraternidad de la muerte?

—¿Mandarías fusilar a tu propio hermano? —se levantó una voz agria.

—Si fuese un traidor —contestó Dante.

—¿Y si lo fuese? —añadió la voz amarga.

—Si lo fuese.

—¿Lo es o no?

—No. No lo es.

—¿Entonces, camarada Dante?

—No inventemos culpables.

—Ataca, camarada Dante, ataca.

—Yo pienso, no ataco.

—No se piensa sin atacar. ¡Esta es la revolución! ¿No se ha enterado?

—Piensen, señores, o mañana ustedes serán ejecutados también.

—¿Por qué?

—Por imbéciles —se le escapó, desde la tribuna, a Dante y la respuesta fue un coro irritado de gritos, puños alzados, rechiflas y amenazas.

—¡Bájate, traidor, baja de la tribuna!

—¡La tribuna pertenece a la nación, no a los burgueses arrepentidos!

—¿Arrepentidos? ¡Traidores!

Galopar la noche entera, sin rumbo. Rodeado de oscuridad, intentando mantener viva la luz interna. La luz que amaba la revolución pero no sus sombras, una revolución clara, abarcadora, humana, en suma…

Imaginaba el discurso que pudo decir esta tarde en la asamblea, sin ofender a nadie. "Imbéciles". ¿Cómo se le escapó esta palabra? ¿Para qué? ¿No demostraban *la palabra* y *la idea detrás de la palabra* la adhesión de Dante a su propia clase, su desprecio cierto aunque secreto a esa cofradía de mediocres pasajeros, acomodaticios, sin carta de presentación, sin credenciales verdaderas que acudían a la asamblea de la revolución? Se decía que él no era carpintero ni oficinista ni campesino ni comerciante, sino un hombre de ideas, un hombre proveniente de la clase alta que en vez de oponerse a la revolución, la apoyaba y no deseaba por esto que la asamblea lo aplaudiese o lo comprendiese, sino que lo aceptase como parte del cuerpo social representado en la asamblea.

Hubiese callado. Sí, hubiese callado. Y ahora, hoy, era la hora de votar, sí o no, todos revueltos, funcionarios del pasado, expatriados, clases altas, traidores, todos juntos, todos revueltos… todos enemigos.

¿Cómo iba a votar Dante una ley tan perniciosa, tan ajena al matiz y a la distinción propia de la justicia? ¿La ley de la revolución era entonces, so capa de contundencia concreta, la más abstracta de las normas? La república revolucionaria, según este pensamiento de Dante, excluiría a esta manada de borregos oportunistas que ahora ponían a votación una ley de exclusiones con una simple decisión:

Sí-o-No.

Dante imaginó una república ideal y vio sólo una república real que lo excluía a él y lo mandaba al mismo lugar de donde había llegado. El lugar que cómodamente ocupaba su hermano Leonardo, donde Dante no quería, no debía estar. Sintió la desesperación de no poderle explicar a la mayoría parlamentaria las razones que hacían de Dante un buen revolucionario, no un reaccionario como su hermano. Sólo un revolucionario sincero, aunque hoy Dante miraba los rostros de trabajadores y burócratas, campesinos y abogados, tratando de adivinar y preguntarles: ¿Cuántos de ustedes, dentro de un año, o dos, cuando inevitablemente, cambie la dirección del viento, no abandonarán su rigor de hoy para aceptar la conveniencia de mañana, sea cual sea, incluyendo la de la contra-revolución? ¿Mañana, me perdonarían?

Solo en la tribuna, soportando insultos y escupitajos, manifiestos convertidos en proyectiles de papel, agredido, manteniendo la dignidad (como en una noche sin luna, el caballo, del bosque al lago, del lago al bosque, montado y solitario), aceptando su propio silencio porque nadie escucharía unas palabras ahogadas por el sonido y la furia del congreso. Y entendía que esta mañana (anoche cabalgaba en libertad, pidiendo que apareciese la luna ausente) nadie escucharía al moralista incómodo. Y sentía la satisfacción de saber que si lo escuchasen, él los dominaría.

Esa hora había pasado. Ahora, el legalista era el terrorista.

El destino de Dante se puso a votación.

Por su condenación a muerte como traidor a la revolución: todos.

Por su libertad: nadie.

Entre la mayoría que votó su muerte: Aarón Azar.

Federico (29)

Votar la muerte. ¿Es esta la forma final de la democracia revolucionaria? Voto por la muerte. ¿Por la mía también?

La vida lucha contra la muerte, Federico.

Lucha con la muerte.

También.

¿Sabes que es eso que acabas de decir?

Creo que sí.

Es un engaño. Un truco para preservar la vida.

Para nada. Es una manera de explicar la vida.

¿Sufrir sin saber por qué?

No. Sufrir como parte de un ideal estético.

¿El arte es la vida opuesta a la muerte?

Si quieres, sí.

Déjame ser claro. Aarón ha votado la muerte de su camarada Dante. El voto fue unánime. Un hombre va a morir por votación. ¿Cómo se queda, ante esa situación, tu "ideal estético"? ¿Cómo disfrazas a la muerte como arte?

Renunciando a la oposición arte o muerte. No, la asamblea votó la muerte de Dante. El arte no tiene nada que ver. Confundes las cosas.

Entonces, ¿puede haber arte sin política, arte sin muerte?

Es el ideal que propone Gala.

¿Cuál?

Oye.

Leo-Gala (2)

Había una araña suspendida sobre sus cabezas. "Araña", claro, ni física ni imaginaria. "Araña". Como lámpara que colgaba del techo de la casa de Lilli y su hija Gala, donde ahora se encontraba Leo. ¿Refugiado, escondido, o simple preludio del trío deseado por Gala?

Sentía lejos este final tan esperado. Dante era el orador de la asamblea revolucionaria apoyada por las bayonetas de Andrea del Sargo pero dominada por los diputados que llegaban cada día, representando a cada región, a cada ciudad, a cada pueblo de presencia aplazada por los largos años de la dominación plutócrata que Leo representaba, a la que Leo agasajó, atendió y divirtió. Y ahora se refugiaba en casa de Gala para escapar. ¿A qué? ¿De qué? ¿Dónde estaban los nazarenos, su *garde du corps?*

Llegaba el rumor. En la asamblea, Dante, investido de un poder novedoso y brillante, hablaba en nombre de la revolución. Hablaba a favor, no en contra de nadie. ¿Cuánto duraría esta "razonable actitud", como la llamaba su hermano Leo?

—Te siento nervioso —le dijo Gala.

—No. ¿De qué?

—De que se acuerden de ti. No te mencionan.

—¿Llegará el momento, Gala?

—¿De qué?

—De que se acuerden de mí. ¿Supiste de la cabeza del presidente paseada por las calles, ensartada en una lanza, como un animal?

Si la voz le tembló a Leo, Gala no se dio por enterada.

—¿Te molesta que no se acuerden de ti?

—No.

—No seas vanidoso. Claro que te importa.

—Va a suceder, tarde o temprano. Yo era consejero del presidente y el presidente…

Quería decirle que no se preocupara… porque ella tenía un propósito y los propósitos de Gala se cumplían. Si no en la vida diaria, entonces en una película ideal de Lilli Bianchi donde ocurría todo lo que ella deseaba. Esa era su fuerza. ¿La entendería Leonardo? Quizás llegaría a comprender, un día, mientras tanto, que la cinta de cine imaginaria iba supliendo a la realidad, la aplazaba, no la cancelaba. ¿Quién iba a adivinar que Gala sustraía del acontecer diario lo que no ocurría y lo trasladaba a la gran película cinematográfica que era la vida de Lilli Bianchi?

—Inventaré una película —le había dicho Lilli—. No tendrás otra. A ver, déjame mirar tus piernas.

La película se proyectaba en la gran pantalla de la mente de Gala, en espera del momento en que todos los argumentos de cine se evaporaban y quedaba sólo la realidad deseada: Gala con los hermanos. Dante y Leonardo.

—Nadie se acuerda de mí —se le escapó decir a Leo una mañana, mientras desayunaban.

—Qué bueno —dijo sin sonreír Gala, sirviendo el café—. Si te recuerdan, capaz que te fusilan.

Él la miró como extraño. Extraño a ella y a sí mismo.

—¿Qué te pasa? —Gala dejó la taza a medio llenar.

—¿Qué crees que me pasa? —respondió él.

Muchas cosas, pensó Gala cuando volvió a servir el café.

Ella sentía la presencia de Leo, escondido en casa de Gala, no como una cobardía. Ni siquiera como una precaución. Ella lo acumulaba a un deseo: su deseo de reunir a los tres, a los hermanos y a Gala. ¿Por qué? Se preguntaba a veces. ¿Pudo escoger a otra pareja fraterna? ¿Pudo, incluso, escoger a dos hombres sin relación entre sí, sin más liga que la propia Gala?

Podría pensar a veces —como esta mañana, mientras le servía el café a Leo escondido, caído del gran poder que su hermano Dante ocupaba ahora— que el hecho de ser hermanos le daba sentido al proyecto de Gala. Ser la mujer de los dos hombres de la misma sangre, dispuestos a enfrentarse en la vida pública pero unidos en la relación con una mujer.

Esto era lo importante. No un vulgar *ménage à trois*, consabido y aceptado por la sociedad actual, sino un *ménage-à-frères*, una relación entre hermanos enemigos pero amigos, dos hombres que al cabo se querían aunque se opusieran, dos seres salidos del mismo vientre materno, atados aunque los negaran, a los nueve meses que determinan la vida real de las personas (tengo treinta y dos años y nueve meses), incapaces de renegar de la madre como renegaron del padre (Zacarías) encerrado en un desván por Leo sin que Dante intentara, siquiera, evitarlo: los nazarenos guardianes.

Todo eso, separando al fin a los hermanos. Y en medio ella, Gala, reuniéndolos. Más allá de los afectos o desavenencias de familia, Gala como la mujer que uniría a los hermanos, Gala la restauradora de la unión fraterna, Gala como la madre final de los hermanos. Con una condición: que Gala, como la madre, fuese intocada. Esa condición: que tanto Leo como Dante aceptasen una relación de madre sin madre. Hijos huérfanos que tendrían una madre llamada Gala, a la que desearían sin tocar el tabú del incesto. A la que jamás tocarían, como si la prohibición les ordenase la conducta de lo más urgente en su sangre liberada: fornicar con la madre que no lo era.

Gala le sirvió el café al refugiado Leonardo. Otra vez. Ninguno de los dos sabía lo que acababa de ocurrir en la asamblea.

Federico (30)

¿Qué es el poder, Federico?

Es voluntad.

Entonces, primero, ¿qué es voluntad?

La vida eterna de la existencia.

¿Nada muere?

Los fenómenos van muriendo. La voluntad de vivir persiste. Ese es el poder real, el que emana de nuestros cuerpos, de donde emanan, a su vez, los sentidos. Que el cuerpo sea nuestro guía.

¿Más que el espíritu?

Vamos con Basilicato a obtener la respuesta.

Basilicato (3)

Aarón Azar necesitaba una tribuna. No podía perderse en la masa, como no fuese aclamado por ella. No podía ser uno más.

—No eres *uno más* —le dijo el comandante militar de la plaza, Andrea del Sargo—. Eres el número uno. Manda a alguien. Pide fotos.

Fue Basilicato y no era un simple testigo. En la gran plaza central se reunían diez, once mil hombres y mujeres, apretados unos contra otros, gritando vivas, vivas al gran líder muerto, Saúl Mendés, vivas a su inconsolable viuda María-Águila, la viuda del pueblo (Sor Consolata), muerte al traidor Dante Loredano, oligarca traidor, vivas, vivas al supremo dirigente, Aarón Azar, soy del pueblo, no necesito títulos, soy sólo el ciudadano Azar, y en la exaltación de diez, once mil ciudadanos más, Basilicato no se sentía sólo un ciudadano más. Miraba en torno suyo: él era como una diminuta ola en un océano de brazos en alto, cabezas anhelantes, cuerpos apretados, uno contra el otro, todos tocándose, esto hacía perder la razón a Basilicato, todos pegados los unos a los otros, como si fueran uno solo, no los individuos separados, extraños, rencorosos, diferentes, de la vida diaria, del trabajo de un zapatero, sino el cuerpo común de la ciudadanía y él, Basilicato, uno de ellos, no uno más ni uno menos, sino ciudadano de la ciudad, parte inexcluible de todos, abiertos todos a lo que de común rehusaban, tocar, ser tocados, ¡ser iguales todos!, la felicidad entraba en el cuerpo solidario de Basilicato, el zapatero ya no era un ser aparte, un ser feo, un hombre desagradable, era parte de una hermosa muchedumbre, bella como tal, bonita porque destruía la desigualdad, la fealdad, la pobreza, los oficios miserables, a favor de algo nuevo, algo que el hombre tosco, rapado, insignificante llamado "Basilicato" no había sentido nunca: ser de repente igual, hermoso, rico, sólo porque estaba aquí y en medio de la gran plaza, indistinguible de sus vecinos, todos a la altura de todos, nadie preguntando o preguntándose nada, sólo estando, qué felicidad, qué gloria, y ¿qué hacer con tanta alegría?, esta pregunta no turbaba la felicidad de Basilicato enviado por Aarón Azar a ser testigo y actor de la dicha revolucionaria mientras Aarón miraba la escena detrás de una cortina de su palacio, adonde lo había mandado el jefe militar Andrea del Sargo, no puede usted vivir en una pensión ni siquiera en una casa particular, el jefe de la revolución debe vivir en el mismo palacio donde antes despachaba el difunto presidente Solibor, ahí hay cuarenta habitaciones (rió Andrea), puede usted esconderse dondequiera, con quien quiera (sonrió Andrea a sabiendas de que Aarón presumía de pureza y celibato, como si fuese un cura) y salir al balcón en el momento oportuno:

—¡Ahora Aarón! ¡Afuera! ¡Al pueblo, ahora!

Al balcón y la masa estalla en vítores. Un solo gran grito más alto que la plaza, más alto que el palacio de gobierno, ¡Aarón, Aarón, primer ciudadano de la revolución!, no, soy del pueblo, no necesito títulos, desprecio a quienes quieren ser superiores, nadie es superior al pueblo, y ante la asamblea, pisando más seguro que desde un balcón y frente a la masa, el balcón era para Dante, Azar no podía suplirlo, la masa se bastaba a sí misma, diez, once mil personas gritando un viva que se iba volando al cielo, un viva que jamás iba a aterrizar mientras Aarón Azar se peinaba, se arreglaba el traje, se ponía el sombrero de magistrado para iniciar una función que la asamblea le había asignado, no él, no su ambición, no su vanidad, sino su puesto de dirigente electo por la asamblea y su vanidad de hombre inquieto de irse quedando calvo y calvo feo, no limpio como una bola de billar. Un calvo con pelo de prestado, pelo largo de un lado de la cabeza empeñado al otro lado y ridículo si volvía a su lugar y le colgaba como una trenza indeseada, cuando tomaba una ducha... Y entraba a la asamblea donde los diputados se negaban a regresar a sus casas y a sus vidas de todos los días, los había que iban y venían, pero la mayoría había acampado en el salón de deportes donde se celebraba un congreso permanente que no podía interrumpirse porque eso sería interrumpir a la revolución, la masa en las plazas, los diputados en la asamblea, día y noche, sucios, lavándose como podían, colas en el baño, gente con bacines para orinar, rincones cagados, los comerciantes y profesionistas avergonzados al principio, abandonados a la naturaleza después, como animales, olió Aarón Azar sin atreverse a tapar las narices, la gente del campo sin complicaciones librada aquí a lo que hacían siempre: comer, dormir, defecar, sólo el límite del sexo y Aarón en la tribuna.

—Hay una felicidad que nace de lo necesario, no de lo superfluo. Lo necesario es la pureza de la revolución. Los que se oponen a la revolución quieren su impureza. Los hombres puros exigimos la violencia contra los hombres impuros...

—¡Dante, Dante! —gritaron algunos.

Aarón no les hizo caso. ¿Era halago o reproche incipiente?

—Si la virtud exige el terror, entonces el terror es la virtud.

Una aclamación. ¿Contra Dante, identificado con la virtud? ¿Contra Aarón, con el terror?

—Audacia, compañeros. Ni virtud ni terror. Audacia para cumplir con la revolución. Disciplina para no flaquear.

—¿Qué nos pide la calle? —gritó alguien.

—La calle nos pide terror —contestó con calma y gravedad Aarón—. ¿Lo aceptamos?

La asamblea contestó con un gran ¡Sí!, ¡terror, terror! Como si acabasen de inventar la palabra y la saboreasen, nueva y reluciente, terror, palabra bebé, terror, que creciera el niño, que actuara el hombre...

—¿La asamblea le da lo que quiere a la calle?

Un gran sí colectivo.

Como si los oyesen, la masa reunida en el zócalo se desprendió de sí misma, corrió en grandes bandadas de un lado a otro, rompió escaparates, embadurnó retratos, derribó estatuas, se vio en los espejos y los destruyó porque ellos no eran ellos, no hay razones que dar, entendió Basilicato, testigo y actor, sólo hay que actuar, la violencia es mi acción más inmediata, rompe el escaparate, derriba las estatuas: ya no hay héroes, se acabó el pasado, ¡amanecemos! ¿Por qué tan pocos tienen todo y todos no tenemos nada?

Estas últimas palabras se suspendieron en el aire. ¿Quién las contestaría? No hubo respuesta inmediata. Basilicato se turbó. Pensó como todos y, como todos, no hizo nada. Habían destruido algunas cosas. Casi todos regresaron a la plaza, desorientados, algunos se encaminaron a sus hogares, más desorientados aún. Los buitres negros —aves del día— volaban alto, como si oliesen, Basilicato los vio allá en lo alto, los dispersó inútilmente con su gorra de obrero, lejos, aves negras, aves de la muerte, aún no, rapaces. Y como si le obedeciesen (¿era tal el poder de este hombre en esta hora, en este lugar?) abrieron sus enormes alas en busca de un aire menos cálido que este. Un hombre que debía ser del campo, ahora hermanado a Basilicato por la personalidad nueva, compacta, de la masa, le dijo con voz pequeña, "vuelan horas enteras, nunca se cansan, buscando qué comer".

Ahora, ¿qué?

Le pasaron a Aarón Azar, al terminar la jornada, pilas de fotos de la multitud en la plaza. Así podía ver, fijamente, los rostros que en la vida parecían fuertes, con la fuerza de la colectividad pero sin el relieve de la personalidad.

Foto tras foto.

Aarón meditaba sobre estos rostros. Le decían que tenía razón, que por más que él fuese la cabeza del gobierno, ellos, la masa, hacían posible el gobierno. Lo creía.

Regresaba entonces, como a una amante a la que no se puede abandonar, a sí mismo, a Aarón Azar, sólo que visto con la multitud aunque divorciado de lo mismo que lo sustentaba.

Esta necesidad de ser el máximo dependiendo de tantos mínimos le reconfortaba, le exaltaba y le asustaba, todo al mismo tiempo. Él era un hombre puro. Lo que hacía era por necesidad política. Lo hacía a nombre de ellos, los que estaban en la plaza pública. Sin ellos, él no era nadie. Pero sin él, la contrarrevolución ganaría. Y para ganar, él, Aarón Azar, debía ser lo que la calle le pedía: un terrorista en el poder.

Siguió revisando las fotos fijas.

Con un grito sofocado, tapó el rostro revelado entre la masa, por la fotografía.

¡Estaba allí!

¡Estaba libre!

¡Vivía! Aarón Azar colgó la cabeza y la abrazó con una suerte de desesperación.

Federico (31)

¿Qué es para ti la historia?

Bueno, es tiempo. Pasado, presente y futuro.

¿No se repite la historia?

A veces. Muy poco. Nada es igual hoy a lo que fue ayer y será mañana.

Te equivocas.

¿De veras, Federico? ¿Qué es para ti la historia?

Pregúntame mejor, ¿qué es para ti el tiempo?

Muy bien. El tiempo es lineal. Viene de ayer, es tu hoy que mañana será ayer y se dirige al futuro, en el que ya estamos tú y yo, comparado con el minuto anterior.

Es el tiempo cristiano.

Supongo.

Llega Cristo y redime el tiempo. Se inicia el tiempo cristiano, que va hacia delante y acaba en el cielo. O el infierno.

Así es, Federico. Esa es doctrina cristiana.

Así es también el tiempo del progreso laico, ¿no? Siempre adelante, ya no hacia el cielo. Sino hacia el progreso y la felicidad.

Dicho así, se puede discutir.

Mira lo que estamos describiendo, la historia de Aarón y Dante y Leonardo y María-Águila, todos ellos. ¿Crees que todo esto sucede por primera vez, al narrarlo ahora?

No, si está en un libro, puede suceder cuantas veces el libro sea leído.

¿Entiendes la trampa?

Entiendo *tu* trampa, ¿eh?

En serio. Cuando lees un libro titulado, por ejemplo, *Federico en su balcón*, tienes que tener fe en la ficción que te cuentan y das por descontado que ha habido y habrá varios lectores distintos de un mismo libro.

Súper-Duper-Gary-Cooper.

¿Qué?

Nada. Referencias. Dime lo que quieres decir.

Que no le robes a la vida lo que le das a un libro. Repites la lectura. También repites el tiempo.

¿La historia?

No la de la novela. La de los calendarios.

Tú naciste en…

No lo digas. Lo que te indico es que este tiempo, este hoy tuyo y mío, ya ocurrió. Es una reiteración. Pueden cambiar los decorados. Pero este tiempo sólo se repite.

¿Ya ocurrió el hoy, ayer?

Sí, porque el tiempo no es lineal, como tú crees. El tiempo es cíclico. Vivimos un eterno retorno.

¿Aarón, Dante, Leonardo, ya fueron?

De lo contrario no estarían en un libro.

Federico, tus teorías no pertenecen a la libertad, sino a la fatalidad.

Yo creo en el libre arbitrio. Creo en la actividad de los seres humanos.

¿Incluyendo a los personajes de una novela?

El cristianismo somete la voluntad al capricho de Dios. Yo quiero liberar la voluntad.

¿Repitiéndola una y otra vez?

Todo lo que ocurre es reiteración de lo mismo. No hay escapatoria.

Pensamos y la voluntad es obra de nuestro pensamiento, no de la voluntad divina, sino de nuestra libertad. Tus ideas pertenecen a la fatalidad, Federico, no a la libertad.

Estás loco.

No. No estoy de acuerdo contigo, es todo. Creo en la libertad. Creo en el futuro. Creo en el progreso. Creo en el valor insustituible de cada individuo. Creo que cada uno de nosotros posee un término en la Tierra y creo que lo que haga cada uno con su vida es valioso.

Ah, oigamos entonces a Dante Loredano.

Dante (4)

Se dieron un abrazo inevitable.

¿Qué se dirían, en esta celda, la víspera de la ejecución de Dante?

Hubo respeto. Se abrazaron y luego se miraron largo rato, como si la memoria exigiese un tiempo comparable —en síntesis— a sí misma. Y eso dijo Dante.

—Nuestra memoria es más larga que este momento.

—Y sin embargo, lo ocupa entero…

—Se abrevia porque así es como recordamos. Habla sin rodeos, por favor.

Aarón se separó del abrazo.

—Piensa que esto no tiene nada que ver con nosotros, tú y yo. Dantón y Aarón.

Dantón sólo preguntó con la mirada. Bastaba.

—Tiene que ver con algo que nos rebasa a ambos. La revolución.

Dantón iba a decir "que hicimos juntos". Mejor calló.

—Démosle amor a los demás, para que tengan compasión de nosotros.

"¿Votaste contra mí por amor?", iba a decir Dante.

—Voté con la mayoría, Dante —dijo Aarón como si adivinara.

—Porque si votas conmigo…

—Estaría en la minoría. Contigo.

—Y ambos nos encontraríamos aquí, juntos, sentenciados por una voluntad acomodada y pasajera.

Acomodaticio —pasajero—. Aarón no quiso registrar estas palabras.

—Tienes que entender, Dante. Si voto contigo seríamos dos contra la mayoría. Estaríamos condenados ambos, tú y yo. Encerrados aquí, los dos.

—¿Entonces?

—La revolución sería de ellos.

—¿No lo es ya?

¿Qué había en la mirada imposible de Aarón? ¿Qué decisión, qué misterio que antes Dante tomaba por descontado como parte de la acción que los hermanaba? Esa mirada, que no había cambiado, ya no era fraternal, ni siquiera era enemiga. Era otra. Pertenecía a otro hombre. A un desconocido. Aarón Azar.

El hombre desconocido dijo:

—Ten resignación.

Dante se sintió ofendido. Sonrió.

—Es la virtud del santo.

No supo cómo recibir lo que le pareció el cinismo de su viejo amigo.

—¿Resignación? Más bien, desprecio —continuó Dante.

—No rebajes tu muerte. No la desprecies tú mismo.

—A ti. A ti.

—No seas tonto.

—A ti, Aarón.

—No te entiendo.

Por eso dijo Dante, explicó Dante que lo entendía todo, que si el moralista incómodo no era ejecutado a tiempo, acabaría por dominar a los inmoralistas que lo juzgaron.

—¿Eso temieron ustedes?

—Yo no soy ellos. Yo continúo la revolución en tu nombre. Dante. Yo soy tú, el tú que sobrevive.

Aarón hizo una pausa incómoda.

—Eso vine a decirte. En este gran conflicto que nos rebasa a ambos, ¿lo entiendes?, estamos metidos en la historia. Ya no somos nosotros.

¿Cómo iba Dante a decirle "te desprecio" a este hombre tan despreciable ya, el visitante innecesario que pudo mandar a Dante al paredón en nombre de la mayoría pero también, únicamente (se dijo a sí mismo Dante) a nombre de los dos, los viejos camaradas? Uno moría para que el otro viviese. Y también para que no muriesen los dos juntos. ¿Así eran las cosas, al cabo?

—¿Morirías conmigo, Aarón?

El impulso físico de Dante fue incontrolable. Empujó a Aarón hasta el muro de la celda. Aarón estuvo a punto de gritar. Se contuvo. Miró con rapidez nerviosa hacia la puerta, como si esperase auxilio en caso de que Dante lo matase allí mismo, en un acto, también, de fraternidad extrema: muertos los dos, camarada Aarón, pero tú primero… muertos los dos.

Dante se dio cuenta de las consecuencias posibles de su impulso. Soltó a Aarón. Bajó la mirada.

—Muere Dante para que viva Aarón —alcanzó a decir. No se atrevió a preguntarlo. Sólo lo dijo.

Aarón no respondió. Ganó la puerta. El guardia la abrió. Salió Aarón. No se despidió. No dijo más. Sabía que ahora las palabras sobraban. Iría a pronunciarlas a la asamblea o ante la masa irritada porque no recibía lo que esperaba y Aarón decía que los enemigos de la revolución buscaban por todos los medios retrasar la revolución.

Habrá pan, en cuanto derrotemos a nuestros enemigos. Derrotaremos a nuestros enemigos para que haya paz y haya pan, la revolución no tolera dudas, fidelidades a medias, hoy en la mañana fue fusilado el burgués Dante Loredano, enemigo de la revolución, el único defensor de los expatriados y traidores en la asamblea, ¡sirva de ejemplo!, ¡Quien no se una a la voluntad general, será excluido, lo pagará con la vida! Y en la revolución, cuando un hombre se excluye, es que pide la muerte: ¡sepan todos!

¿Muere Dante para que viva Aarón?

Se preguntaron lo mismo los viejos amigos, Dante la víspera de su muerte, Aarón la noche sin reposo que compartió, sabiéndolo, sin la serenidad de Dante.

Y Aarón se dijo con los ojos cerrados y la cercanía infantil —tan válida, tan fría— de la niña Elisa: —Si yo existo, tú, Dante, no puedes ser.

Quizás lo dijo en voz alta.

La niña despertó. —¿Qué dices, señor?

—Nada. Hablo en sueños.

Dante conocía a su verdugo y lo despreciaba y Aarón lo sabía y por eso no podía conciliar el sueño.

Los miembros de la asamblea querían verse unos a otros. No se atrevieron. Nadie era traidor, pero ¿quién sería el siguiente traidor?

Federico (32)

Era el mediodía. Por lo menos así lo creí. El sol brillaba en el centro del cielo.

Federico sintió sueño y se retiró a descansar.

Yo traté de adivinar el sentido de lo que veía desde el balcón. Nada inusual. El ir y venir de la gente.

Quise adivinar la ocupación de quienes he conocido con Federico.

¿Era esa la casa de Gala, a tres cuadras de distancia? ¿Oía yo un canturreo que sobrevolaba los techos y enmudecía las avenidas?

No lo sé. Federico ya no estaba en el balcón.

Leo-Gala (3)

Gala canturreaba a propósito, *ne me quitte pas, il faut oublier* mirando de reojo la exasperación de Leo. El encierro se prolongaba. No tenía para cuándo acabar, se decía Gala con una sonrisilla pícara. Todo era esperar. Una de dos. O la revolución se abría al pasado y recogía a las ovejas perdidas, o la revolución se cerraba, exigía unidad ideológica y el exterminio de la clase dominante anterior.

Los nervios de Leo eran explicables. Él podía caer en cualquiera de las dos categorías. Sería perdonado o sería condenado. En ambos casos, lo malo es que, perdón o pena, le serían atribuidas a su hermano Dante, líder de la revolución. Encerrado, nervioso, disminuido como refugiado en casa de una mujer, Leo, sin embargo, era sólo pieza movible, pobre alfil de un juego en el que el rey era Dante su hermano.

¿Era el rey? ¿De verdad? No escapaba a la inteligencia de Gala que eran tres los jefes del movimiento, Saúl, Dante y Aarón. Sólo que Saúl había muerto: ¿suicida? ¿Ejemplo moral de un revolucionario que no deseaba el poder, que sentía cumplida su misión con el derrumbe del viejo régimen y dejaba a otros la fatiga de construir uno nuevo? Gala no sabía si este aplazamiento justificaba la desaparición de Saúl en el momento de la victoria. Aunque, ¿se había suicidado Saúl por las razones aquí dichas? ¿O era su muerte un vil accidente? La enormidad de la respuesta popular al entierro del héroe hacía creer una sola cosa: Saúl el redentor había desaparecido. ¿Por mano propia? ¿Por accidente? Quienes opinaban lo primero, pocos. Por motivos personales, por casualidad, nada de esto tenía importancia.

Saúl Mendés-Renania había muerto por la revolución.

Cómo, por qué, no importaba. Sólo el para qué: para la revolución, para todos, para el porvenir.

La revolución. El porvenir. Todos.

Tal era el ánimo popular y nadie lo desmentiría. Sólo Gala, sólo con el temeroso fugitivo Leonardo, se preguntaba. ¿Voluntaria? ¿Accidental? ¿O deseada, actuada por otra persona? ¿Para qué mataría otra persona a Saúl el héroe de la revolución? ¿Y quién podría ser esa persona? Ni Aarón ni Dante estaban allí, con Saúl, le constaba. ¿Quién estaba con él? Claro, su mujer, María-Águila. No era concebible que ella matase al hombre al que amaba. Aunque quién conoce el revés del amor. O los reveses de la pasión. ¿Quién?

Difícil de imaginar. Gran enigma en la cabeza de Gala. Salvo que otra persona hubiese estado esa noche en la habitación de Saúl y María-Águila. ¿Sólo qué, quién? ¿Algún guardia? Saúl salía del baño, sanaba sus llagas y las mostraba al mismo tiempo. ¿A quién? ¿A él mismo? ¿A María-Águila?

Mientras Gala cavilaba así, Leo miraba por la ventana hacia un callejón callado, repitiendo su absurdo mantra.

—¿Se acuerdan de mí? ¿Por qué no se acuerdan? ¿Cuándo se acordarán?

Basta, le dijo implícitamente Gala, basta de pensar en ti mismo. Me desagradas mucho.

Sólo lo apartó de la ventana.

—Te pueden ver.

—Que me vean —Leo se encogió de hombros.

—Quieres un destino.

—El que sea.

—Te jode el encierro.

Leo afirmó.

—¿Y yo? —preguntó Gala.

—¿Tú qué, mujer?

—¿Crees que yo no espero también?

El gesto de Leo fue significativo. Dejó de mirar al callejón. Vio a Gala. La interpretó mal. No sabía qué hacer. Se mantuvo tieso. Luego se movió hacia ella. Indeciso aún acerca de los deseos de la mujer. Y lo que es peor, sobre sus propios deseos. Incierto él, casi como si se dispusiese a cumplir con la buena educación inculcada por su madre. Darle gusto a la anfitriona, aunque tú mismo, Leo, no sientas placer alguno. Total, el sexo es sobre todo mecánica. Una gimnasia ridícula, bien visto. El costo es alto, la posición grotesca, el placer fugitivo…

Gala lo detuvo, una mano contra el pecho de Leo. Un no implícito.

—Yo también espero.

"¿Entonces?", preguntaron las cejas de Leo.

—Sólo que espero algo muy distinto. Tienes que entender, ¿no?

Y no entendía. El hombre del poder perdido estaba perdido sin el poder, se dijo Gala a sí misma. ¿Qué debo hacer? ¿Entretenerlo con un cuento sobre domadores de tigres, estudiantes japoneses, el vestuario de Lilli la estrella? ¿Cómo aplazar a Leo hasta el momento oportuno, el instante que yo deseo, cuando estemos los tres juntos, los dos hermanos de sangre y yo la hermana espiritual, vaciados los tres de deseos sexuales, puros los tres, dispuestos a ser almas, espíritus, como si no tuviésemos estos malditos cuerpos…

—Muéstrame las piernas, Gala. ¡Qué risa!

Federico (33)

Federico regresó de la recámara al balcón. Tenía un rostro agrio. La boca siempre oculta detrás de la lluvia del bigotazo.

Se desperezó.

Brillaba aún el sol. ¿Qué horas serían?

Me miró con esos ojos que parecían siempre cerrados y me preguntó:

¿La soledad tiene un precio?

Claro que sí. No somos enemigos. Vivimos en comunidad.

¿Y cuál es el precio de la comunidad?

Se llevó un dedo a la boca.

Y nada de tautologías.

La solidaridad. El mutuo apoyo.

¿Y sin él?

De vuelta a la soledad.

¿Cómo se paga?

Creo que con odio de ti mismo, al cabo.

¿Sabes cómo superar ese odio?

Me lo acabas de decir. Con la comunidad. O sea, con lo que tú más odias.

¿Y si no toleras la soledad y no quieres la comunidad?

Una de dos, Federico. Te vuelves humilde. O te vuelves rebelde.

O escoges entre ser víctima o victimario.

Puede ser.

Leo-Gala (4)

No podía creerlo. Se negaba a creerlo. Y allí estaba Leonardo, refugiado en su casa, creyendo que Gala lo protegía de la venganza pública (¿viste pasar la cabeza del presidente Solibor por las calles, llevada en una pica?).

—Lo fusilaron ayer.

—No es cierto. Lo acabas de inventar.

—¿Por qué lo inv...?

Para destruir mi vida, dijo Gala, ya no supo si para sus adentros o para Leo, daba igual, era lo mismo. Sus adentros. Su prisionero. Leo no podría salir de casa de Gala. Podría sufrir la suerte de Solibor, una cabeza paseada por las calles por una turba. ¿Estaba Leo aquí, en casa de Gala, para salvarse de la muerte? ¿O estaba para completar, sabiéndolo o no, por la necesidad de Gala, el deseo de culminar su vida con los hermanos Leo y Dante?

Sólo que Dante había sido fusilado.

—¿Quién? ¿Por quién?

—¿Por quién crees? ¿Quién tiene el poder?

—Aarón Azar.

—Aarón Azar.

Y no era la muerte del hermano, el hecho en sí, lo que tanto turbó a Gala cuando ese hombre tosco, calvo, mal arreglado, maloliente, vino a contarle a Leo la muerte de Dante.

—¿Quiénes? ¿Cómo sabe...? —preguntó abrumada Gala, dividida entre la noción de que su domicilio era un secreto y el hecho de que Leo, recluido por ello aquí, recibiera mensajeros. Un signo de afuera, un mensajero que conocía la casa de Gala, el paradero de Leo. El peligro.

—Creí que nadie sabía...

—No. Mantengo mis contactos.

—Ah. ¿Son muchos?

—Ya lo verás, Gala —rió Leo.

No estaba aquí para recibir o mandar mensajes. ¿No entendía Leo que estaba prisionero en casa de Gala? Seguro que no, si recibía mensajeros, si otros sabían que Leo estaba aquí —¿escondido, repudiado, salvado del destino de Dante?

Y si no viene este burdo "Mercurio", plagado de cicatrices y malos olores, ¿nunca se enterarían, ella y él, de la muerte de Dante?

Ella tenía una estrategia central. Su vida dependía de que se cumpliera. La mantuvo hasta que este bruto vino a anunciar:

—Dante ha muerto.

Y Leonardo recibió la noticia sin inmutarse. Casi contento. Dibujando casi una sonrisilla de agrado. ¿En qué pensaba? Lo miró Gala perdiendo, ella, el color, concentrándolo todo en la mirada: el desdén, el desencanto, la crueldad, la confirmación súbita de que Leo estaba aquí por necesidad, escondido, esperando el momento de actuar. Indiferente a la muerte de Dante. Indiferente. Alegre, contento quizás. No lo demostraba de manera explícita. Gala conocía a los hermanos Loredano, por algo los había atraído a casa de Gala. Uno de ellos ya aquí: Leonardo. Faltaba el otro: Dante. Para cerrar el trío. Cerrarlo todo, en verdad, las puertas, las ventanas y quedarse solos los tres, un diálogo divino, sí, un *ritus servandus* en la iglesia personal de Gala, el acto que establece el ceremonial de la vida y la bendición de las uniones sacramentales.

Gala, Leonardo, Dante.

Gala y los hermanos.

Unidos para siempre.

Unidos por el corazón, el habla, el espíritu. Todo lo que excluye al cuerpo. Gala se mordió un puño cuando Leo cerró la puerta sagrada despidiendo a un hombre extraño, feo, sucio, que vino a anunciar el fusilamiento de Dante…

—¿Por eso estás aquí? —le preguntó a Leo.

—¿Por qué, qué? Habla claro. Estás cada día más sibilina.

—Escondido.

—Ya lo ves. Y ya lo sabes. ¿Qué hay de cenar?

—¡No es una fonda! ¡Ni una guarida!

—¿Ah no? —sonrió Leo con una insolencia que hirió a Gala, no por insolente sino por ajena a ella misma, a Gala, al propósito de Gala, fusilado para siempre al recibir la noticia del fin de Dante.

Y si Leo no entendía, ¿valía la pena explicárselo?

Una derrota interna, secreta, turbó el ánimo de la mujer. Si Leo no había entendido por qué estaba aquí, ¿valía la pena explicárselo?

Gala, obedeciendo la orden de Leo —"tengo hambre"— caminó al refrigerador y le dijo a Leo, "anda, pon la mesa", añadiendo sin quererlo, "sirve para algo", cosa que provocó el falso asombro, la mirada irónica, los brazos cruzados de Leo, sentado a la mesa sin decir palabra.

Mientras preparaba la cena, Gala se dijo no los necesito, tengo mis propios fantasmas, viviré con ellos, hablaré de Lilli Bianchi mientras preparo la cena, ella estaba dispuesta a entregarse a todos, la gran estrella Lilli Bianchi, le pertenecía a todos, ¿debía entregarse a todos, alguien se negaría a acostarse con ella?, sabes, hacía proyectar sus películas ante un solo hombre —el director, el actor, el editor, el camarógrafo, no importaba— y se exhibía desnuda, como si exigiese ser vista dos veces, vestida de emperatriz o de espía en la pantalla, pero desnuda en la realidad, tentando a ese espectador ideal, soy dos, ¿prefieres a una sola? ¡Soy dos!, ¿te crees capaz de amar a ambas?

—Gala. Querida Gala…

—No me toques…

—Deja el plato en la mesa. Que no se caigan las albóndigas, ¡cuidado!

Federico (34)

¿Qué es para ti la justicia?

Hombre, eso ya lo tratamos cuando Aarón era abogado defensor.

Anda, repite.

Es la conformidad con la norma. Es una prueba de igualdad. Todo en su lugar.

¿Qué sería lo contrario?

La injusticia, Federico. O sea, violar la norma, imponer la desigualdad, nada en su lugar.

¿Y entre las dos?

Lo imponderable. La muerte.

El orgullo.

Precede a la caída, según la Biblia.

¿Y cuando el orgullo se manifiesta sin importar las consecuencias morales?

Pues hay consecuencias políticas.

Aarón (4)

No dormía pensando en Dante. Pensaba menos en Saúl. Este había hallado su propio destino. Suicida. O empujado a la muerte por María-Águila. Había caído en manos del pueblo al que se debía, ¿qué habría sido de Saúl sin la masa que lo aclamaba como a un redentor? Seguro que un hombre de su inteligencia conocía el destino del salvador del pueblo cuando el pueblo se sentía salvado y ya no necesitaba al redentor.

Aunque la imagen de María-Águila obsesionaba a Aarón. La monja arrepentida (Sor Consolata), la revolucionaria convencida, acaso sabía dónde se cumplía el destino de Saúl. Arrojado de una ventana a los brazos del pueblo. La monja revolucionaria, Sor Consolata-María-Águila. Esta idea —o imagen— perseguía a Aarón por su misma interrogante, el misterio de no saber quién era María-Águila o Sor Consolata y no saber, por lo tanto, quién era Saúl Mendés-Renania.

Dante, en cambio, no era víctima de Aarón, se repetía Aarón incesante. Era víctima de sí mismo, de su origen. Víctima de su voluntad de justicia. Enemigo del castigo sin justicia. ¡Qué mal entendió Dante el momento! La revolución estalló en las calles y se concentró en la asamblea. La calle no era domable. Aarón confiaba en que los fuegos populares se extinguieran solos.

—Recorre las calles, Basilicato. Tú que viste morir a Saúl.

—Yo lo vi —respondía Basilicato con un tono entre el simplismo y la amenaza.

—En su nombre…

—Saúl Mendés se llamaba —habló Basilicato sin ningún acento en su voz.

—Así es. En su nombre, Saúl, recorre las calles, regresa a contarme lo que oyes.

—¿Yo?

No le decía "tú, porque eres como ellos", por temor a ofenderlo. Notó los aires que el antiguo zapatero empezaba a darse. Como si de ser un perfecto don nadie, ahora se sintiera actor, aún no protagonista, pero actor del drama. Que no ascendiese más, se dijo Aarón con la preocupación interna que en estos días ocupaba su espíritu. Que vea la contradicción, el desorden, la desorientación de quienes creen haber triunfado. Que vea el rostro del gran equívoco popular. Es más, que se vea en ellos, en él... ¿No lo había usado así el reverenciado Saúl?

—Tú. Espero tus noticias.

Aarón sabía muy bien, como abogado conocedor de criminales, de acusados, de inocentes, que las masas cambian de dirección como cambia el viento. No era esta su preocupación, sino la asamblea. La asamblea estaba convencida de que representaba al pueblo. Y tenía razón. Lo que no sabía era que ella, la asamblea, era más caprichosa que el pueblo, pues el pueblo podía cambiar con velocidad del coraje a la pasividad por la simple razón de que obreros, carpinteros, zapateros, sastres, campesinos, vendedores ambulantes, ladrilleros, argamasitas, criadores de animales, todos, tenían adónde regresar. Tenían algo que hacer. Algo que habían dejado de hacer para unirse a la fiesta revolucionaria. Pero algo a lo cual volver.

Aarón Azar miraba desde la tribuna los rostros de los miembros de la asamblea y se decía que ninguno de ellos tenía adónde regresar. La ruptura había sido demasiado brusca, violenta, total. Esta gente ya no se identificaba con su profesión anterior —abogados, médicos, notarios, jueces, uno que otro carpintero, comerciante— sino con la actual: miembros de la asamblea de la revolución. Hacinados en el salón de deportes habilitado con sillas, mesas, un estrado más alto con tribuna para el orador. Y las mujeres en las galerías, gritando, azuzando, mediadoras entre el pueblo de la calle y los representantes en la asamblea.

—¿Mandarías fusilar a tu propio hermano? —le gritaron desde los escaños a Dante.

—Si fuese un traidor —contestó Dante.

—¿Y si no fuese?

—No inventemos culpables —gritó alguien.

—La revolución no es criticable —dijo Aarón desde la tribuna—. Dante era nuestro amigo.

—Tuyo —gritó otro.

—Sí, mío —Aarón se limpió los ojos con la mano—. Pero no de la revolución.

—Nuestro no…

—No. Mío. Enemigo vuestro.

—¡Enemigo, enemigo!

—Y por eso tuve que escoger. Mi amigo o la asamblea. La asamblea y el pueblo. ¿Cómo debí escoger? ¡Díganmelo, por favor! ¡Yo soy arcilla de la revolución!

—Bien, Aarón, escogiste bien, bien —lo aclamaron, desde las mujeres en las galerías a los diputados en la sala, atentos algunos, distraídos otros, Aarón los vio jugando a las cartas, al ajedrez, dormidos con un periódico en la cara y despiertos, los que contaban, muy despiertos, juzgando a Aarón en la tribuna como juzgaron ayer nomás a Dante. En ese momento sintió Aarón el temor de ser juzgado él mismo: asumió el destino de su camarada Dante y se juró a sí mismo —ojalá lo escuchase la asamblea, ojalá que ella tuviese oído también para las palabras internas, las del hombre con el hombre, la oración silenciosa que a veces ni el propio Aarón escuchaba porque temía las advertencias que se le atribuyen, caprichosamente, al corazón. Son advertencias, mejor, de las tripas, de la espina dorsal, de los testículos que se encogen…

—El hombre revolucionario debe ser ejemplo de probidad —dijo Aarón.

—¿Y la mujer revolucionaria? —gritaron desde las galerías.

—También, también. Miren a María-Águila.

Este nombre provocó una ovación. Los dormidos despertaron, los jugadores miraron a Aarón.

—La revolución no es criticable.

—¿Quién es culpable? —fue el grito o reflejo de la asamblea.

Ovación, ruido de puños golpeando mesas, de aplausos, de vítores.

—¿Quién teme el paredón? —continuó Aarón oliendo la temperatura—. Los que temen ser fusilados.

—¿Dante? —gritó una pregunta.

—Los que se oponen a la pureza de la revolución.

—¿Quiénes la quieren, camarada Azar?

—Quienes la quieren.

La fórmula provocó una ola de entusiasmo, aunque en los rostros de la asamblea no parecía haber un real entendimiento de lo que decía Aarón, ni siquiera entre los letrados que se dejaban llevar por el entusiasmo de lo que sonaba bonito y Aarón se decía, qué mal conocías a la asamblea, Dante, ¿cómo ibas a razonar con el entusiasmo de hombres y mujeres que por primera vez sienten que tienen una voz y que esa voz es escuchada? Había que enterrarlo. Confusamente, pasaron estas imágenes por la cabeza de Aarón y se dijo no, Dante no, Dante ya no, ahora yo Aarón, yo y la multitud en la calle.

La gente en la asamblea. Esta es la realidad. Esta es mi realidad. No tengo futuro si me encadena el pasado de los arrepentidos. ¿Y los amigos, el pasado de los amigos? ¿Y el presente, una tribuna que tú ocupas en soledad, Aarón, como si no la ocupase nada? El pasado. Los amigos. Se llamaba Saúl. Se llamaba Dante. ¿Dónde estaría María-Águila? ¿Lo sabría Basilicato?

—La contra-revolución nos amenaza —cambió el registro Aarón, dejando atrás el nombre de Dante y de Saúl y de María-Águila y también los movimientos contradictorios de la calle.

—La contra-revolución —esto distraía y permitía regresar a la revolución porque si la revolución estaba amenazada, lo demás no contaba y Dante pasaba a un olvido necesario y espectral. Contaba la revolución, más que Dante, más que los enemigos de la revolución. Dante era un fantasma; era el pasado… como Saúl. ¿Y María-Águila?

Azar miraba a la asamblea y esta a él. ¿Quién era? ¿Qué ofrecía esta persona que dominaba la tribuna? Aarón calló para que lo mirasen en silencio y entendiesen lo que, sin palabras, quería decirles y decirse a sí mismo:

—Soy un hombre modesto.

Sintió que se aventuraba. ¿Quería la asamblea a "un hombre modesto"?

Lo oyeron en silencio. Aarón sintió el peligro.

—Pero no soy un hombre inocente —añadió.

Y si la asamblea se sentía culpable de algo, en ese instante le cargó todas las culpas de cada asambleísta a quien las asumía en nombre de todos: Aarón Azar.

—Y soy un hombre duro, porque un hombre honesto e inocente puede ejercer, mejor que nadie, un poder fuerte... es necesario. Soy...

Trataba de hablar por encima de las aclamaciones, lo entendía, de un reconocimiento propio, se felicitaba, las mejillas encendidas, los ojos apagados, de esta respuesta y hablaba por encima de los gritos, los aplausos: hablaba en nombre del reconocimiento de la asamblea en Aarón Azar y de Aarón Azar en la asamblea como un matrimonio que se descubre y acepta el reconocimiento propio en el de los demás y no el de-más: Aarón Azar.

—Dirán que soy un hombre puro. Es cierto.

Ya nadie medía las ovaciones. Aarón sentía que había dado en la clave: diciendo lo que él era, les decía a ellos quienes no eran. No eran Aarón Azar, el puro, el modesto, y no lo eran porque él lo decía.

—No soy César. Soy un diputado más.

Avanzó la semilla de la idea: no era un dictador, era uno de ellos y por serlo podía ser dictador.

—Yo no le debo nada a la riqueza. Como ustedes. Le quiero deber todo a la pobreza del espíritu enriquecido por la revolución. ¡Le debo todo a la revolución y sólo la sirvo con la pureza!

—¡Como nosotros, compañeros!

—¡Y compañeros!

—¡Y compañeras!

Gran risa, risa de alivio y de comunión.

—Como todos aquí, me rechazo a mí mismo para servir a los demás, rechazo la tranquilidad porque ustedes están intranquilos, preguntándose: ¿Y ahora qué?

Aarón Azar no abrió los brazos. No hizo gesto alguno, sólo repitió la pregunta:

—¿Y ahora qué?

Y dejó que la aclamación hablara por él.

Federico (35)

Como católico, ¿te confiesas?

No hay comunión sin confesión, Federico.

¿Decías la verdad?

Casi siempre.

¿Y cuándo no?

Por vergüenza, supongo.

Pero hace falta a quién confesar las cosas.

Sí.

¿Se necesita amor para hacerlo?

¿Querer a quien te confiesas?

Sí, querer. A un cura desconocido no lo quieres. En cambio, a una mujer.

Tuviste una relación muy profunda con una mujer: con Lou Andreas-Salomé.

La única.

¿Qué le decías?

Nadie lo sabe. Le hablaba en secreto. Bueno, en voz muy baja. ¿Sabes? Buscaba la intimidad con Andreas. Era demasiado extraordinaria.

¿Cómo?

Me adivinaba demasiado. Entendía que detrás de mi pensamiento había un hombre patético, rígido, sin gracia.

¿Qué pasó?

Organizó una vida entre tres, con el filósofo Paul Rée, que excluía el contacto físico.

¿Todo esto para decirme que nunca tocaste a la niña Elisa?

La salvé. ¿Cómo iba a tocarla?

Aarón (5)

Acostados juntos, todas las noches, sin tocarse jamás, ella secreta como un contrabando. Nunca te muestres, Elisa. Entra y sal de la recámara cada noche. De día, no salgas de tu propio cuarto. ¿Qué tienes? ¿Qué quieres? Te entusiasman los dibujos animados. Ríes mucho. ¿De qué ríes, niña Elisa? De que no son como nosotros, ese es el abierto secreto de tu risa, mira, mira, son perros y andan de pie, son patos y hablan, son osos y no amenazan, sobre todo eso, Aarón, los muñequitos no hacen daño, papito, los muñequitos caen desde la azotea y se aplastan pero resucitan para seguir persiguiendo al ratón travieso que los hace sufrir, todo el día, Aarón, mirando muñecos animados, con las bolsas de palomitas a la mano, vivo de comer palomitas, dulces unas, saladas otras, ¿qué me importa? Si a la noche, cada noche, cuando regresas, papi, cenamos juntos todo lo que nos mandan por el montaplatos, ¡qué misterio! Todas las cosas ricas llegan como por arte de magia en el montaplatos, como si nadie las preparara, cosas muy ricas, me dices, preparadas sólo para ti y para mí en las cocinas de esta gran casa, digo lo que llamas "palacio" aunque eso sólo te lo digas a ti mismo, Aarón, nunca a mí, a mí me dices "casa", "nuestra casa". Sí, para que olvides las prisiones donde te encerraron, niña Elisa, ¡qué lejos todo!, gente mala, ¿cómo se llamaban?, gente buena después, ¿quiénes eran? La cárcel papacito, de eso sí me acuerdo aunque no quiera, y tú, Aarón, salvándome de la cárcel, tú defendiéndome, haciéndome tuya, tu hijita, tu nena, porque me salvaste de la cárcel, yo era menor, papacito, pero iba a crecer y ellos, eso alegaste, querían tenerme en cárcel de menores, eso dijiste, hasta que yo creciera y entonces juzgarme como menor por cosas malas que hice (¡no hice, me las hicieron! Eso alegaste, Aarón) y malas que te hicieron. Si yo no quería, Aarón, sólo que no pude con ellos, nomás me esperé un poquito y luego hice con ellos lo que hubiera querido hacer, no, hice, hice con los que me adoptaron, no entiendo, Don Aarón, te juro que me hago bolas. Me confundo mucho, ¿yo no maté a los malos, maté a los buenos porque no pude matar a los malos?, o eso alegaste, abogado, que yo era una niña confundida porque me vengué de los malos matando a los buenos y ahora debía pagar con la cárcel y hacerme grande encerrada en una celda hasta crecer y ser juzgada de nuevo, ahora sí responsable, alegaste Aarón, acusada de cosas malas por las que antes no podían castigarme y ahora sí, al cumplir los trece, sí…

Comían juntos. Ella no probaba bocado porque se había rellenado el día entero de palomitas de maíz mientras miraba caricaturas pero le gustaba verlo comer a él, Aarón Azar, tan distinguido su papacito salvador, el único, ella no quería otra cosa que vivir al lado de él, así, en secreto, porque entendía que Aarón Azar la había raptado, la había salvado de la cárcel, el abogado había violado la ley y ahora soy el hombre de la ley pero debo guardar el secreto, Elisa está aquí conmigo, ha cumplido trece años. Dormimos juntos. En la misma cama. Yo la mimo, pero no la toco, la alabo con palabras, la pongo a dormir para que mañana siga comiendo palomitas y viendo películas de Tom y Jerry, y cenando conmigo antes de irnos a la cama y acurrucarla yo, mirarme con los ojos gemelos de la ternura y el sueño y quedarse dormida mientras yo la miro con inmensa ternura, todo el cariño reservado en mi pecho, el amor que nunca pude darle a nadie, a nadie lo ofrecí, nadie me lo pidió, no me preocupo, todos los días, de mi casa al tribunal, del tribunal a mi casa, con la gorra puesta en el tribunal, y con el sombrero hundido hasta las cejas en la calle, ¿alguien preguntó: quién es ese hombre?, nadie preguntó, yo agradecía mi anonimato, niña Elisa.

—¿Tu qué, papá?

—Anonimato. Desconocido.

—¿Tú eres mi papito?

—Desconocido. Ignorado.

Recostado cada noche al lado de Elisa, Aarón se repetía —en vez de rezar— yo, yo, yo. Quizás era su rezo exorcizado, quién sabe y acaso ella, durmiéndose, no lo escuchaba, y si ella no lo oía, ¿quién más lo haría? Y quería ser escuchado yo-yo-yo por alguien más que él mismo, el yo en guerra con Aarón Azar, el yo negado mientras más elevado: yo Aarón Azar no soy yo soy ustedes, el pueblo, todos nosotros. Elisa…

—Nos-otros —repetía— yo y los otros.

Hasta el pronombre personal era ajeno, "nos" y "otros" que no eran "nos" y otro "nosotros" que se decía en vez de yo por modestia, por mentira, por horror de sí; horror de la soledad de toda la vida, y ahora todo lo contrario. Los hechos, voluntarios algunos, indeseados otros, fatales los más, lo rodeaban de gente, los miembros de la asamblea, el populacho en la plaza, y lo terrible es que en medio de estos gentíos él, Aarón Azar, era sólo yo-yo-yo hasta que caía la noche y aparecía ella, Elisa, vestida a su antojo ya que Aarón había dispuesto un guardarropa para ella.

—¿Para quién, señor magistrado?

—Para mis muñecas.

Y para el asombro del sastre:

—Yo colecciono muñecas, ¿sabe?

Porque el tiempo ya no le daba para su distracción favorita, que era la de tejer.

—Un solo plato de cena. Pero un plato grande.

Y un aplazamiento mayor. Ella crecía. Ella se hacía mujer. Aarón dominaba la tentación como parte de su carácter de control propio. En la asamblea. Ante el pueblo. En la celda de su compañero Dante. En la tumba de su apóstol Saúl. Ante María-Águila, ¿qué haría? ¿Qué había hecho ella, la ex monja Sor Consolata? Lo que se hacía en nombre de la fe, la disciplina, la devoción. No tocar a la niña Elisa. Aún no. ¿Otro día sí? ¿Cuándo? ¿Cómo? ¿Lo aceptaría ella? ¿Lo procuraría él?

Federico (36)

Aarón Azar es un hombre difícil.

Claro, es un hombre complejo. El poder sólo revela una parte de él. La otra, la reserva a la relación, tan cariñosa, con la niña Elisa.

Que es una prófuga de la justicia.

Allí está el dilema de nuestro Aarón. Representa al poder político. No tiene rivales. Lo que tiene es un secreto: la niña Elisa.

¿Es su familia?

Es su muerte. Y él no lo sabe.

No te entiendo.

Sí, ¿qué es el "parentesco"? Es genealogía, es tipología, es fisiología, es unidad.

Para ti, Federico, "familia" es lo que separa. Es la distancia necesaria para vivir.

En cambio, Aarón, que no tiene familia, se ha inventado esta relación con Elisa.

Supongo que sí. Y supongo bien.

Mira, como Leonardo le debe la vida a su padre, quiere matarlo para que el padre le deba la muerte. Leonardo no puede darle un nuevo nacimiento a su padre, sólo una nueva muerte.

¿No tiene madre?

Ya llegaremos a ella. Es una figura muy importante en esta historia. Por ahora, Leonardo ha sustituido al padre con los socios. Son los padres-hermanos. Figuras de autoridad utilizable por Leonardo. Él no quiere la autoridad del padre, Zacarías Loredano. Leo quiere la autoridad de los socios. A estos los puede abandonar en un momento. Toda esta gente que acabas de conocer es dispensable: Malines el *ancien* abarrotero y Gebhard el negociante de refacciones, Burgdorf el contratista y Dahl el banquero, el sindicalista Saur, hasta el militar Thünen, todos los que conociste son como padres sustitutos de Leonardo. Sólo que padres disponibles y dispensables. Mañana puede tirarlos a la basura sin remordimientos de conciencia. Le salvan de la fidelidad.

Bueno, pero el padre verdadero, Zacarías Loredano, ¿cuándo me hablas de él?

Espera un poco. Antes oye esto.

Leo-Gala (5)

—Quiero que pase algo que le dé sentido a mi vida entera —dijo Gala cuando se sentó a cenar con Leo en la cocina.

—Hablas como telenovela. Sólo que… Quieres conocerte a ti misma.

—Saber quién soy —admitió ella con un dejo de desencanto.

—Pero saberlo irónicamente —sonrió Leo.

Y es lo que no podía. Apartó el fleco de la mirada y no supo si buscar o evitar la de Leonardo.

—¿Sabes quién eres? —volvió a sonreír Leo.

Gala se preguntó si de la respuesta a esa pregunta dependía su capacidad de quedarse sola. La idea la espantaba. Gala era Gala con su madre Lilli Bianchi, la famosa estrella de la pantalla. Ella era en compañía de los hermanos Loredano, Leonardo y Dante. Sólo que Dante había sido fusilado y ella se sentía confusa, pasaban por su cabeza ideas que eran tentaciones que eran prohibiciones que la regresaban siempre a la terrible imagen de Lilli Bianchi, dispuesta a todo con todos, ofrecida en la pantalla y en la vida a la entrega del sexo, parte de la vida, pérdida de la vida, ¿para qué? Para acabar momificada, metida en una caja, exhibida al lado de una piscina, arrojada a la piscina por un Pigmalión defraudado de que Galatea —¡Gala, Gala!— cobrase vida propia y ahora Lilli flotaba para siempre en una alberca, deshaciéndose, perdiendo los ropajes fúnebres, mostrando desde el agua su interior de anciana, ridícula, los huesos, los pellejos.

Gala se negaba a aceptar para Gala el fin de Lilli. Para ella, para Gala, no habría cuerpos deseosos, carne desnuda, erecciones y aperturas, sino lo contrario, todo lo contrario.

Tres espíritus dialogando.

Tres ánimos despojados de deseos.

Ella, Leonardo y Dante.

Gala y los dos hermanos.

Sólo que ahora faltaba Dante. Faltaría para siempre. ¿Dónde estaría su cadáver?

—¿Quién sabe? Aarón Azar no quiere convertir en héroe a un muerto. Habría colas para visitar la tumba, ¿te das cuenta? Todos somos héroes al morir —dijo Leo.

—Era tu hermano.

—Éramos tres.

El temor de Gala, que sus ojos velados no alcanzaban a ocultar era que, sin Dante, la trilogía de la pureza se disolviese en una pareja impura. Miedo terrible de que sin Dante, ella y Leo terminasen juntos, desnudos, unidos por el nudo del sexo. Igual que Lilli Bianchi. Como en las películas. Eso no.

—Tengo unas ganas de ir a su tumba. Si supieras.

Rió Leonardo, pelando una naranja:

—Ve y pregúntale a Aarón Azar adónde mandó el cadáver.

—Es un monstruo —casi gimió Gala.

—No. Es un hombre con poder —Leo terminó de pelar la naranja como si no escuchase a Gala, o la escuchase demasiado bien.

—¿Tú harías lo mismo?

—¡Peor! —exclamó Leo—. Mira, no pongas esa cara de susto. Si tienes el poder es para usarlo. Poder a medias dura muy poco, ¿sabes?

—¿Tiene Aarón Azar ese poder?

Leonardo encogió los hombros y comió la naranja.

Gala nunca quiso conocer los talentos de los hermanos. Se hizo la idea de que, de saberlos, acabaría por frustrarlos. Todo en nombre del trío ideal de su imaginación. Allí, entre los tres, sin el peso del pasado, comenzaría la verdadera vida. Ella se encargaría de purificar a los hermanos Loredano.

(—Que no me deseen. Que acaben por convertirse en dos hombres iguales a mí, como mujer. Sin deseos malditos.

Con el propósito de ser inteligentes y demostrar que es la inteligencia, y no el cuerpo, la cabeza y no el sexo, lo propio del ser humano. Sólo los tres, dos hermanos que no se desean y yo que deseo a ambos pero supero al cuerpo con la presencia de dos hombres cuyos cuerpos les están prohibidos.)

¿Cómo pensaba prevenirlos? ¿Con un anuncio: "Los prevengo, hermanos"?

(El matrimonio es una vulgaridad. Al cabo, nadie queda satisfecho. Los sexos se odian… Les propongo una trinidad del espíritu. Imaginen que los tres caímos del cielo y nos juntamos aquí en la Tierra. ¿Antes tenían deseos? Purifíquense. No me deseen. No quiero que me deseen, quiero que me necesiten. Quiero una experiencia que abarque la vida eterna.)

Todo esto pasaba, como en ráfagas, por la cabeza de Gala y se le escapó decir en voz alta, porque estaba acostumbrada a hablar sola:

—No quiero ser como mi madre…

Leo dejó de comer y la miró con asombro.

—¿Qué dices?

—Nada —se corrigió turbada.

—Te oí, no pretendas. ¿No quieres ser como tu madre? Si no tuviera un gajo de naranja en la boca, me atragantaría de la risa.

—Lilli Bianchi, mi madre —se irguió con dignidad Gala.

—Lilli Bianchi no pudo ser tu madre. Lilli Bianchi ya había muerto cuando tú naciste.

Gala caminó hacia atrás buscando un refugio en la pared. —No es cierto, no es cierto.

—¿No te cansas de contar mentiras? —rió Leo—. No hubo estudiante japonés en el Carnaval. No hubo tigre muerto por su domador. Y si hubo Lilli Bianchi, sólo existe en películas viejas.

—Fui a su entierro… —balbuceó Gala.

—¿Hace treinta años? ¿Cuántos tienes? —fue ganando Leo en burla, en crueldad, en afán de herir, de salir del encierro, de acabar con este ridículo juego con Gala que él y Dante su hermano habían jugado en nombre de su propia fraternidad, esto lo sabían los dos, nada los unía y sin embargo el amor fraternal exigía una liga de amor, la que fuese, por débil y absurda que fuese.

Gala. Gala con el pelo corto y el mechón sobre los ojos. Gala con la falda larga para evitar comparaciones con Lilli la de las piernas famosas. Gala uniendo a Dante y Leo hasta que el destino político separó a los hermanos. Dante murió fusilado por orden de su "hermano" político, Aarón Azar. ¿Para qué? ¿Para quedarse con todo el poder? ¿Podía ser tan inocente Aarón? ¿Cómo iba a tener todo el poder si tenía un secreto? Había que llegar al poder sin secretos, le iba diciendo Leo a Gala, arrinconándola cada vez más, tú eres el secreto compartido que nos unía a los hermanos enemigos, muerto Dante, ya no nos haces falta, ¿me oyes, pobre mujer?, ya no te necesita mi hermano Dante que está muerto y ya no te necesito yo porque perdí a mi hermano, Gala… tú nos unías en una mentira, pobrecita Gala.

Leo tomó a Gala de la cabellera y la estiró con fuerza.

—Nacida en un hospicio. Madre desconocida. ¿Puta? ¿Abandonada? ¿Frívola? ¡Qué sabemos, mierda de huérfana! ¿El abandono santifica? ¿Abandonada un diez de julio según consta en el acta del orfanato? ¿Mujer? ¿Ánima? ¿Fantasía? ¿Qué diablos eres, Gala? ¿Cómo te llamas, Gala? Lilli Bianchi, tu madre de espejos, enterrada hace mil años. ¿Por qué no te buscaste una mamá más próxima, desgraciada? Una mamá que te habría aconsejado: Gala, Galita, no te dejes engañar, la sangre priva siempre, los hermanos Leo y Dante pueden ser enemigos políticos, ¿entiendes?, pero son de la misma sangre, de la misma alcurnia, Dante se alejó para la revolución y la revolución le quitó la vida, yo me alejé para todo lo que mi hermano odiaba, estábamos en trincheras opuestas pero nos unía el amor, ¿entiendes, bruja miserable? Nos unía el amor, a pesar de todo y te encontramos a ti, una mujer sin amor, para darnos un amor callado, transmitido por ti, Gala, sin que tú te dieras cuenta, tú creyendo que podías unirte a dos hermanos en una relación de pureza y borrar los pecados de "Lilli Bianchi", una hetaira de lujo, una cortesana de celuloide, "Lilli Bianchi", porque no era tu madre y podías inventarle una película para consumo de los dos idiotas hermanos Loredano que siguieron tu juego, babosa,

para poder fraternizar sin dejar de ser quienes éramos política-
mente, enemigos en la plaza pública pero hermanos, hermanos
en la relación de una mentira contigo, Gala, hija de puta, hija
de puta...

Las lágrimas de Leonardo dejaron sin sentimientos a
Gala.

Leonardo regresó a sentarse a la mesa.

Gala se acercó a él.

Federico (37)

¿Y la soledad, Federico? Me has relatado la íntima necesidad de Leo, asesinar al padre, asociarse con los poderosos,
acogerse al refugio de Gala para hermanarse con Dante. Siempre Leo con alguien, Leo con otros. Nunca Leo con Leo.

¿Quieres que te dé el caso contrario?

Cómo no.

Ya lo sabes. Es Aarón.

¿Y prometes regresar a Leo, Federico?

No puedo dejar de hacerlo.

Aarón (6)

Viví tanto tiempo solo. De la pensión al juzgado, ida y vuelta. Gorro de magistrado allá, sombrero de ala caída acá. Cabeza desnuda en la pensión. Cabellera rala, caída, también con una coronilla sin pelo, casi beatífica, de cura. Estaba solo y veía claro. Ahora robo tiempo. Me lo quita el pueblo convertido en un solo cuerpo, con Basilicato capturado en el ojo de la multitud. Me lo quitan mis apariciones en el balcón, sabiendo en mi fuero interno que no tengo ni la aureola revolucionaria de Saúl ni el fuego oratorio de Dante. Hermanos, ¿por qué me dejaron solo frente a la multitud? ¿Por qué, solo en la asamblea? Y sobre todo, ¿por qué debiéndome al pueblo, debiéndome a la asamblea, sigo tan solo?

Apenas Elisa me consuela, cada noche. La soledad me reclama, cada día. Era mi verdadera compañera, la soledad, que ahora se queja de mi abandono, del poco tiempo que le dedico. Como si no supiera que la amo más que nada, más que a nadie y que espero con afán —y angustia— las horas de nuestro reencuentro, robadas a todo lo demás. Busco maneras de trasladar mi intimidad a la gran masa que se reúne a celebrar. Me ven como el jefe de la revolución. Soy sólo un ciudadano más, les contesto. El ciudadano Aarón Azar, el camarada Azar. ¡Tener un ideal ascético en la vida pública! ¡Hablarle a la masa como "el puro" a sabiendas de la mentira! ¿Quién me lo echará en cara?

—Conociste el ideal. Lo dejaste pasar. Vives una mentira.

¿Quién? Ahora, nadie. Los miro desde el balcón como ahora me miro a mí mismo en el espejo y me digo:

—Mientes.

Un esfuerzo enorme. Lo que no le costaba a Dantón. Lo que no quiso Saúl. El balcón del poder. Un escenario donde por obligación debes posar, mirar con alegría, levantar los brazos, agradecer las ovaciones. ¿Quién? ¿A quién? ¿A mí?

A mí: a ti que soy yo. Simplifico mi vida de pie en un balcón. No soy así. Debo ser así, yo Aarón soy tú Azar. Y temo quedarme sin el piso. El piso pueblo, asamblea, Elisa. Mi suelo es una mentira, me digo solo ante el espejo como ahora. El pueblo cambia como cambió de la dictadura perfecta a la democracia imperfecta a la revolución que es cambio imprevisible: mañana. Y yo soy, lo quiera o no, el representante de la etapa llamada hoy, el tiempo entre el ayer que rechazamos y el mañana que imaginamos.

Hoy, Aarón Azar me miro solo en el espejo y quisiera simplificar mi vida. Y ya no puedo. O no quiero quedarme sin ese piso donde represento una mentira. No creo en las aclamaciones pasajeras del pueblo ni en la exaltación política de la asamblea ni creo, fíjate en lo que dices, Aarón, no crees en tu compañía más cercana, la niña Elisa, porque sabes que iban a condenarla, que la secuestraste, que violaste la ley, que la tienes escondida aquí en el palacio, viendo televisión de monitos y comiendo palomitas, viéndola sólo para cenar solos, dormidos juntos cada noche pero sin tocarse y amaneciendo para que ella desaparezca, obediente, al cuarto de la tele y tú te disfraces, cada mañana, de ciudadano Azar que se miente porque este ciudadano, tú, Aarón Azar eres más ciudadano que todos los ciudadanos juntos, tú eres el jefe máximo, por aclamación, porque no hay otro, porque los mejores que tú han muerto, porque Saúl se suicidó a fin de no estar donde tú estás hoy, porque mandaste fusilar a Dante para que no estuviera donde hoy estás tú. ¿Qué quisiste, Aarón, qué buscaste, qué necesitaste? Si Saúl viviese, tú serías uno más, no el primero. Si Dante viviese, sería generoso y te invitaría a compartir el poder...

Te dejaron solo.

Te quedaste solo.

Vas a reírte de ti mismo viendo en el espejo tu rostro pálido, cansado, ansioso. Te va a divertir la obligación que sientes de hacerte la vida difícil a ti mismo porque no conoces otra manera de seguir siendo fiel a ti mismo. Sin Saúl, sin Dante, sentías que te quedaste solo, en un país deshabitado. Llenaste las plazas de gente, las asambleas de diputados. Saúl. Dante. Solo Aarón. Solo tú. Ahora quisieras tenerlos a tu lado a tus amigos y ya no puedes. Ahora quisieras compartir con ellos las dificultades y estás solo. No tienes, pobre Aarón —yo— el poder de resucitar a nadie. ¿Tendrás el poder de no matarte a ti mismo o dejar que te maten?

Yo sé que cada hombre es creado, a un tiempo, por la moral y por la inmoralidad. Amar mismo, fornicar, ¿no es un amor que requiere la inmoralidad de regresar al animal que fuimos y podemos volver a ser? Una mujer que abre las piernas para fornicar, ¿es la misma mujer que las abre para tener un hijo? ¿Quién distingue? ¿Quién acusa y quién bendice? Sólo la iglesia puede decir: fornica, si es para procrear, abstente, si es para tu propio placer. Placer prohibido. Dormir al lado de Elisa y no tocarla. Secuestrar a Elisa para que no la castiguen. La ley violada por él, por Aarón, por mí, Azar, que doy la ley y juro defenderla y mando al paredón a mi mejor amigo diciéndole si te doy la mano, también a mí me fusilan, si te la niego traiciono nuestra fraternidad pero sigo vivo para defender nuestras ideas…

¿Puede un muerto defender sus ideas mejor que un vivo?

El tiempo lo dirá.

Todo dependerá de mi capacidad (Aarón Azar) para crear lo imposible: un mundo sin contradicciones.

¿Saben? Creo en la verdad porque la soñé.

El hombre puro en la sociedad impura crea un mundo a su propia imagen o desaparece.

Es imposible. Aunque lo soñé y los sueños son parte de la realidad, ¿no?

Quiero ser amado. Pero sólo por lo que soy, por lo que pienso. Eso soñé.

Quiero a los demás pero los rechazo porque no soy yo, no son idénticos a mí. Me dije al despertar.

Quiero ser como todos —Basilicato en la plaza pública, codo contra codo con la multitud— y acabo por desearme único.

¿Es mejor ser nadie? ¿No lo era en mi pensión, en mi diaria caminata —ida y vuelta— a los tribunales?

¿Es mejor ser el elegido?

Sufre el mejor, sufre el elegido, sufre porque es el elegido, sufre porque está obligado a ser el puro.

Sufre el hombre privado que fui porque ahora soy la república.

Mejor vuelvo a lo que hacía para calmarme en la pensión. Tejo: entrelazo hilos, me corto. Me acuesto. Elisa está a mi lado. Mancho con mi sangre la almohada. Para recordar quién soy.

Federico (38)

Sé sincero, Federico. ¿De dónde vienes? ¿Quiénes son tus padres?

¿Intelectuales?

Si te parece.

Schopenhauer. ¿Por qué?

Será porque lo cantó Rita Hayworth en *Pal Joey*.

¿Qué? A veces no entiendo tus alusiones.

Nada. Que Schopenhauer tiene razón. ¿Por qué?

Porque ve la vida como algo perdido entre el tedio y el sufrimiento y quiere acabar con eso, ir más allá.

¿Cómo?

Con una mala moral de la piedad. Como lo acaba de decir Aarón.

La piedad no es tu fuerte, Federico.

Óyeme. Piedad para lo que vive. La música. Por la música, Wagner. Al que escucha Dorian como única compensación.

No nos desvíes. Schopenhauer, Wagner, mis camellos. Déjame bajarme y andar solo por el desierto.

Anda pues.

Leo-Gala (6)

Leonardo primero se pasó horas ante el espejo. Mirándose. Admirándose. Quizás su perfil no era perfecto (John Barrymore) pero se acercaba. Todo en Leonardo era acercamiento. La cabellera lacia, con entradas profundas y una insinuación, ya, de tonsura. Las orejas regulares. La boca sin labios, recta, obligada a sonreír para no verse cruel y viéndose, en cambio, burlona. Las mejillas tendientes a la gordura. Ninguna seña de la marca registrada de la belleza: los pómulos salientes, pero los ojos profundos, todo concentrado en una mirada penetrante, que hacía olvidar todo lo demás: dos ojos de animal; no pertenecían a la ciudad, a la selva; no necesitaban la luz, la sombra; no requerían fijeza; alargados sobremanera, hasta cerca de las sienes y mirándolo todo en cada extensión de derecha a izquierda. Y el comentario sarcástico de las cejas, que no lo tendrían sin la mirada.

Luego bajó a desayunar y Gala tenía preparada la comida. Leo miró a Gala, miró la comida y la barrió al suelo de un solo golpe del brazo. Gala se retiró con miedo. Como en el teatro, tocaron a la puerta. Gala hizo una seña de silencio sobre los labios. Leo se carcajeó.

—Adelante.

Ella cubrió la puerta con el cuerpo.

—Que entre, digo.

El empujón de la puerta hizo tambalear a Gala. Dos mozos del hotel Metropol entraron portando sendas bandejas. Tendieron la mesa. Descubrieron los platos. Los ofrecieron a Leonardo. Sólo había un servicio. No dos. Leonardo entregó propinas. Los mozos del hotel se retiraron con muestras de gratitud.

Leonardo miró a Gala. Con una navaja de afeitar, el hombre se cortó una vena del antebrazo y dejó que la sangre llenara un vaso de jugo de naranja.

Luego del desayuno, extrajo de la bata un aparato pequeño y amarillo, llamado apropiadamente "yellow" y habló sin necesidad de marcar un número.

—Mi voz es mi número —se dignó dirigirse a la azorrillada Gala—. Obsequio de Max Monroy. ¿Lo conoces?

Ella negó, arrinconada.

Leonardo escupió órdenes.

Gala se preguntó si el verdadero poder de Leo consistía en disminuir a los demás. ¡Un trío casto y dialogante! ¡Cómo no! ¿Lloraría, reiría?

—Gibelino…

—Señor…

—Dorian. Me preocupa.

—No hay motivo, señor.

—Siempre hay motivo. Basilicato.

—Hablé con él.

—Que él lo haga…

—Señor.

—Tú no, cabrón.

—No he dicho…

—Tú no sirves.

—Puede que no.

—Dorian debe quedar sorprendido. Tú no sorprendes ni a tu espejo.

—No señor. Perdón. ¿Hasta dónde debe llegar Basilicato?

—Un sustito, nada más.

Siguió desayunando la corona de salmón con aceitunas y almendras, las crepas con crema de naranja, la sopa de médula con brioche y una "crema de oro" con pan y café. Lo que le trajeron los sirvientes: los nazarenos, reaparecidos y puntuales, Giaquinto y Luigi y Franco y Scarpocino. Y Gala arrinconada, como una perra que espera las sobras de la comida, sintiendo celos de la mujer que fue ella, depuesta y dominada y humillada por Leonardo y pensando en Dante, si viviese Dante, ¿hubiese seguido el gran juego, la relación intacta entre los tres? Acaso Dante también era parte del juego que ahora revelaba Leonardo. Acaso no. ¿Se entendían los hermanos? ¿La usaban para tener un solo punto de acuerdo fraternal? Así lo acababa de explicar Leo.

Sería posible —ella lo quería creer— que no la usaban a propósito, que sólo el azar los había reunido. Sólo que este azar parecía obedecer a la voluntad de uno y otro. Ella no sabría entender, ahora, si Dante y Leonardo se unieron fraternalmente a través de ella o si ella, misteriosa, los convocó.

Arrinconada con Dante en una fiesta. Balanceando una copa en la mano y soplando para apartar el fleco de los ojos. Un japonés mata a un hombre disfrazado para el Carnaval. Un domador es devorado por un tigre de circo. ¿O al revés? Yo soy la hija de Lilli Bianchi. ¿O al revés?

(Que murió hace veinte años, recuerda Dante.)

(Que murió hace treinta años, recuerda Leonardo.)

—¿Has visto las películas de Lilli Bianchi?

—Hace años.

—Ayer conocí a su hija. Detestó a su madre porque la hija no era igual de bella.

—La belleza no se hereda. ¿Es fea la hija?

—¡Qué va! Es una linda muchacha.

—¿Vas a verla?

—Claro. ¿Y tú?

—Ella dice que mejor los dos juntos.

—¡Ah! Sabe que somos hermanos.

—No. No lo sabe.

—¿Qué quiere entonces?

—Me dijo que sólo sería mía en compañía de otro hombre. Ella y dos hombres.

—¡Nadie se escandaliza ya!

—Dijo que no le importaba. Que el escándalo no era que una mujer viviese con dos hombres, sino que la relación no fuese carnal, los tres juntos sólo que los tres puros, sin tocarse nunca.

—Sería difícil —rió Leonardo—. Preséntamela.

Y ambos sintieron que una corriente de calor los unía como cuando jugaban de niños en el ático de la casa paterna.

Sólo que ahora Dante había muerto, fusilado por Aarón Azar en obediencia al mandato de la asamblea y Leonardo se sintió liberado al saberlo, mojó el clavel blanco en el vaso de sangre, llamó por "yellow" a alguien llamado "Gibelino", dio órdenes que afectaban a otro llamado "Basilicato", a otro más, "Dorian" y lo que Gala sintió es que saber la muerte de Dante liberaba a su hermano Leonardo, esto es lo que sintió Gala, intuyendo, liberada, ella misma, acaso, ella también, del proyecto del trío conversando en castidad, libre para juzgar a Leonardo sin desear su imposible compañía con Dante. Pero sobrecogida, poco a poco, de manera insinuante y cálida y hasta procaz, por la idea de que, desaparecido Dante, el trío ya no era posible, pero la pareja sí... Renacieron en Gala imágenes, la pareja pudo ser Dante y Gala, podría ser Leonardo y Gala, la muerte de uno emancipaba a los dos seres vivos, ya no había tabú, si la trinidad había sido negada por el destino, ahora la pareja sería posible...

Gala y Leonardo.

Se apartó del rincón.

Leonardo dejo de hablarle al "yellow".

Ella le tocó el hombro.

Le suplicó con la mirada.

Él no la miró.

—Y ahora, ¿qué nuevas mentiras vas a contarme, *dear* Gala?

IV. Al sonoro rugir del cañón

Aarón (7)

La orden de Aarón Azar a Basilicato fue terminante:
—Encuentra a este hombre.
—¿Y si lo encuentro?
—Lo matas.
Regresó Basilicato a las calles, las plazas, los rincones de
la ciudad, con una imagen en la cabeza: un hombre alto, acusado de abuso sexual contra niñas (como Elisa), sólo que ahora
ya no encontró el entusiasmo de ayer, como si las calles, las
plazas, la ciudad entera se sintiesen fatigadas y Leonardo, ha-
blándole a su móvil en casa de la humillada Gala, fuese la prueba de que lo que había pasado, pasado estaba y que el profesor
que había tomado en rehenes a sus estudiantes, les había dicho,
"se acabó, regresen a casa" y que el recluso que lo abandonó
todo, casa, mujer, hijos, vio la catástrofe, se rió y acabó regre-
sando a su hogar, y que la casa cuya construcción había sido
interrumpida a causa del temor a ser destruida se empezó a
reconstruir a pesar de los vagos que se acomodaron entre los
escombros y que ahora eran ahuyentados por fuerzas del ejército, ¿quién manda?, ¿quién nos corre? ¿Ya no hay libertad? ¿Ya
no hay revolución? ¿Quién tiene la culpa? ¿Aarón Azar?, ¿todo
el poder es suyo? ¿Aarón Azar es el culpable? ¿Todo el mal viene del poder? ¿El poder es Aarón Azar? Aarón ante la asamblea,
¡no flaqueen! ¡Mantengan la disciplina revolucionaria!, la masa
es anárquica.
—¿La masa es el pueblo?
—¿El pueblo no es la asamblea?
—¿Nos acusas de ser anárquicos, camarada Azar?
—No, son grupos indisciplinados.
—¿Nosotros?

—Y tú, Aarón, ¿eres rehén de la masa?

—No, sólo cumplo mi deber cívico, ante ustedes, que representan al…

—¡Qué *somos*, camarada!

Corten los árboles, quemen el pan, maten a los animales, la violencia es el instrumento de la justicia, la violencia no admite contradicciones, la violencia se esconde a veces, reaparece ahora, ¿con quién estás Aarón? ¿Con ellos o con nosotros?

Hay tormentas. Luego llueve mucho. Hay familias hacinadas en los sótanos. Dicen que hay violaciones colectivas, hombres violan mujeres y niños, hombres violan hombres, ¿qué clase de orden, camarada Azar? ¿Qué clase de violencia?, pero un hombre se enamora locamente de una mujer, señores, no reconoce ningún compromiso, ningún obstáculo, ¡la revolución lo ha liberado! Y ella, compañero, ¿qué dice ella, ella también se enamoró?, ¿o ella decidió darse por muerta, ver toda la vida como si fuera la eternidad?, es que ya no hay comida, camarada Azar, ¿usted, encerrado en su palacio, no se entera? ¡Hay crisis de subsistencias!, el pueblo abandona las plazas, busca comida, sólo que ellos han quemado el pan en público, han matado en público a las vacas y a los puercos y a los perros, todo para demostrar que la revolución no es riqueza, que la revolución es despojo, librarse de bienes, ¡vivir de aire!

—Cumpla con su deber, camarada Azar.

—Ponga fin a la violencia.

—¡Basta!

Un padre ha matado a toda su familia. Su destino era vivir solo. No lo sabía. La mujer y la hija interrumpían su destino, dice: la revolución se lo reveló.

—¿Lo supieron las muertas?

—¿Quiénes?

—La mujer y la hija.

—¿Lo supo él?

—¿Quién se lo dice?

¿Castigamos a los criminales, camarada Azar?, dinos, tú que eres abogado y juez. ¿La revolución favorece todas las libertades, compañero Azar? ¿No hay disciplina? ¿No ha llegado la hora del perdón, camarada? ¿Antes de que nos devore a todos la violencia?

—Todo es amable.

—Todo es violento.

—Bertrand te acusa de traición.

—Pues yo acuso a Bertrand.

Persuade, Azar. Acusa, Azar. Perdona, Azar. Acaba con la violencia callejera. Que vuelvan a funcionar los mercados. Que regrese el producto de la tierra. ¿Somos todos enemigos? ¿O sólo eres el enemigo de la asamblea, Aarón? ¿Dónde está nuestro libertador Saúl Mendés? ¿Dónde el hombre de razón, tu hermano Dante, ahora que hace falta?

—Ustedes lo mataron, camaradas.

—¡Nos acusas de asesinos, Azar!

—Aquí no ha pasado nada que tú no hayas intrigado, camarada Azar.

—Sólo te hemos obedecido. ¡Somos inocentes!

—Encuentra a este hombre y mátalo, Basilicato.

—Azar quiere que mate a este hombre, Gibelino.

—Mátalo pero antes devuélveme a Dorian.

—Me lo ordenó Leonardo.

—Lo sé. No importa. Ahora sal y encuentra a este hombre.

—Eso ¿me lo pide Aarón Azar o me lo pide Leonardo?

—Da igual, Basilicato. Da igual. Son los últimos suspiros de la rebelión.

Da igual: servir a unos y a otros. Sentirse satisfecho, mientras busca a ese hombre, Rayón Merci —por las calles olorosas a sangre de animal—: ¡Basilicato existe, Basilicato es alguien! ¡Mata para ser algo! ¡Sirve a todos! No es tonto: ¿quién va a ganar, finalmente? ¿Quién sabe? Más vale quedar bien con todos. Antes, era el hombre del que no se esperaba nada.

Ahora, avanza entre la multitud con un cuchillo entre los dientes.

Federico (39)

¿Crees en la democracia, Federico?

Me bastaría ver lo que sucede para decirte que no.

¿Qué sucede?

Que no hay quien no se considere "democrático". Hasta las peores tiranías son "democráticas".

¿Qué significa?

Que se impide a los seres excepcionales ser distintos. Si lo son, son "excéntricos", es decir, ridículos. Un hombre libre es excepcional y un hombre excepcional es libre.

¿Y la mayoría, Federico?

Son ganado.

Aarón (8)

—¿Regresaste?

—Nunca me fui.

(—Dejé hacer. Tuviste poder porque yo te lo permití. Que se cometan los crímenes. Todos los actos de violencia. Que se consuman hasta convertirse en vapor. Tuviste poder porque yo te lo permití. Tuviste poder para matar a tu propio camarada Dante. Que se cometan crímenes. Son necesarios para depurar a la revolución pero que los cometan otros. Tú, no yo. Creías que el poder era tuyo. No es cierto. Nunca fue cierto. Tuviste poder porque yo te lo permití. Para que hicieras todo lo que había que hacer. Te tocó a ti. No a mí. Creías obedecer a la asamblea. A todos. A la voluntad general. Te manejé mientras tú creías manejar.)

—Iré ante la asamblea.

—Ve nada más.

Era el escenario del escándalo. Aarón Azar entró y caminó hacia la tribuna en medio de la más atroz cacofonía. Sólo que su cabeza no estaba aquí, en medio del ruido. Mientras avanzaba hacia la tribuna, Aarón pensaba sólo en la niña Elisa. Por primera vez sentía miedo de haberla dejado sola en la casa de gobierno. ¿No estaba bien cuidada? ¿No la había dejado sola muchas veces, mientras salía a la asamblea a obedecer las órdenes de los representantes del pueblo: no toleres oposición, manda matar a los enemigos de la revolución, no te tientes el corazón, si no mandas fusilar a Dante, los fusilamos a los dos, a ti y a él?

Aarón avanzaba con dificultad entre los miembros de la asamblea gritona, escandalosa, en medio de las catilinarias de unos contra otros, no entendía quiénes apoyaban a quién, quiénes gritaban y por qué, la asamblea perdía la brújula, todos gritaban y Aarón sólo tenía pensamiento para la niña Elisa, sintió que la había abandonado, jamás lo había sentido antes, Elisa tan protegida en una recámara a la que nadie entraba salvo Aarón porque nadie sabía que ella estaba allí, que ella, Elisa, que era su amor intocado, su niña virgen, también era su crimen. Su secreto. Elisa secuestrada por Aarón para no cumplir la sentencia del tribunal, de cuya orden se evadió el abogado Azar salvando a Elisa de la cárcel. ¿Y cómo iba a pensar el abogado Azar que al día siguiente sería el ciudadano Azar y que ni eso ni nada lo apartaría de un deseo más grande que el del poder, el deseo de no tocar a Elisa, cuando dormían juntos cada noche, el deseo de tocarla un día cuando todo les dijese que estaba permitido, que él era un hombre y Elisa una mujer, que tenían derecho a quererse, cuando todo esto acabase, hombre y mujer, Aarón y Elisa? Aún no, ahora la asamblea le rodeaba, agitada, exigiendo venganza, retorno a los principios, arrepentida, ¿por qué matamos a Dante?, Dante sería hoy el hombre necesario, no podemos resucitar a Dante, ¿quién mató a Dante?, que Dante duerma en paz, veamos hacia adelante, compañeros, una patria sin Dante pero ¿con quién?

La vida se regenera en el sueño y Elisa sueña, sueña con un mundo sin palabras o sueña con la verdad. Cree en la verdad porque la soñó. Aarón la ve dormir y se felicita a sí mismo de su propio pundonor. Su capacidad de resistir a la tentación, su respeto a las etapas de la vida. Elisa secuestrada del tribunal que la sentenció. Elisa aislada en secreto aquí mismo, en la sede del poder. Viendo monitos en la tele el día entero. Rellenándose de palomitas de maíz para no tener hambre cuando de noche sale a reunirse con él, lo mira comer sin hambre porque aún le queda el sabor de sal y mantequilla de las ricas palomitas. Elisa lo ve comer y ahora él avanza entre los asambleístas iracundos, gritones, peleoneros, ansiosos de definir el rumbo de la revolución.

—¡Hacia adelante!

—¡Ni un paso atrás!

—De regreso a los principios.

—¿Cuáles?

—Los del origen de la revolución.

—¿De quién?

—¡De Dante!

—¡Los principios de la revolución! ¡Dante!

No lo miran. No le hacen caso. Se disputan entre sí. Deben unirse. Dejar de discutir. ¿Quién puede unirlos? ¿Quién los ha unido hasta ahora? ¿Quién es *el hombre?*

El deber de que Elisa olvide su pasado de violencia y crimen. La vida con los siniestros madre y amante de la madre, la vida con los benévolos Borman a los que asesinó. La vida con Aarón Azar, que la transformó en una niña obediente y sana, dedicada a comer palomitas y ver televisión, como si en la pantalla viese toda la violencia necesaria del mundo sin necesidad de protagonizarla, asesinatos y fusilamientos, degollinas y caídas al precipicio, envenenados y martirizados, niños embrujados y adultos enloquecidos, paredes cubiertas de sangre, ventanas abarrotadas, tumbas profanadas, funerales inciertos, fantasmas hechos de humo y silencio, cadáveres inquietos, rostros en la noche, manos en las ventanas, ausencias, desapariciones, retornos maléficos. Todo lo miraba Elisa mientras comía palomitas, sin mudar de gesto, mientras la asamblea se agitaba en pros y contras, retorno al origen, seguir adelante, ceder, no ceder, oír, no escuchar, gritos y razones, cuerpos agitados, cabezas calientes, puños levantados, ¿y él?, sería capaz, como antes, como siempre, de llegar a la tribuna, ocupar la tribuna, mirar a los miembros de la asamblea, colocarse el gorro de la autoridad que además le cubría la calva incipiente, exigir silencio y hablar.

El poder era esto. El poder servía para ejercerlo sobre esta asamblea cada día más heterogénea, más nostálgica del pasado pero también del porvenir, el poder era él, Aarón Azar, y era ella, la niña Elisa, encerrada viendo la televisión y sintiendo que la violencia ya no era suya, ya no era lo suyo, la violencia con la que ella se propuso a sí misma ante el mundo ya no era necesaria, la violencia estaba en la calle, donde la gente tiene hambre y se pregunta, después de la gran fiesta, ¿qué sigue?, matar a los puercos. Comer, aunque ya no hay mercados, ¿quién manda?, ¿quién tiene la culpa?, todo el mal viene del poder, ¿de quién es el poder?

—¡Camaradas! —gritó Aarón desde la tribuna.

—¡Baja de la tribuna! —gritó alguien.

—¡Fuera de la ley!

—¡Fugitivo!

—¡Asesino!

—¡Baja de la tribuna! ¡Lárgate!

Aarón descendió.

Alguien le arrancó la manga del saco.

Alguien le quitó el gorro de la cabeza.

Alguien le acercó un puñal al cuello.

Aarón gritó.

—¡Mueran sentados sobre sus curules! ¡Comparsas!

Huyó por la ventana. Sintió que caía a un precipicio.

Era sólo la calle.

Federico (40)

Perdóname un instante. Tengo que ir al baño.
No faltaba más, Federico.

Madame Mère (2)

Vengo a rogar por mis hijos.

Dante está muerto. Usted sabe quién lo mató.

Yo, que lo parí.

No, usted no.

Lo parí para la muerte, General Del Sargo.

No idealice. Lo mandó fusilar Aarón Azar. Su compañero. ¿Por qué ha pedido verme, señora?

Por mis hijos.

Ya le dije, Dantón…

Tengo dos hijos.

Uno está muerto. El otro…

Leonardo.

Nos ha ofrecido colaborar con el régimen.

¿Para qué?

Para restaurar la paz.

¿Usted cree que eso es posible?

No importa. Es necesario.

General Del Sargo: le traigo un recado.

¿De quién, señora?

De la historia.

¡Ah! ¡La historia! No se ría de mí.

No me río. Sonrío solamente.

¿La razón?

Recuerdo la historia. Es una sola.

La escucho.

General, mi raza lleva mucho tiempo en la tierra. Esta
no es nuestra primera guerra.

Lo sé. Sólo que ahora la guerra se llama revolución.

Que también es guerra. Continuación de una, anuncio de la siguiente…

La escucho con atención. Créame.

Lo sé. Por eso estoy aquí. Le agradezco que me reciba. Viajé desde lejos.

Lo sé. Quisiera resucitar a Dante. Perdón. Tener conmigo a sus dos hijos.

Los tiene. En la medida en que ambos son mis hijos, y los dos descienden de una raza, de una tradición… Escúcheme. Pertenezco a una clase diezmada por la guerra…

La interrumpo, señora. Más han sufrido los pobres.

¿Y la calidad?

Ingenieros. Trabajadores. Mineros. A todos ellos se los tragó la guerra eterna del régimen anterior. El régimen vencido, señora. Ahora, ¿con quiénes vamos a reconstruir este país? Dese cuenta del crimen mayor de los gobiernos fantoches de los que su hijo formó parte, siguiendo ese ejemplo desastroso de su padre, Zacarías, su marido, señora, que la abandonó a usted, a su tradición, a su familia, para hacerse de una nueva toga, sin darse cuenta, señora, que era mejor andar desnudo que mal vestido…

No es eso lo que quería decirle.

Claro. Porque ya lo sé.

No sea rudo. Compórtese.

Perdóneme. Créame que la entiendo.

No del todo. Usted pertenece a una clase nueva, en ascenso.

¿Me lo reprocha?

Sólo le doy otra versión.

¿La suya?

La de algo más constante. No sé cómo decirlo.

Empezando.

Sonría, General. Es usted un hombre muy simpático.

¿Yo? No me haga reír.

Óigame. Mi familia data de hace más de cinco siglos. Quisiera contar el número de muertos que le hemos dado a nuestras patrias. No importa. Como yo lo veo, la guerra ha sido una sola. Desde antes de nosotros. Tiene usted razón. Han muerto trabajadores en los frentes. También gente de mi clase. Sólo que los trabajadores se renuevan. Por más obreros que mueran en una guerra, detrás vendrán otros que los substitu-yan... En cambio, mi clase se va segando, General, ya no nos renovamos. Hay quienes han perdido a todos sus hijos en la guerra. La interminable guerra.

Acabamos con eso, señora. Usted sabe como yo que se trataba de un gran engaño, una grandísima estafa. La guerra interminable a fin de mantener un gran aparato militar, empre-sas para producir armas, uniformes, transportes, mercenarios, alimentos, burocracias, todo dependiendo de la guerra, de que haya guerras. La alternativa era la bancarrota. Nosotros vamos a demostrar que sin guerra hay más prosperidad, más coopera-ción, resolver problemas apla...

Lo sé, General. Perdone que lo interrumpa. Yo descien-do de la guerra, ¿me entiende? Yo desciendo de un mundo no renovable, destruido por la guerra. Porque éramos pocos, fuimos diezmados. Los obreros se renuevan, tiene usted razón. Los aristócratas —perdón por la palabra— no.

Han muerto regimientos enteros. Hay comunidades que ni siquiera cuentan a sus muertos. Se los tragó el lodo. ¿Quiere usted, señora, vengarse de todo un pueblo en nombre de una minoría de "gente bien"?

No diga eso. No sea injusto. No busco la venganza, como usted implica. Busco la razón.

El fin de una aristocracia, la suya, ¿no es una buena razón?

Lo es. Yo no pido que sobreviva una clase que ya des-aparece. ¿Cree que yo tengo derecho a un castillo en la Dordo-ña, con jardinero, chofer, cocineros, siete criados, once...?

Eso no me importa a mí. Y a usted, señora, tampoco. Vaya al grano. Deme su razón.

Mi hijo Leonardo. Déjelo vivir. Pero no lo corrompa.

Ya está corrompido. Eso usted lo sabe.

Devuélvamelo.

¿A un castillo mohoso con veinte servidores?

A mi vida.

No tengo necesidad de matar a su hijo. Para nada.

Entiéndame. Dante fue asesinado por su camarada Aarón. No permita que Leonardo se vengue de su hermano matando al asesino de Dante, Aarón.

Entonces, ¿eso es a lo que teme?

Quiero interrumpir la cadena de la muerte.

¿Y su hijo Leonardo?

Arréstelo, General. No le permita vengarse.

¿Arrestar? ¿Para qué?

Federico (41)

¡Qué bonito! Siento que me salen alas. Tengo un halo revoloteando sobre mi cabeza, Federico.

¿Tanto te entusiasma la excepción?

Todo lo excepcional me entusiasma.

¿Es excepcional el cuerpo humano?

Vas del espíritu a la carne. Está bien. La señora Colbert ha demostrado el poder del espíritu basado en la tradición. ¿Qué sería el poder comparable del cuerpo? ¿Tiene "tradición" el cuerpo?

No te adelantes. La mayoría de los hombres viven como animales enjaulados. Si buscan la explicación, les dicen: "Porque eres culpable". Es decir, eres pecador. Estás enfermo de pecado, de ti mismo.

La abominable bestia, dijo Lutero.

Es cierto. Apenas tienes la oportunidad, sueltas amarras, regresas a tu naturaleza primitiva, regurgitas el pasado, los ojos se te vuelven amarillos…

No quieres que tu acto sea pecado.

Quieres que sea naturaleza.

Dorian (4)

La cabellera rubia revuelta. El pelo renaciendo en las mejillas y la barba, en las axilas y entre las piernas. La mirada extraviada. El cuerpo desconocido de sí mismo. Las uñas oscuras. Los labios morados. La boca entreabierta siempre, como si quisiera articular una palabra y ni siquiera alcanza el suspiro, el quejido, el gruñido. Sólo porque Dorian no sabía qué era en ese momento. No quería saber quién era. Esto lo debía olvidar cuanto antes, enviarlo al basurero de la vida. Sólo saber qué era, en manos de este bruto que miraba con una extraña mezcla de deseo y rechazo, de crueldad y cariño, como si en él —el bruto— se concentrasen todos los sentimientos de la tierra, liberados.

—La Tierra, la Tierra —hubiese querido decir Dorian, si el habla le fuese concedida por el oscuro Ángel de la palabra. ¿Era habitado Dorian por ese Ángel negro? ¿Creyó ahora que sus palabras de antes, sus palabras iniciales, eran sólo fórmulas para atraer, palabras-cosa para seducir? ¿Desde cuándo no se miraba Dorian en un espejo sin máscaras? Un reflejo nítido de la persona disfrazada por la obligación de la vida: seducir, engañar, descubrir secretos que Dorian, luego, le contaría (sin saber que eran secretos) a su procurador (por hablar con decencia), su padrote (para decir la verdad), su conseguidor (para ser francos) el llamado "Gibelino"…

¿Dónde estaba, ahora que más lo necesitaba? Dorian había sido secuestrado a la salida del hotel Metropol por dos, tres, quién sabe cuántos rufianes, metido sin resistencia a un auto, los ojos vendados, llevado por circuitos olvidables a un cuarto con olor a musgo y magnolia. Sombrío sótano, jardín florido. ¿Cuánto olor era propio de este lugar, cuánto el perfume de Dorian mismo, acarreado a su pesar desde los sitios encantados donde iba para seducir, no para ser seducido o más bien atrapado, como ahora, atado de manos a una pared, desnudo, el pelo creciéndole de vuelta donde no debería crecer nunca más, donde había sido afeitado con esmero y seguridad?:

—No se preocupe. No volverá a crecer —le dijo el peluquero.

Y no. Crecía. Se empeñaba en reaparecer en todo el cuerpo que Dorian Dolor había preparado sólo para el placer, oscuro placer, placer oscuro, porque Dorian jamás permitió que le hicieran el amor con luces prendidas o ventanas abiertas. Dorian vivía en una eterna medianoche, en la cual el amante no sabría quién era, cómo era Dorian, sino la esbelta y luminosa coqueta de los bares de lujo.

—Puta de lujo.

—Gózame. No digas nada. ¡Goza!

Y este hombre, su carcelero, que lo miraba como nadie lo había mirado nunca. Una mezcla de candor, asombro libidinoso, ganas de querer y ganas de maltratar. ¿Obligación sólo de tenerlo primero, obligación de maltratarlo? En los ojos de Basilicato había todo esto. Sólo que algo lo definía. Algo antiguo en la vida del carcelero calvo y espeso, maloliente desde lejos, indeciso, mirando a Dorian Dolor con una intensidad pasiva, valga la contradicción necesaria para determinar el estado de ánimo de Basilicato, guardián de un muchacho desnudo, amarrado a la pared y dueño de una singularidad que Basilicato, encargado de encarcelar a un hombre que llegó hasta esta gran penumbra carcelaria vestido de mujer, miró con un deseo cada vez más exaltado.

Crecía el pelo, crecía la barba, Dorian Dolor era un hombre. Sólo que entre las piernas se abría la gran herida erótica de la vagina y encima de ella los testículos y el pene, disminuidos por el miedo.

¿Qué veía, qué pensaba el carcelero Basilicato de su presa?

Raptó a una mujer seductora. Desnudó a un hombre sin el vello que ahora reaparecía, a pesar de las seguridades dadas por el depilador a sueldo de Leonardo Loredano: sintió tremenda vergüenza de que le atrajese un hombre desnudo. Sólo que ahora descubrió, mirándolo desde atrás, que Dorian Dolor, su prisionero, tenía también la rajada sexual de la mujer y que para él, Basilicato, por ese calabozo del sexo femenino salía mensualmente sangre espesa mezclada con fetos nonatos y entraban vergas ansiosas, apresuradas, indiferentes a la persona de Dorian Dolor.

Él, Basilicato, no sabía cómo enfrentarse a su propio, súbito descubrimiento del sexo femenino en el hombre que era Dorian disfrazado de mujer en los bares. Las prohibiciones se sumaron al deseo, el deseo al asco y el asco a la decisión. Tomar a este ser cautivo, ¿era una falta, un abuso, una traición a la misión de Leonardo: encarcelar a Dorian para que Gibelino llegase a rescatarlo y la cadena de los poderes comenzara a revelarse, sonando como una campana que en la cabeza de Basilicato rememoraba duelos y bautizos, bodas y domingos, vagas memorias de una infancia que no era la suya: un recuerdo aprendido, asociado, que ahora se le ofrecía desnudo, pero ya sin misterio: el cuerpo infinitamente accesible del llamado Dorian Dolor, seductor de hombres ricos, poderosos, más bien viejos, en la oscuridad de recámaras olorosas —¡quién lo iba a decir!—, a musgo y magnolia.

Basilicato no se quitó la ropa. Se sabía poco atractivo, grasoso, sin músculo. Sólo se bajó el pantalón. Dorian estaba casi inconsciente, privado por el castigo, por saberse desarreglado.

Federico (42)

Quisiera saber más de Dorian Dolor.
¿Sin saber más de ti mismo?
No te entiendo.
Cómo no. ¿Sabes quién eres?
Creo que sí.
Entonces no temas.
¿Quién te dice que…?
Oye tu propio misterio. Pareces no conocerlo…
¿Mi propia historia? ¿Qué quieres decir?
Que debes buscarte a ti mismo en cada historia de este libro.

Bromeas.

Gala (4)

La casa de Gala fue rodeada por los soldados y Leo obligado a salir y seguirlos. Andrea del Sargo lo aguardaba en la casa del gobierno. Leo no sabía qué le esperaba. Andrea le sonrió y le pidió que tomara asiento. La actitud —la mera presencia— de Andrea, sentado en la posición principal de la mesa, confundió a Leo. Algo, sin embargo, le decía que no debía temer: en su naturaleza estaba, no confiar, sino aprovechar. Decidió que la actitud de Andrea era tan aprovechable como en su momento fue la de los poderosos hombres de negocios que aceptaban cenar en la casa apretada entre dos rascacielos.

Leo pensó rápido. Lejos de intimidarse, decidió aprovecharse. Lo reconoció: tuvo miedo. Se escondió en casa de Gala. Ahora, frente al jefe militar, se sintió en situación de igualdad. Poder ante poder. ¿Qué le diría Andrea? La mente de Leo se movía con agilidad y rapidez. ¿Dónde estaba Aarón Azar, el dirigente de la revolución? ¿Por qué estaba Andrea del Sargo en el lugar —la mesa, la oficina— que le correspondía a Aarón Azar? ¿Compartían el poder? Leo, con rapidez, imaginó que en ese lugar, ocupado por Andrea, acaso compartido con Aarón, ¿cómo saberlo?, podía haber estado Dante su hermano, fusilado por órdenes de Aarón. Y ahora el lugar de Aarón lo compartía —¿lo ocupaba?— el jefe militar Andrea del Sargo, quien leyó los interrogantes en la mirada audaz, levantada, reticente y temerosa —todo al mismo tiempo—, Andrea conocía a los hombres, conocía a ese extremo de la humanidad que era el soldado enviado a matar o a morir, sabedor de que si no mataba, lo mataban y, a pesar de todo, temeroso de que, al cabo, aunque matara hoy, mañana lo podrían matar a él.

Qué bien sabía Andrea leer el miedo en los ojos de sus soldados. Incluso cuando triunfaban, temían. En la victoria de hoy, la derrota de mañana. Y la derrota era una ficción, igual que el triunfo. Nada los salvaba de la muerte. Una muerte que era no sólo posibilidad, sino certeza. Porque, al cabo, aunque regresaban vivos del frente, la guerra les había asegurado de que, tarde o temprano, acabarían muertos.

¿Qué sabía el petimetre sentado frente a él de gangrena y tifo, de cólera y cagaderas? Quizás había visto los resultados de la guerra en el hospital adonde llegaban algunos vivos convertidos en locos —Óscar es Éscar— conviviendo con criminales como Rayón Merci, ansiosas las autoridades de que los soldados enloquecieran y los locos se creyeran soldados. Un macabro experimento. ¿Y los que nunca regresaban? Los muertos en combate. Los muertos por disentería y tifo.

Cuando Andrea del Sargo les dijo, no vayan al frente, todos unidos aquí mismo, vamos a tomar el poder, huyan como ratas nuestros verdugos, necesitan la guerra para hacer negocios, fabricar y vender y usar armas, fábricas de armas, burocracias gigantescas, civiles y militares, para administrar la guerra, soldados muertos en combate, muertos de tifo y cólera, vaciándose de disentería, mutilados por la gangrena, mientras más soldados mueran allá, más soldados reclutaremos aquí, vayan a morir, regresen a morir, todos al hospital, todos con los locos, yo no, Andrea del Sargo dijo basta y el castillo de naipes se derrumbó, los dueños de la baraja se fueron corriendo, muchos muertos de miedo, otros a preparar la contra-revolución. Leonardo Loredano, sin embargo, estaba aquí. Hermano de un héroe de la revolución, Dante Loredano asesinado por el usurpador Aarón Azar, Dante Loredano el heredero de la antigua aristocracia pasado a las filas de la revolución, el hijo de la gran dama Charlotte Colbert, todo a su favor para entrar al gobierno de la revolución. La revolución que necesitaba un pasado anterior al pasado inmediato. El pasado de la nobleza anterior al pasado de los mercaderes.

¿Sabía esto Leonardo Loredano?

¿Lo sabía en la época del poder anterior, cuando recibía en su casa a la casta del poder, la entretenía, la agasajaba, aunque se reservaba el derecho de advertir: esto puede cambiar, esto puede acabar para ustedes? Burlándose de ellos con piñatas y charros mexicanos.

—Y tú, ¿qué?

—Yo correré la suerte de todos ustedes, señores. Lo saben. Soy un hombre solidario.

Y no era cierto. En el corazón de corazones de Leonardo había una advertencia. Esto, que hoy parece tan seguro, esto, que hoy pasa por la verdad, mañana puede ser azar, desventura, mentira, lo opuesto de lo que ustedes, señores, creen eterno. ¿Lo sabían ellos? ¿Lo leían entre líneas, lo adivinarían? Leo no lo creía. Sus invitados a las cenas en la vieja mansión de los Loredano estaban seguros de que su mundo jamás cambiaría, a pesar de las burlas degradantes con que Leonardo les advertía:

—Esto se puede acabar. ¡Péguenle a la piñata! Un universo eterno. ¿Por qué? Porque era el suyo. Y sólo Leo se atrevía a pensar —y no lo decía— que todo podría cambiar, de la noche a la mañana. ¿Dónde estarían ahora sus viejos comensales, los hombres seguros de dominar el tiempo, como si el tiempo no viviese de su fugacidad misma, transformándose cada hora, como si anhelase una eternidad vedada y ellos creyesen que la eternidad ya estaba aquí para siempre y que era de ellos, *eran* ellos?

Acaso, por eso, a su pesar, Leo mantenía un cariño cierto, rara vez expresado, hacia su hermano Dante y buscaba, sin quererlo, con afán disimulado, el territorio de una fraternidad desdeñada por la realidad pero latente en el deseo.

¿Cómo se llamaba esa hermandad?

Se llamaba Gala. Era un nombre de la fraternidad y en consecuencia de la pureza. Eso quería ella, una pureza física que sólo la sociedad con los hermanos aseguraba. Ellos no se desearían físicamente y ella podría vivir con ellos en una armonía intelectual de limpieza física, de puro entendimiento espiritual… Una imposibilidad, se decía Leo, que sin embargo, de manera ideal, permitía a los hermanos reconocerse como tales, unirse en la relación con Gala, una relación que nunca pudo ser. Porque la impidió la historia.

Leo rió para sus adentros. Lo mismo que se convirtió en la realidad —una historia inconcebida e inconcebible entonces— se convirtió en la irrealidad: la conversación espiritual de Gala, Dante y Leonardo.

¿Dónde estaba Gala? Leonardo la había dejado atrás, en la casa donde, preocupado por su propio porvenir, temeroso de su alianza con los poderes derrotados, Leonardo había ido a refugiarse.

Mentira: a esconderse.

¿Sabía la suerte de Dante? ¿La temía para sí? Tan diferentes los hermanos, tan unidos por el destino, como si la intención de Gala se cumpliese de manera perversa y lo trajese, a Leo, a sentarse frente a Andrea del Sargo, quien brutalmente le espetó:

—Aarón Azar ya no manda. Lo hemos desplazado.

Ese verbo —"desplazar"— no le dijo nada a Leo salvo el hecho mismo. "Desplazado", Aarón Azar acaso había sido simplemente removido, reducido a ser un miembro más de la asamblea. Exiliado. Asesinado. ¿Qué quería decir Andrea? ¿Por qué no se atrevía a preguntarlo Leo? Por una simple razón. Porque Leo, sacado violentamente de su escondite con Gala, jamás admitió que estaba escondido, que tuvo miedo, que pensó en que era una víctima más de la violenta política de Aarón Azar y la asamblea. Y que ahora, ante Andrea del Sargo, Leonardo Loredano no sabía qué era, qué le esperaba, pero que su única actitud era despojarse de temores, sentarse frente a Andrea del Sargo y hablar, como siempre, de poder a poder.

Tuvo la tentación de reírse de sí mismo.

¿Sabía Andrea que Leonardo era inferior a Andrea?

Federico (43)

Soñé que mi padre salía del sepulcro para llevarme con él.

Era un pastor, ¿verdad? Un pastor luterano. Es decir: creía en la fe mediante la gracia, pero la salvación depende de Dios, no del hombre y sus obras. ¿Estamos predestinados? Entiende por qué soy católico. No creo en la predestinación. Creo en la libertad, a pesar de la iglesia y sus errores.

¿Crees en Cristo?

Ya sabes que sí.

Mi padre creía que la salvación venía de Cristo, no de la Iglesia. Sólo el sacrificio de Jesús nos redime, no la Iglesia.

Me confundes, Federico. ¿Cristo nos salva, aunque estemos predestinados al bien o al mal?

No acabas de entender. Es Dios quien salva o condena, incluso a quienes han obrado mal. Por algo es Dios.

¿Ser Dios significa que escoges a quienes salvas y a quienes condenas, insisto, con independencia de nuestros actos? Somos buenos, somos malos, ¿pero al cabo nos salvamos o condenamos por la voluntad ecléctica de Dios?

Qué crees tú.

Creo que nosotros somos los actores primarios de nuestra propia salvación. Esa es la libertad que nos da Dios. Yo lo creo como católico. Tú no puedes porque aunque seas ateo, eres protestante. Nadie escapa a la cultura de su cuna.

Dorian (5)

Así se presentó Gibelino al hotel Metropol. Muy trajeado. Saco de lana verdosa. Pantalón grisáceo aunque también tirando a verde. Camisa azul. Cuello de toro. Se dejaba adivinar debajo de la ropa. Musculoso. Bíceps. Piernas fuertes. Abdomen ondulado por la musculatura. Todo lo contrario de él un Basilicato fofo e inexperto. Gibelino no. Cara de engaño. Un cuerpo que proclamaba "fui hecho para fornicar". El sexo en la mirada, abriéndose paso a través del engaño.

—¿Ya llegó Dorian? —preguntó en la conserjería.

—Cómo no. Ahí está sentada.

Sola. Este hecho enfureció a Gibelino. Ella no estaba para estar sola. Ella estaba para atraer a los hombres. Ya había sabido lo que significaba estar fuera de las reglas del *métier*, lo pidió Leonardo y se lo dio Gibelino.

—Pero tú no —dijo Leonardo.

—¿Por qué? —preguntó Gibelino.

—¿Qué tal si te conoce?

—No puede ser. Yo controlo a Dorian.

—Lo digo por Dorian, será otro.

—¿Quién?

—No lo sabrás. Sólo te digo, muy distinto de ti.

—Usted manda, señor Leonardo.

Tomó meses que Dorian se repusiera. La barba y el bigote depilados. Las cejas también y vueltas a pintar. La boca de la mujer seductora. No la boca del dolor y el asco torturada por Basilicato. Liberada para no tener tentaciones. Para no andarse creyendo que esto de la "revolución" le tocaba a ella, la liberaba, podía unirse a la gran masa del pueblo como hombre, con el pelo sin teñir, con bigote y barba, por ralos que fuesen, con su frágil cuerpo de hombre disfrazando su cuerpo de mujer. Liberado/liberada, Dorian Dolor negando su femineidad gracias a la revolución que le permitía fugarse de Gibelino. Del bar del Metropol, de los clientes, del sexo a oscuras.

¿No era la revolución libertad?

Leonardo le dio órdenes a Gibelino, "encuéntrala pero no tú, no pierdas tus privilegios". ¿Quién? El tal Basilicato, servidor de cualquier amo, contratado para humillar a Dorian, demostrarle que no tenía más remedio que seguir en la prostitución.

¿De dónde venía, al cabo, Dorian? Fugada de la casa de una siniestra pareja, la misma que luego esclavizó a Elisa, Dorian fue a dar a la calle, no tenía dinero, ser puta era mejor que ser hija humillada, encerrada en un clóset, dedicada a comer en cuatro patas y chupar el sexo del "patrón". Huyó. Y sólo la recibió la calle. Y en la calle estaba Gibelino para adiestrarla, dominarla, explotarla, todo con tal de salir de casa de los padres de Elisa y luego todo con tal de salir de la calle.

—Vas a ser *de lujo*, Dorian. Te lo digo yo. Una mesa en el hotel Metropol. Una recámara para llevar a los clientes. El dinero para mí, Dorian. ¿Quién crees que paga el consumo del bar y el cuarto de hotel y esa ropa elegante que tan bien te viste? ¿Quién, pobre marica? ¿Cómo me pagas? Te doy comida, casa, clientes, ropa, ¿cómo me pagas, puto de mierda? ¿Quieres que te devuelva a la calle? ¿Quieres volver con tus miserables padrastros a comer caca? ¿No sabes que ellos ya te suplieron y tienen a una nueva niña para humillar, Elisa se llama, y ya no te necesitan? ¿Quieres que te abandone, mugroso Dorian, para que te vuelva la pelagra y te quedes calvo y necesites peluca y la jodida peluca se te caiga y te mueras pestilente y aullando? ¿Eso quieres? ¿Sabes que eso te espera si yo te abandono, cabrón hijo de puta? ¿Lo sabes?

Dorian Dolor sentada en una mesa del bar del Metropol. Esperando. Ni siquiera resignada. Aceptándose a sí misma/mismo con una promesa de placer que ni Gibelino ni nadie podía arrebatarle.

La hora de Wagner. La televisión que le permitía el muy generoso Gibelino por órdenes de su aún más generoso (y misterioso) jefe. La hora de Wagner. Dorian travestida entre mujer y hombre, formada y transformada por la música y el disfraz de héroe/heroína, Dorian Dolor no nacido/nacida aún, Dorian Dolor haciéndose, transformándose oyendo y viendo el Sigfrido, la Valkiria, Dorian Dolor salvada de Gibelino y quien fuese el déspota de Gibelino, Dorian Dolor aliviada de entender, gracias a la tortura de Basilicato, que Gibelino no mandaba, que Gibelino obedecía a otro como ella obedecía a Gibelino y que si el mundo era así, Dorian lo aceptaba.

Lo aceptaba porque ellos no tenían lo que Dorian tenía y nadie le podía quitar. El sentimiento de la rapsodia. Oyendo el corazón del mundo. Agradeciendo que el mundo tuviese un corazón y que nadie pudiese impedirle —secreto, no dicho— ese latido. Salvo que Gibelino descubriese su secreto y le arrebatase a Wagner. No podía. Dorian tenía horas de soledad dedicadas a oír *El anillo*, su favorita, su manera personal de acercarse a algo que podría llamarse "la belleza", algo que borraba toda humillación, todo dolor, y la hacía temblar de alegría, temiendo que si su secreto se supiese, Gibelino le quitaría la música, aunque si el jefe de Gibelino lo supiese, acaso lo entendería y le regalaría a Dorian estas horas de solaz que sólo le había comunicado a un hombre joven que un día se acercó a beber al lado de ella y él pidió un bloodymary con vodka Grey Goose y él le pidió probar la bebida y en cambio ordenó una sangría blanca porque el vodka no le gustó y el joven que tomaba Grey Goose rió y la trató como se trata a una persona y por eso se atrevió a decirle.

—Yo oigo cantar a Kirsten Flagstad.

Y él contestó:

—En un disco.

Y ella dijo que no. En la vida.

Y añadió:

—Mi nombre no es mío. Lo escogí. Lo vi en la portada de un libro. Un hombre joven y bello, como yo quería ser.

—No te quejes. Eres una bella mujer.

—Quería ser Dietrich como Marlene. Dorian Dietrich.

—Suena bien.

—Pero no es cierto.

—Puedes escoger. Lilli Bianchi, por ejemplo.

—No. Dorian.

—¿Y Dolor?

—*Pain*. Lo que siento.

—¿Dónde vives?

—Aquí, en el hotel.

—Te busco.

¿Quién era ese hombre, tan joven y buen mozo? ¿Por qué no se quedó con ella/con él? Quizá sin decirlo, por una corriente de entendimiento, ella/él no lo sedujo, lo dejó escapar.

—No, aquí no vive nadie con ese nombre.

—¿Alguien preguntó por mí?

—Dejó una tarjeta, Dorian.

Dante Loredano. Sin dirección.

Sigfrido-Siglinda, en la ópera. Bellos, incestuosos, uno solo.

—Las cosas se normalizan, Gibelino. Mete en orden a Dorian y a todas tus putas.

—Cómo no, Don Leonardo, lo que usted mande.

Federico (44)

¿Conoces la palabra "anestesia"?

Creo que sí. El diccionario la define como privación de la sensibilidad.

¿Consideras a Aarón Azar como un "anestesiado"?

Lo considero un hombre que ascendió con rapidez, llegó al poder y lo quiso ejercer para el bien común, que significa, ya lo vimos, atender también al mal común. A veces no sé si Aarón pudo abandonar lo que era, un abogado de oficio, y convertirse en un dirigente político. En todo caso, nunca pudo gobernar sin la asamblea.

Y sin la niña Elisa.

Cierto. Lo extraño es que creyó tener un poder absoluto sin darse cuenta del poder que compartía con la asamblea, por una parte, y con Elisa, por la otra.

Quizás creía en la revolución y mandó matar a Dante en nombre de la revolución.

Así lo dijo. ¿Nunca se dio cuenta de que su poder era prestado? ¿De que había un poder verdadero detrás del suyo, el poder de Andrea del Sargo?

No, porque con excepciones, el poder es ciego y el poderoso sólo le cree a sus incondicionales y los incondicionales saben lo que el jefe quiere escuchar. El divorcio se consuma entre el poder y los ciudadanos.

¿Nadie se salva?

Raras veces. El precio es no ser reconocido porque no se hicieron notar. El premio es ser reconocido y no dejarse adular, conmover o engañar por el círculo del poder.

¿Y el poder?

Es voluntad de poder.

¿Quién la tiene?
Muy pocos.
¿Andrea del Sargo?
Ya veremos.

Aarón (9)

No, en auto no. En autobús, tampoco. A pie, peligroso. En carreta como en la revolución francesa. Una carreta tirada por mulas. Un símbolo: Aarón Azar era el pasado. Aarón Azar es la carreta de la historia.

—Súbanlo. Siéntenlo.

—Súbase los calcetines, camarada Azar.

No oyó. Subió a la carreta. Había que pensar antes de morir. Decidió esto. Sentarse en la carreta y pensar antes de ser ejecutado. ¿Por qué fue él, Aarón, más discreto con Dante? A Dante lo mandó fusilar al alba, ante un paredón, en secreto. Ahora hacían de Aarón Azar, de la muerte de Aarón Azar, un espectáculo callejero. Y él se rebelaba. Su última rebelión. Pensar para la muerte pero como si no hubiera muerte.

—Trae los calcetines caídos. Súbaselos, camarada Azar.

Solo sentado en la carreta, Aarón pensó y se retrajo de su propio pensamiento. Tenía una imagen ideal del mundo. El mundo podía cambiar moralmente y lo malo es que sólo había una manera de cambiarlo: violentarlo. No sabía si los demás entendieron esto. Violencia para el cambio. Y cambio para el bien. Llegar al mundo perfecto soñado por la revolución mediante la perfecta violencia que sólo la revolución podía asegurar. Quizás careció de oportunismo y llevó adelante su proyecto de libertad contra todos los obstáculos. Mandó fusilar a su camarada Dante Loredano porque si no lo hace, la asamblea los fusila a los dos. Mató a su camarada Dante para llevar adelante la revolución. Si matan a los dos, la revolución…

Un escupitajo cayó en el rostro de Aarón.

Miró alrededor suyo.

No quería perder la razón. ¿Nos vuelve locos la muerte? ¿Dejamos de razonar porque sabemos que en menos de una hora ya no seremos?

Un escupitajo en pleno rostro. ¿Quién sería el canalla que se atrevía a escupirle? Rió sin querer. Si alguien le hubiese escupido a la cara en la asamblea, la propia asamblea hubiese expulsado al atrevido. O fusilado. Por menos murió Dante.

¿Quién, desde la masa, se atrevía a escupirle a Aarón Azar?

Se prendió por un instante a esta idea. ¿Quién? Y la abandonó. Enseguida. Miró hacia el cielo. Sólo vio los balcones repletos de gente, la gente asomada a las ventanas, los chiquillos burlones en los techos. Y en la calle, la multitud creciente. ¿Por qué no lo aclamaban? Ayer lo aclamaban. Ahora gritaban con cólera. Enojo profundo: Aarón no entendía la furia de la multitud mientras él, como un traidor, era conducido por las calles de la ciudad sentado en una carreta…

—Con los calcetines caídos.

El aplauso era un silencio. Aarón quiso silenciar el abuso que le llovía y convertirlo en la oración de ayer. En cambio, en vez de aplauso, silencio. En vez de abuso, silencio. Tiempo de pensar, se obligó a pensar. Pensar antes de morir. Decían que en el momento de la muerte se agolpan todos los eventos de la vida. Aarón trató de evocar una infancia olvidada, sus estudios de leyes, el trabajo en los tribunales, la defensa de unos, su acusación contra otros, ¿pagaba ahora, de un solo golpe, todas las sentencias, justas o injustas, de su vida profesional? Sólo que en el tribunal otro abogado se oponía a él, se discutía el caso, se liberaba o se condenaba, lo hacía el jurado, no el abogado…

—Súbase los calcetines, camarada Azar…

En el poder, sólo Aarón decidía. Rechazó una vena verdosa de recriminación contra sí mismo. Aarón, Saúl, Dante. Aarón, Dante. Al cabo Aarón solo. ¿Eso era el poder? ¿Y la soledad? Una cubeta de agua sucia cayó de lo alto de un balcón sobre su cabeza. El arreglo del pelo se acabó. Las mechas sueltas le cayeron sobre las orejas. ¿Se atrevería a mirar a lo alto, descubrir al malhechor? ¿Para qué? Ya no lo podría castigar. Tuvo un impulso: acurrucarse en el suelo de la carreta, aislarse, cerrar los ojos y que le cayera encima agua sucia, los desperdicios, los escupitajos, que le cayeron encima a un bulto ausente. Cerrados los ojos, un objeto más…

—Los calcetines…

No quiso. Le ganó un sentimiento de dignidad. Irse con honor. Alta la cabeza, mojada pero alta. Abiertos los ojos, abiertos aunque bañados de saliva ajena, la saliva propia retenida de la boca. Sucio. Alguien tenía que hacer el trabajo sucio de la revolución. ¿Alguien? Saúl Mendés prefirió morir a mancharse. La revolución sin el poder. La revolución limpia, real, incontaminada: Saúl Mendés. La contra-revolución sucia, real, contaminada: un escupitajo en plena cara para Aarón Azar. Qué ganas de levantarse ahora, convertir la carreta de la muerte en la carrera de la victoria. Escupir él. Aarón Azar escupiéndole… ¿A quién? ¿Al pueblo que lo había aclamado? Como aclamó a Saúl con la cabeza envuelta en una toalla y el cuerpo con las llagas del hebreo maldito y la mujer María-Águila (la monja Sor Consolata) allá arriba, intocados salvo por la muerte y la derrota.

(Y mis ojos, camarada Azar, yo Basilicato que vi la muerte de Saúl, yo el testigo Basilicato, muy bruto, ¿no? Muy ignorante, sólo que tan listo que me sé callar, no digo cómo murió el héroe Saúl, me callo, asocio, espero…)

—Súbase los calcetines, camarada Azar. ¿Cómo…?

Algo se alejaba en el silencio que Aarón buscaba con afán en medio del tumulto ruidoso de la multitud reunida en calles, balcones, azoteas, ventanas. Para celebrar el fin del poder, el de Aarón, ¿también el poder al que renunció Saúl?, ¿también el poder del que fue despojado Dante? La mirada de Aarón rumbo a la muerte se fijó en un balcón solitario. Soledad del balcón. Sólo un hombre en el balcón. Medio escondido entre las sombras de la recámara.

—Los calcetines, camarada…

¿Era Leonardo Loredano, el hermano de Dante? Creyó verlo. Creyó que disfrutaba. Creyó que proclamaba su vida. O su supervivencia. (Yo Leonardo Loredano, sobrevivo, tú Aarón Azar, mueres. ¿Quién gana?) Aarón fue quien se hizo la pregunta.

—¿Quién gana?

Le turbó enormemente la imagen de Leonardo escondido a medias viendo el paso del asesino de Dante, el hermano de Leonardo. Y no vio, en otra ventana (¿o era la misma?), la cara de Gala pálida, sin maquillaje, despojada de toda semejanza con Lilli Bianchi, cara deslavada, ojos sin mirada, boca seca, mirando el paso de Aarón Azar hacia la muerte, el asesino de Dante ahora iba a morir también, ¿y ella? Los tres… Dante, Leonardo, Gala.

—Los calcetines…

¿O era el rostro de Leonardo realmente el rostro de Andrea? El vengador. El nuevo poder. ¿Por qué se engañaba Aarón Azar? El poder de siempre. La hiel le subía a la boca, le quemaba el pecho, Aarón marioneta, Aarón el títere de Andrea del Sargo, desde el primer minuto de la mentira, Andrea y su ejército mandando, engañando, haciéndole creer a todos —ahora sí igualados, hermanados por el engaño a Aarón, a Dante, a Saúl—. ¿Por qué excluía a María-Águila, por qué no la incluía, "Sor Consolata", en el trío del engaño? Andrea en el poder desde el primer minuto. Alguien vació una bacinica llena de mierda sobre la cabeza de Aarón Azar. Desde arriba, desde…

—Súbase los calcetines, Azar.

—Límpienme la mierda.

—¿Qué dice?

—Por favor…

—Así se dice, camarada. Por favor.

¿Y Elisa, la niña, dónde estaba? ¿Por qué no acudía a ver la muerte de su protector? No era la desagradecida. Aarón la veía viendo la tele y comiendo palomitas. La miraba dormida al lado de Aarón, intocada, virgen hasta el momento… El momento que no llegó a pensar: sintió que esta, y no otra, sería la tristeza final antes de morir. La tristeza de Elisa.

Además sintió unas inmensas ganas de abandonar la banca de madera donde iba sentado con el pelo desordenado, la mierda escurriéndole por las mejillas, la camisa abierta, el pantalón manchado pero no de orines porque decidió aguantarse, no dar el espectáculo del hombre ajusticiado cuyo último acto es hacerse pipí en los calzones, los calcetines caídos, los zapatos olvidados, perdidos. ¿Quién necesitaba zapatos para morir?, se preguntó con un dejo de humor, resistiendo el deseo de acostarse en el piso del carretón, dejar que le lloviesen insultos y porquerías, no ver más a la multitud reunida para celebrar la muerte, no la muerte de Aarón Azar, logró decirse, sino la muerte misma, sin sujeto, sin protagonista, Aarón Azar ya no era nadie, la gran multitud lo era todo, en ventanas y balcones, en techos y sobre todo en las calles como si este fuese el gran carnaval, la fiesta de la revolución, la noche antes de la cuaresma y el ayuno y la flagelación y la súplica: perdón, perdón, perdón, una cruz negra en mi frente, Aarón Azar...

¿Quién cree que sabe lo último que piensa un muerto, si no puede decirlo, si no tiene a quién decírselo?

Federico (45)

Federico, para ti el placer no es un fin último.

No, ya lo sabes. El fin de fines es la voluntad de poder.

¿Por qué?

Porque te permite afirmarte a ti mismo.

Considera otras formas menos exigentes, más cotidianas.

¿Cómo cuáles?

El trabajo y el placer. ¿Es necesario el trabajo?

En nuestra sociedad actual, desde luego. Queremos satisfacer necesidades.

¿Y el placer?

Tu admirado Sócrates lo identifica con la virtud. O sea, virtud y placer son sinónimos. ¡Qué estupidez!

¿Por qué?

Porque aunque el placer te dé felicidad, no deja de ser también doloroso. Es por ello que el placer no puede ser reprimido. Sería la represión, al mismo tiempo, del dolor.

¿Trabajar también es doloroso?

Si el trabajo no es libre.

¿Qué quieres decir?

Si el trabajador no es dueño de los medios de producción, diría el hermano Marx.

¿Puede serlo?

El día que el hombre y la naturaleza se reconcilien.

Estás muy enigmático, Federico. ¿Hoy hombre y naturaleza están distanciados?

La prueba es que necesitamos el arte para compensar el divorcio.

Tú fuiste muy "wagneriano".

No. He creído siempre que la música nos devuelve la parte de naturaleza que la sociedad nos robó. Hay división del trabajo. Hay enajenación entre el trabajador y los medios de producción. Pero hay pasión, hay placer y hay dolor. La música nos permite librar al cuerpo del trabajo esclavizado y liberar el alma.

¿El alma?

El alma. El placer. El dolor. Escucha.

Dorian (6)

—A trabajar —dijo sin énfasis aunque de manera terminante Gibelino—. Se acabaron las vacaciones. Ya no tienes pelos donde no deberías. Ya te ves como antes, canalla. ¿Qué te creías? ¿Que la revolución te iba a salvar, a "liberar", como me dijiste? ¿Que el pasado no iba a regresar? ¿Que ibas a retirarte, pedazo de mierda? ¿Que ibas a envejecer tranquilo? No puedes, imbécil. Dios o la naturaleza o los dos te dieron dos sexos, o un solo sexo imperfecto, mi Dorian, yo qué sé, sólo sé que inquietas, que perturbas. Cabrón, a todos menos a mí que soy tu manager, tu padrote, si quieres y que si quiero puedo tirarte a la calle, ¿qué te parece? La calle, ¿te acuerdas? Cuando te escapaste del "hogar", lejos de la mamá de Elisa y lo primero que te pasó es que te arrestaron y yo te saqué de la cárcel y te dije eres libre, Dorian, pero el dinero es mío, todo lo que ganes es para mí, a cambio te doy un cuarto para vivir y tus discos de enanos alemanes. Mira que te salvo, desgraciado. ¿No tuviste bastante de la calle? ¿Crees que no sé lo que pasó? ¿Crees que no te vigilé los pasos cuando quisiste ser bailarín desnudista en un cabaret y fracasaste? Dorian, te falta nalga, ¿sabes? El público quiere nalga y tú no tienes, el público quiere tetas y las tuyas son chiquitas, ¿qué tienes, Dorian?, lo que yo te dije, la oscuridad, en las tinieblas no se ve que te desprecias a ti mismo, no se nota que quisieras ser algo más y por eso escuchas esos discos de enanos tudescos que viven debajo del agua. ¡Mira que hay que ser pervertido! ¡Enanos submarinos que cantan en alemán! No se me ocurriría un vicio tan genial. Sólo que oír ópera no redimía, mi belleza, redimía más ofrecerte en la calle y ganar dinero para un padrotillo que no arriesga nada porque la policía encarcela putas y no padrotes. ¿Por qué, mi Dorian? Porque a nosotros no pueden probarnos nada y en cambio tú te ofreces en la calle, rabanillo, cola de conejo, miserable puto, y cuando vi que te iban a matar por el delito de rebeldía contra padrote, ¡Jesús mío! ¿Quién te rescató sino Gibelino, véngase mi amor, la calle no es para usted, usted a los bares, usted a los hoteles, yo le consigo todo, hasta una recámara para que se me encierre usted en toda libertad y deje a las valkirias pegar de gritos? Te salvé de la muerte y de la cárcel, Dorian, me lo debes todo y ahora, ¿quieres ser independiente, quieres darme las gracias e irte a oír música? Recuerda nomás cómo te encontré desesperado, excarcelado pero explotado y con las costillas rotas y te eduqué, mi amor, te traje a tu apartamento que te alquilé, te traje tu colección de discos y tus viejas películas de Lilli Bianchi, todo lo que te gusta, sólo el dinero es mío, dale gracias a Dios y renuncia a tus idiotas ideas. ¡Independencia! Lo hubieras pensado antes de ser puta. ¿O puto? Da igual. Enchufas por los dos lados. Deja que me ría. Y tú, trabaja en el bar del hotel. Que sueñes con los cisnes.

Federico (46)

¿De manera que Dorian se salva de todas las desgracias escuchando música?

A Wagner, precisamente.

Pero tú te separaste de Wagner porque Bayreuth dejó de ser un espacio sagrado y se convirtió en un *cocktail-party*.

Usas terminologías que desconozco.

¿Por qué creíste en Wagner?

Vi en él un gran muro contra la decadencia.

Lo visitaste veinticuatro veces en tres años.

Creía en los camellos.

No te entiendo.

Todos tenemos un momento de camello.

¿Qué es eso? Ya lo mencionaste antes...

Admiramos a nuestros predecesores.

¿Qué tiene que ver con los camellos?

Te sientas en las gibas para avanzar. Hasta que descubres que las gibas están llenas de grasa.

Por eso aguantan mucho tiempo en el desierto, sin comida. La traen en las gibas.

Bienaventurados los camellos. Que los monten otros.

¿Abandonaste a Wagner porque era camello?

Porque portaba ídolos viejos. *Parsifal* es una traición. Wagner era cristiano y no lo sabía. Me engañó. Wagner no es un hombre. Es una enfermedad. Enferma cuanto toca. Su misión me enferma.

Tardaste en darte cuenta.

Bah. Fui a Bayreuth. Sólo había burgueses ricos, señoras de sociedad. El verdadero público de Wagner.

Pero Dorian, la pobre Dorian, nuestra Dorian, ama a Wagner, Wagner compensa su vida. ¿Qué me dices?

Que Wagner nos permite aspirar a ser señoras gordas y señores decentes.

¿Eso quiere Dorian Dolor? ¿No será lo que tú mismo viste en Wagner, el arte como salvación? Recuerda lo que te escribió Wagner: "Tu libro es tremendo. ¿Cómo llegaste a conocerme tan bien?".

Ay. Cambiemos de tema.

Andrea

Gobierna de acuerdo con lo esperado. Combate haciendo lo inesperado. Mientras más eficaz, menos necesidad de democracia. Si eres ineficaz, serás sustituido por otro. Mientras dependas de más expertos, serás menos eficaz. Si prohíbes menos, serás más eficaz. Si prohíbes mucho, provocarás más oposición. Es de sabios no hacer nada, estarse quieto. No necesitar nada.

Andrea le dio estos consejos a Leo y le dijo: "Sé sabio". Andrea sería el poder detrás del trono, al mando del ejército reintegrado a la patria para gobernar sin hacer ruido. Leonardo gobernaría de acuerdo con los principios de Leo. Lo esperado como regla. Lo inesperado como norma. El dominio sin hacer nada. Ninguna excepción visible, todas las excepciones en silencio. ¿No era lo que quería?

¿Los enemigos? Gebhart y Quesnay, ¿los recuerdas? Estaban en el exilio y aliados a los enemigos de la patria que querían derrocar al gobierno —di siempre esto, Leo— invadir al país para restaurar el *statu quo ante*. Repite estas palabras latinas: impresiona. Miente, solidariza. A Krebs y a Malines los mandó fusilar Aarón Azar, sin darse cuenta, por órdenes de la asamblea. Dahl se ha unido a nosotros. Quiere seguir haciendo negocios. Contamos con una banca que nos sirve a nosotros, no a los derrotados. El amigo Dahl entiende que cuando el país ha perdido reservas, como ahora, el banco central debe prestarle a los que no tienen y mantener la economía en estado de circulación. Más ahora, te digo, Leo, en que nos ahorramos el gasto inmenso de las guerras inútiles en selvas y desiertos. Gebhart y Quesnay creían que un conflicto externo era indispensable para producir lo que la guerra necesitaba, de uniformes a jeeps, de botas a municiones, de motores a burócratas, sobre todo, de militares. Se acabó. La inversión será interna. Gana la sociedad. Gana el ejército. Mantenemos el orden sin morir en combate.

¿Sabes, Leo, la perversidad mayor del antiguo régimen? Matar a los soldados en el extranjero para que no regresasen a contar la verdad. Encerrar a los que ejemplarmente volvían en el manicomio del doctor Ludens. Declararlos locos, exigencia del doctor Ludens para experimentar. ¡Bah! Yo organicé la resistencia. Los soldados enviados a Asia y África fueron advertidos: tu destino es la muerte o el manicomio. Mejor la rebelión. Ya. Tú sabes lo que pasó. No subieron a los aviones. Se rebelaron contra el gobierno. Yo los encabecé. Paseamos la cabeza del presidente Solibor por las calles en una pica, eso bastó. El *ancien régime* había muerto.

¿Y el nuevo régimen, Leo? El ideólogo puro, Saúl Mendés-Renania, no quería el poder. Quería la revolución. Permanente, Leo. Sabía que no era posible. Prefirió morir. No se decidía. María-Águila lo entendió y lo empujó del balcón a la calle, a la multitud, a la muerte. ¿Cómo lo sé? Porque hubo un testigo. Uno solo. ¿Quién? Vamos a guardar el secreto en nombre del orden y el buen gobierno, ¿no crees?

El gobierno lo ocupó Aarón Azar. Perfecto. Un hombre moral capaz de matar en nombre de la ética. ¿Sabes? Sólo un hombre puro puede ser un criminal perfecto. ¿Me entiendes? El absolutismo en nombre de la moral. El revolucionario que ante todo estima su propia probidad. Un hombre puro que desea comunicarle su pureza a la revolución. Un puritano en el poder, ¡ah, Leonardo, qué suerte tuvimos de que Aarón nos sirviese de mampara, cometiese los crímenes que nos eran indispensables, siempre y cuando nosotros no los cometiésemos!

Yo veía actuar a Aarón Azar. Lo aplaudía en secreto. Hacía el trabajo sucio y lo hacía en nombre de la moral. Además, obedecía a la asamblea. A todos los frustrados, los ambiciosos, los instantáneos, los que en su fuero interno se decían, ahora o nunca, esta vez y nunca más, sólo ahora podemos hacer lo que la vida diaria nos impedía hacer, lo que la moral, la costumbre, la profesión, las relaciones, el miedo, nos impedían hacer. Matar, violentar, gritar, condenar. Sólo esta vez Leo, sólo esta vez y gracias a Aarón nuestro hombre en el poder, Aarón obedeciendo a una asamblea pasajera, ¿me entiendes?, porque en un congreso de la muerte, la venganza y la libertad absoluta son pasajeros. Eso no podía durar. Creo que los asambleístas lo sabían. Por eso se apresuraron a pedirle a Aarón Azar: ¡Mata, fusila, no perdones!

¿En nombre de quién? De la asamblea popular.

¿En nombre de qué? De la ética política.

¡Qué protagonista perfecto! Aarón Azar. Un hombre que nada le debía al dinero y todo a su talento. Un hombre convencido de que pudo haber sido para siempre un abogado pobre y simple y ahora tenía la oportunidad de ser, no rico, no enredado, sino puro y simple para ejercer el poder. ¿Entiendes la tentación, Leo? ¿Comprendes la oportunidad a los ojos de Aarón Azar? Compréndelo. Lo merece. Respondió a la desesperación de algunos, a la urgencia de otros, a la paciencia de pocos, a la malicia, lo admito, de quien te habla: Andrea del Sargo. Que Aarón haga lo que tiene que hacer. Por nosotros, es cierto, sin nosotros, cierto también. En nombre de la asamblea, del pueblo y de la moral. ¡Aarón Azar! Mandado fusilar por el mismo congreso al que obedeció. A fin de que el congreso mismo cambiase de rumbo y volviese a la normalidad —¿convenimos en llamarla así?— que nos da poder a mí, y a ti, Leonardo.

No me mires de esa manera. Murió tu hermano Dante. La asamblea se lo exigió a Aarón. Si no la obedece, fusilan también a Aarón. ¡Qué hermoso cuadro, no lo niegues, Leo! Dante y Aarón fusilados juntos, hermanados hasta en la muerte. Y Saúl muerto también. La revolución descabezada, mi amigo. ¿Qué más hubieran querido tus invitados Burgdorf y Krebs y Malines? La revolución sin cabeza y ellos —Burgdorf, Krebs, Malines— de regreso. O lo que es peor. Yo, Andrea del Sargo, obligado de antemano a tomar el poder contra la burguesía a destiempo. No, Leo, mucho mejor tomar el poder porque los revolucionarios fracasaron. Tomar el poder en nombre de la revolución, para salvar a la revolución.

Llegó la hora de admitirlo, Leo. Si tu hermano Dante, en vez de ser fusilado por Aarón, asume el poder a pesar de

Aarón, Dante hubiese conciliado, admitido la razón de cada parte, acaso hubiese defendido al país contra la contra de Burgdorf y Krebs, hubiera tomado decisiones crueles equilibradas con otras drásticamente benévolas. Dante hubiera hecho público lo que tú y yo, Leo, vamos a hacer calladitos. Tu hermano, tirado de un lado por la asamblea irracional y por el otro por su propia razón, se hubiese comprometido. Gobernaría a medias, tratando de darle gusto a todos, y no dándoselo a nadie.

Dante, óyeme, era un hombre capaz de sacrificarse voluntariamente en nombre de sus ideales. Aarón sólo era capaz de sacrificar a los demás en nombre de su propia ética. Es lo malo de una revolución, Leo. Revela la moral de cada individuo y lo hace creer que la ética propia es la ética colectiva.

No es cierto. La única ética política es la que te dije al principio. Hacer lo inesperado. Pero dominar sin hacer nada. Engaña y contenta con actos que sorprendan pero que sean intermitentes. Lo espectacular no lo es si es cotidiano. Lo de todos los días es lo que no se hace notar. Eso es lo que te da el poder. Lo que hace que no se note que tienes el poder.

¿Dahl? Ya te dije. Es el banquero del gobierno nuestro, y alía, nos une a los sindicatos, felices de que se haya ido el gobierno anterior. Las ideas de Saúl permanecen. Los gobiernos cambian. Los trabajadores permanecen. ¿Y el General Thünen? Con nosotros, asociado a un ejército triunfante que desafió y le ganó al corrupto gobierno de Matías Solibor, le cortó la cabeza y la paseó por las calles, envió a un exilio de conspiración antipatriótica a los peores burgueses y no sólo mantuvo, sino que le dio una ansiada victoria, un triunfo largo tiempo esperado, a las fuerzas armadas. Ya nadie morirá en Asia o África. El ejército mantendrá —*comme il faut*— el orden interno. Los de afuera se quedaron sin armas.

¿Y María-Águila? ¿Olvido a María-Águila? Claro que no. María-Águila, que tenía la tentación de regresar al convento de donde salió, ha sido convencida de que, siendo la viuda de Saúl Mendés-Renania, padre de la revolución, apóstol de los insurgentes, merece un nombre —su nombre, perdón, el de Saúl quiero decir— con letras de oro en la nueva asamblea. Saúl

Mendés-Renania en letras de oro y presidiendo el acto su viuda María-Águila, viuda de la república, alma del apóstol, superviviente de una historia, Leo, que para seguir viva debe morir cuanto antes.

¿Y tú, mi querido Leo?

¿Y tu madre? Madame Mère, como la llaman ustedes, Charlotte Colbert D'Aulnay y Loredano?

Recuerdo la conversación que tuvimos ella y yo. Dile que no se preocupe. Sacaremos el cadáver de tu hermano de la fosa común que por cobardía le asignó Aarón. Vamos a desenterrarlo. Vamos a llevar el cuerpo con gran solemnidad a la propiedad ancestral de la Dordoña. Allí será sepultado como tu madre quería, con honor y en su propia tierra.

Tú nos acompañarás. Tu madre te quiere, Leonardo. Te lo digo yo.

Y a tu hermano Dante, además, le levantaremos un monumento aquí mismo, en el centro de la ciudad. En memoria de su espíritu y su acción revolucionaria. Una lección para nosotros. Para todos.

Para ti, Leonardo Loredano y Colbert, si aceptas ser el presidente de la nueva república que hoy fundamos.

Federico (47)

Te tengo una noticia. Zacarías se ha escapado de su casa.
¿Dónde anda?
Se fue directo al hospital. Iba armado.
¿Cómo?
Leo tenía ametralladoras en el sótano.
¡Pobre! No tuvo tiempo de usarlas.
Su padre sí. Llamó a un pícaro, mexicano como él, un tal Juan Colorado, le dio las llaves del Mercedes y le ordenó "Al hospital". Le dio otra ametralladora. Llegaron al hospital. Se abrieron paso entre los locos, los enfermos, el jardinero enfermo por aspirar desinfectante, el salvavidas con cáncer de piel, las mujeres enfermas de tanto pintarse el pelo, los hombres con aerosol...
Te dilatas demasiado, Federico.
Ya llego. Zacarías no los buscaba a ellos. Buscaba al doctor Ludens que se lo había querido llevar al hospital y a la monja tahúr. A ellos les dispararon, Zacarías gozó viéndolos caer, gritó su venganza, él y el mexicano no mataron a nadie más. Dejaron el patio con sólo dos cadáveres. Pero incendiaron el lugar y los demás, sanos y enfermos, justa o injustamente recluidos, salieron corriendo a las calles...

Elisa / Rayón

La soltaron. A la calle. De vuelta a la calle. Sin la cruel protección de su madre y el amante de su madre, donde creció comiendo jabón y fornicada por el ano. Sin la cariñosa protección de sus padres adoptivos los Borman a los que mató porque no tuvo tiempo, ocasión o ganas de matar a su madre y al amante de su madre. Sin la protección de la cárcel de menores a donde fue a dar a los ocho años de edad y de donde la sacó el abogado Aarón Azar, con quien vivió tan contenta, sin violencia, por primera vez sin miedo, escondida como le gustaba estar, sin que nadie la viera, nadie la tocara, sola el día entero viendo películas de vaqueros y comiendo *pop-corn* sin que nadie supiera que allí estaba ella todo el tiempo, en la recámara vecina a la sala de Aarón Azar, esperando el regreso de su libertador cada noche para cenar juntos e irse juntos a la cama. Él no la tocaba. Esa era la gratitud más grande de la niña Elisa. Aarón no la tocaba. Todos la habían culeado, manoseado, encarcelado, sólo Aarón la protegía, dormía con Elisa pero no tocaba a Elisa. ¡Cómo no agradecerlo! Y cómo no sentirse abandonada, humillada de nuevo, arrojada por Andrea del Sargo a la calle, a sobrevivir… como perra sin collar.

La calle de humo y polvo y ruido de martillos y cadenas arrastradas. Ruedas invisibles. Silbidos repentinos. Niños jugando fútbol con los huesos de los muertos en estos meses que para ella fueron como el caramelo de su vida. Ella protegida, aislada. Y los niños que todo lo perdieron jugando fútbol en los lotes vacíos con los huesos. ¿De quién, de quiénes? ¿De sus padres? Elisa estuvo a punto de llorar. Los huesos de Aarón Azar. ¿Andarían allí los huesos de su protector? El único hombre que le había dado todo sin pedirle nada a cambio. Eso no podía ser.

Eso era un milagro. ¿Cómo se llamaba eso, darlo todo sin pedir nada a cambio?

Elisa no tuvo tiempo de contestarse a sí misma. El tumulto de la ciudad le robó los sentidos y la mente. Aquí quemaban documentos en plena calle. Aquí se peleaban dos hombres. Se acusaban el uno al otro de "colaborar". ¿Qué era eso? Hasta que la niña Elisa oyó el nombre de Azar. Aarón Azar, gritado como un insulto por un hombre contra otro hombre. Aarón Azar, Azar y ella se alejó de prisa y sintió vergüenza por no dar la cara a favor de Aarón, su protector. Pero le dio gusto "sentir vergüenza" porque no sabía lo que era eso, "vergüenza". Cólera sí, humillación también y un poquito de felicidad viendo películas de vaqueros, comiendo palomitas y durmiendo con Aarón que la respetaba. Ella no se preguntaba si era a propósito. Si la respetaba porque antes nadie le dio respeto, la humillaron, la despreciaron, la fornicaron con brutalidad, no la respetaron. Eso le agradecía a Aarón. El respeto, el respeto, cómo mantenerlo en estas calles del mediodía, repletas de gente, cómo si en un momento dado, sin que nadie se los ordenase, todos hubieran salido a la calle. Como si ahora, de veras, la calle les perteneciese como ayer le perteneció al cortejo de Saúl Mendés, a la cabalgata de Dante Loredano, a la tiranía de Aarón Azar, a las veleidades de la asamblea revolucionaria.

Ella no sabía nada de esto. Ella ya no tenía protección. Ni siquiera la protección de la fuerza. Estaba libre y lo presentía. Se dejaba llevar y traer por la multitud insegura de su libertad y desorientada porque ya no había listas de muertos y traidores pegadas a las paredes por órdenes de la asamblea. Se habían abierto grandes tumbas colectivas en algunas calles. Allí arrojaban cadáveres anónimos, residuos de la revolución. Enterraban a la revolución misma, aunque esto Elisa, desamparada, ambulando, no lo comprendía, no más noticias de muertos, sólo cadáveres enterrados en tumbas colectivas, ¿qué era esto? Humo, polvo, niebla, martillos, cadenas, silbidos, ruedas. Gente ahogada sacada del río y arrojada a la tumba colectiva. Cadáveres usados para practicar el tiro, amarrados y parados contra los muros. Cadáveres con clavos en los pies y en las manos, como Cristos sin nombre ni santidad.

—Dejen los cadáveres donde caigan —oyó Elisa el grito.

Cadáveres con puñales clavados en la espalda. Calles humeantes. Sepulcros cavados con prisa.

De uno de ellos surgió, como si resucitara, el hombre que Elisa reconoció enseguida. Había estado encerrado en el mismo hospital —¿o manicomio?— con ella, con los soldados, con los criminales, con los niños acusados de crímenes como el de ella, todos mezclados, todos contagiándose sus pasados, los crímenes de unos trasladados a los crímenes de otros, el crimen de ser niña, el crimen de ser soldado, el crimen de ser violador como Rayón Merci, este hombre grande, despeinado, sucio, ávido, que surgía de entre los muertos, emergido de una trinchera de agua podrida donde lo habían arrojado creyéndolo muerto y no, se disfrazó de muerto para evitar la muerte. Ahora salía de lo hondo de una trinchera de cadáveres oliendo a muerto, pero con una avidez sexual espantosa, como si pertenecer, así fuese de modo fingido, a la muerte le devolviese a la vida potenciando su vicio, su debilidad que era su única fuerza, el hambre de niña que salía rugiendo de entre sus labios amoratados y ella, Elisa, la niña de trece años, vista por Rayón Merci emergiendo del lodo como la recompensa que nadie le ofreció, el regalo de la vida que aún latía en el cuerpo de Rayón, hambre de niña, sexo limpio, olor a jabón. El que me obligaban a comer, pensó Elisa de vuelta por la imagen reconocida del hombre que quiso violarla en el hospital (¿o manicomio?) y que ahora salía del lodo como un Adán perverso, recién creado pero padre ya de Caín, portador ya del emblema de la traición, la codicia, el crimen, el fratricida, Caín-Rayón, Merci-Caín, embarrado de lodo, como una excrescencia de la tierra, saliendo del hoyo infernal de la ciudad para mirar con un deseo sucio, vergonzoso, que ella reconocía y temía porque la devolvía a los momentos más tristes y dolorosos de su vida y le quitaba, para siempre, el tiempo del cariño, de la tranquilidad que en ese momento sintió inmerecida. ¿Por qué ella, Elisa sin segundo nombre, víctima violada la vida entera, había merecido la felicidad protegida por Aarón Azar? Y esa misma felicidad, ¿no había llegado secreta, inmencionable?, porque El Supremo Azar no podía ser acusado de secuestro, de amor con niñas, de mentir y esconder en la sede misma del poder y Elisa, aun feliz, era un secreto. Elisa siempre ocultada, viendo películas de John Wayne y comiendo palomitas de maíz.

Ocultada siempre. Libre hoy. De vuelta a la calle. Y enfrentada a Rayón Merci que salía del lodo como fiera acurrucada, acechando, preguntando con la mirada agresiva, ¿soy el guardián de mi hermano?, ¿quien derrama la sangre del hermano?, ¿quien priva de frutos a la tierra? El que sale del lodo, errante, dispuesto a ser asesinado porque su confusión es muy grande, porque quiere lo prohibido, sólo lo prohibido, siempre lo prohibido, buscando en vano el oriente del edén y encontrando sólo la tierra prohibida, la mirada y el cuerpo de la joven Elisa que lo miraba con horror y él avanzaba, salía del lodo mirándola a ella y ella, la niña Elisa, que sabía en el alma y la sangre su propio destino, arrancó un puñal de la espalda de un cadáver y lo clavó en el pecho de Rayón Merci para consumar aquí mismo, sabiéndolo e ignorándolo, el destino de ambos.

Federico (48)

Nada me disgusta más que recobrar la inocencia una y otra vez. La inocencia conoce el engaño moral. Si tenemos oportunidad de volver a ser "inocentes" cada vez que excedemos la medida y somos "excepcionales", quiere decir que la "inocencia" es como la confesión al sacerdote. Podemos empezar de nuevo. No hay pasado. ¡Aleluya! Renací "inocente".

¿Cómo se puede evadir la falsa "inocencia"? Te adelanto que estoy de acuerdo contigo.

Te voy a sorprender. Me han acusado de antifeminista. Las mujeres formarían parte, según esta interpretación, de una tendencia a privilegiar el ideal sobre lo real, despreciando la actualidad.

Tu madre. Mujer.

Y según el Papa Inocencio III, nacidas de la concepción impura, alimento asqueroso, olor nauseabundo, secreción de saliva, vómito, orina…

¿Tu madre?

También.

¿Otra mujer?

La que sustituye la impureza del cuerpo por el rango de la tradición y el espíritu.

No te entiendo.

Oye.

No, tú a mí. Tu madre.

La llama —el animal andino— se defiende escupiendo lo que no ha digerido.

Tu madre, Federico.

Mi familia. Mi sociedad. No las escoges, mi amigo.

¿Las imaginas?

Qué va. ¿Para qué? Quiero imaginar algo mejor.

Cuéntame, pues.

Toma en cuenta. Madame Mère, Charlotte Colbert, acaba de cumplir sesenta años. Andrea del Sargo, treinta y tres.

La edad de Cristo.

No blasfemes. No hagas asociaciones falsas. Oye.

¿La familia, Federico?

Madame Mère (3)

¿Quién invitó a quién? Charlotte, "Madame Mère", al joven General Andrea del Sargo para agradecerle que en vez de fusilarlo, hubiese nombrado a Leonardo jefe del nuevo gobierno. Del Sargo a Charlotte porque nobleza obliga y a él le correspondía viajar hasta la Dordoña y presentar sus respetos a la señora madre de Leonardo. Ella no buscaba —toda su tradición se lo prohibía— nuevo perdón por la muerte de Dante. Él ya había explicado las circunstancias. No había por qué repetir esas razones. Pero ella temía que Del Sargo llegara con algunas de estas explicaciones conocidas, aceptadas e innecesarias. ¿Tendría el joven General el tacto, la sutileza, de evitar la evocación de lo hecho, porque "lo hecho, hecho está"? ¿O era la suya una visita de cortesía? Cortesía, sobre todo, para que ella no tuviese que viajar hasta la sede de gobierno a dar las gracias. Cortesía, porque él se adelantó y anunció que viajaría al château D'Almeras a presentar sus respetos a Charlotte, "Madame Mère". ¿Quién era más cortés, quién más diligente?

Andrea rió para sus adentros en el avión que lo llevó al aeropuerto más cercano, Burdeos. ¿Había otra razón que no fuese la muy caballerosa de anticiparse a un desplazamiento de Charlotte a la capital y venir él, el jefe de la revolución, en persona, a ofrecerle sus respetos y a dignificar, de manera implícita, la designación de Leonardo como primer ministro? No era necesario explicar que los viejos amigos de Leonardo —los "oligarcas" del presidente Matías Solibor— habían huido del país, o preparaban fútiles contrarrevoluciones ignorando el hecho consumado. El *fait accompli* de la nueva situación política.

¿Imploraría Madame Colbert por alguno de los traidores a la revolución, los "contras" exiliados? Jamás, se dijo Andrea.

Ella no le daba importancia a esos trepadores y advenedizos. Ella lloraba a su hijo Dante, fusilado por órdenes de Aarón para que —argumentaba— la asamblea no fusilara a ambos y la revolución quedara acéfala. Pero ella no mostraba más emoción que la que le ofreció a Andrea en su anterior, y única, reunión en la casa de gobierno. No pediría venganza contra el traidor Azar. Su destino se había cumplido. Dante estaba vengado.

Quedaba entonces Leonardo, por quien ella suplicó y su súplica fue atendida con creces por Del Sargo. ¿Por qué ella, la madre, se lo pidió? ¿Porque así convenía a los proyectos de Andrea, así fuese huérfano Leonardo? Las probables culpas del enloquecido esposo, Zacarías, ni siquiera entraron en estos cálculos de Charlotte previos a la visita del comandante. ¿Qué pensaría él, Andrea del Sargo? ¿Por qué venía él desde la capital al aeropuerto de Burdeos a visitar a la madre, la sesentona, la nunca-más-implorante Charlotte Colbert D'Aulnay D'Almeras, nombre de casada Loredano?

Se miró al espejo, reflejo inevitable —en todos los sentidos— de la mujer que se dispone a recibir a un hombre. No le desagradó del todo lo que vio. A los sesenta años, Charlotte era una mujer esbelta. Ya no tenía el cuerpo de la veintena, tampoco había ganado más de dos o tres kilos desde entonces. Es cierto que los muslos ya no tenían la firmeza de la juventud, aunque las piernas, quien sabe por qué, sí. Jóvenes y fuertes. Las nalgas lucían, como un sendero antiguo, una que otra arruguilla aunque ella nunca se las miraba. Y por delante, todo era un triunfo —decía ella para sí— de la buena raza. Los senos no se le habían cansado. El vientre era liso. El pubis el mismo de los quince años. Y adentro, adentro, volvían a germinar los hijos al cabo independientes, fuera de ella, no penetraba más —¡desde hace veinticinco años!— el otrora galán, exótico, Zacarías Loredano. El mexicano que la sedujo con su gran presencia física. Alto, derecho, nervioso y calmado a la vez, el bigote sin excusa, la mirada inteligente sin desprecio, las manos de jinete cansado. Un hombre con historia, en sentido distinto al de Charlotte Colbert, pero con un pasado, pensó ella, que no desmerecía frente al de ella. Y luego se concentró en hacerse de relaciones, hacer dinero, la descuidó primero, la olvidó enseguida, ella le dio dos hijos tras de coitos apresurados en los que Charlotte no sintió placer, aunque sí satisfacción al parir, primero a Leonardo, más tarde a Dante. El rabioso afán de su vida agotó un día a Zacarías, lo envejeció de repente, lo encerraron en la buhardilla y ella tuvo que despedirse para regresar a su casa ancestral cerca de Bergerac y esperar. Un cuerpo solitario. Bendito en su aislamiento y suficiencia. Poblado de recuerdos. Ella desechaba los malos, cultivaba los buenos. Pero se sentía preparada para aceptar aquellos como inevitables y comprensibles. Y a no celebrar estos —los buenos— por profundos que fuesen, por volátiles que podrían ser.

Charlotte era su cabeza. No una belleza: sí una testa de una distinción moldeada por la herencia, los siglos, el respeto a sí misma, la necesidad de estar bien parecida viviendo en la soledad, sin necesidad de darle gusto a nadie, su servidumbre, sus animales, sí, se contradijo, el caballo no me admite malas posiciones, la camarera espera que yo sea una mujer limpia. Porque somos excrecencias de la vida y regalos para la muerte, se decía Charlotte, y entretanto tenemos una obligación con el propio cuerpo que es una obligación para con quienes nos rodean.

Un perfil de nariz grande, boca sonriente con agrado, cejas posadas de buena manera sobre ojos inteligentes, más inteligentes que el conjunto de la mujer, acaso. Una barbilla decepcionante en el sentido de negarle derechos absolutos a la hermosura. Y al cabo una cabellera blanca, cortada entre largo y corto, recogida, atractiva sin ser llamativa, conservadora sin ser rechazante.

La nariz, sobre todo la nariz, mujer de nariz grande, se dijo Andrea del Sargo al entrar al salón del castillo D'Almeras, una mujer cuya belleza era sobre todo obra de una nariz grande, afilada, serena, husmeante, dominada para darle oportunidad al brillo de la mirada y hacer olvidar la barbilla hundida y regresar a la caballera blanca, ni corta ni larga, sino adaptada casi como un milagro a vicios convertidos en virtudes del rostro, a virtudes sublimadas por encima de cualquier defecto.

Lo recibió.

Miró al hombre de treinta y seis años, vestido de militar. Una camisa parda abierta en el cuello, por donde asomaban, en pareja, un crucifijo blanco y una pelambre oscura. El pantalón pardo también con un listón de grado a lo largo de la prenda. Botines negros. Y una cabeza que Charlotte descubrió, alarmada, en el instante de darle la mano a Andrea. El cabello abundante y rizado. Las cejas rubias, casi blancas, sobre todo en contraste con la oscuridad de la piel y la cabellera. La frente despejada. La nariz breve y erecta. La boca sonriente pero cruel. Las quijadas grandes y determinadas. Y los ojos. Los ojos por donde pasaban, al mismo tiempo, órdenes inapelables, victorias bien guardadas, derrotas bien asimiladas, capacidad de mando sin poses ni baladronadas. Ojos de mando, pero que no asustaban, ojos de perro bravo y fiel, no de tigre. Al conjunto del mando, la determinación, la ausencia de presunción, la abundancia de una fuerza simple, callada, perseverante.

Este era el hombre.

Charlotte, cuya memoria estaba habitada por un marido no querido, un hijo fusilado y otro hijo en el poder pero sometido a esto que estaba frente a ella en su propia casa, sumó a la memoria a Andrea del Sargo y la memoria le dijo que no, que no había aún nada, salvo esta presencia, para ocupar la memoria de la mujer.

Entonces, ¿qué era necesario para que Charlotte tuviese un recuerdo de Andrea?

Ella miró, con una desesperación desacostumbrada, la sala del castillo, los muebles cómodos, las tarimas, los retratos de los hijos. Los tapetes arrojados casi con desdén sobre las losas de piedra verdigrís. Miró hacia los cortinajes. Hacia la campanilla que podría pedir servicio, ¿qué tomaría el General Del Sargo?, ¿la tomaría a ella? ¿O era ella, Charlotte, la que tomaría a Andrea?

Los cuerpos se acercaron sin decir palabra.

Charlotte se dio cuenta: ella tenía una pasión retenida, un lenguaje sepulto del amor y ahora veía frente a ella a un hombre elegante, moreno, con cejas rubias y pecho palpitante. Un hombre mediterráneo, se dijo a sí misma la mujer, un hombre de dos orillas y de todas las razas, Andrea del Sargo de Italia y de España y España de árabes y judíos y Sargo griego y romano. Charlotte negó con la cabeza y aceptó con el cuerpo. Todo lo que la vida le había negado, se aparecía ahora, palpitando, deseándola a ella como ella lo sentía a él, sin razón, sin pretexto, sin *arrière-pensée* alguno. Dos cuerpos deseándose sin excusas.

Los cuerpos se acercaron sin decir palabra, como si desde el anterior encuentro (la memoria de ambos, por la vida de Leonardo) se hubiesen empezado a desear y ahora esta visita de Andrea sólo confirmase lo ya sabido, lo ya sentido, por encima (o por debajo) de cualquier otra consideración, la vida del hijo muerto, la del hijo perdonado, el poder de Andrea sobre Leonardo, las razones de la elevación de Leonardo, las posibilidades de que las estridencias políticas de Del Sargo sacrificasen un día a Leonardo, a su otro hijo, a su único hijo, y ella, Charlotte, perdido todo pudor, todo honor, toda lucidez, siguiese siendo lo que en ese momento de los labios encontrados y los cuerpos palpados y la rendición de la voluntad, ya era y quería seguir siendo.

La amante de Andrea del Sargo.

La mujer de sesenta años buscada por el hombre de treinta y siete.

No importaba. Sesenta, treinta y siete, setenta, cuarenta y siete. Todo terminaría. No ahora. Un día lejano. Ahora no. Ahora ellos.

A las nueve de la mañana, Gala, con su pulcro vestido gris y blanco de camarera, entró con el desayuno a la recámara de la señora y no dio señas de conocer al hombre que dormía al lado de Charlotte. Dejó la primera bandeja a la salida del cuarto y bajó a preparar un segundo desayuno para el hombre desconocido y que, sin duda, lo merecía.

Además, quería ver por última vez el cadáver de Dante, que Del Sargo trajo a enterrar a D'Almeras a solicitud de la señora Charlotte.

Lo habían olvidado, elevados por la pasión.

Gala no. Abrió el féretro y besó a Dante.

Federico (49)

Te confieso que me conmueves.

No era mi intención, Federico. Te relato, simplemente, un hecho.

Que quiebra el tono de esta historia más bien pesimista.

Hay toques cómicos.

Ah, ¿sí? ¿Como cuál?

Acabas de conocer en el manicomio, hospital o lo que gustes, al acompañante mexicano de Don Zacarías Loredano. Déjame presentártelo. Es un tipo divertido.

¿Tiene que ver con nuestra historia?

Tenme paciencia.

Juan Colorado

El Gendarme Desconocido, Juan Colorado, el Carnal, el Pedorrito, el Charrasqueado, el Milusos, Juan Palomo, el Borolas, el Cochambres, el Pintiflorido, así como, para los menos versados, el Manco de Celaya, el Centauro del Norte, el Atila del Sur y el Varón de Cuatro Ciénagas, y para los más malpensados, el Quinceuñas.

No que le faltaran cinco dedos, sino que al pretender que sólo tenía quince, ocultaba los malos manejos de la mano escondida. Quince uñas y una mano, visible aquella, disimulada esta, el hombre de los mil nombres y la mano escondida usaba unos y otra para moverse en silencio, anónimo, de ciudad en ciudad europea: su espacio. Si aquí era el Carnal, allá era el Borolas y donde lo conocían como el Milusos lo desconocían como el Charrasqueado.

¿Por qué estos disimulos? ¿Por qué estos disfraces? Juan Colorado —lo reduciremos a sólo uno de sus apelativos— no sólo cambiaba de nombre al moverse del Mediterráneo al Mar Negro o al Báltico. Cambiaba de apariencia. El Gendarme Desconocido usaba uniforme de policía mexicano y bigotes cantinflescos. Juan Colorado vestía de charro y con un bigote digno de Jorge Negrete. El Cochambres vestía playera y gorra de beisbolista con la visera en la nuca, al estilo del Mantequilla Soto. Juan Charrasqueado se distinguía por la cicatriz que le cortaba un cachete, como antaño a Pedro Armendáriz. Y el Pedorrito se anunciaba por su hedor y la autocrítica: él mismo se presentaba tapándose las narices… "Soy Juan Colorado, alias el Pedorrito". ¿Qué hacía este personaje que de tan distinto a sí mismo y distinto a todos sólo se parecía a lo que, en ese momento, parecía ser? ¿Qué traficaba, qué ofrecía, qué daba, qué revelaba, qué ocultaba?

Esto lo sabrá el lector si persigue estas páginas. Juan Colorado vendía ídolos. Descubrió que en todas partes una estatuilla azteca, maya, olmeca o totonaca, daba carácter a una repisa, distinción a una chimenea, buena fortuna a un supersticioso, gusto artístico a un esteta, agrado a quien la recibía como regalo y a quien la regalaba. Que algunos salvajes utilizaran al Chac-Mool para atrancar puertas o dejar que pasara el aire por una ventana, no era asunto de Juan Colorado. Él vendía el ídolo y el destino del artefacto no le concernía. Hacía buen dinero, tenía su ahorradito, no tenía que regresar a México, no tenía que mostrar un pasaporte con su nombre verdadero.

—Mamerto Miércoles de Ceniza.

—¡Ay abuela! ¿De dónde me salió usted?

—De un avión, pendejo. ¿Qué crees? ¿Qué tengo alas?

—¿Quién la trajo hasta acá? Usted…

—Me trajeron, idiota.

—¿Quién?

—No *quién. Para qué*, parásito.

—¿Para qué, abuelita?

—Para llevarte de vuelta a México.

—No, eso no. *Never.*

—No te mortifiques. No regresas como el Maguey solitario. Vas acompañado, tarugo.

—¿Por quién, abuela?

—No, al revés, güey. Tú acompañas.

—¿A quién?

—A Don Zacarías Loredano, tu antiguo patrón.

—Pero si está engarrotado.

—Recuperó la salud, quién sabe con qué mañas o menjunjes. El hecho es que quemó un hospital y mató a mucha gente. Aquí hay mucho desorden, chamaco, pero un día me lo pescan y me lo entamban. Urge que vuelva a México. Donde como no hay justicia, lo dejan en paz.

—Pero abuela, su hijo Leonardo es el mero mero.

—Es un mero mero maromero, Mamerto.

—No me llame así, se lo suplico.

—A callar, Mamerto Mier…

—¡Por favor, abuela!

—No importa. Lo que importa es sacarlo de aquí. Leonardo es un hombre vil, cruel, hijo de la chingada, lo primero que hará para demostrar que es muy chicho es hacer algo muy gacho… O sea, convertir a su papacito en coladera.

—¡Qué anticuada es usted!

—Por algo llegué a los noventa y nueve. ¡Cierra la trompa! Aquí, el chamaquillo ese Leo entamba a su papá por andar incendiando manicomios. ¡Válgame Dios y la Santísima Trinidad! ¡En México los locos están en el gobierno! Ni quien se fije en Don Zacarías. Un loco más o menos.

—¿Por qué yo, abuelita?

—Por pícaro. Por malviviente. Por jijo de la madrugada.

—Oiga, no abuse, abuelita.

—Contigo él viaja a salvo, llega a salvo, sigue a salvo. No me digas que no. ¡Válgame Dios!

—¿No hay alguien más, abuela?

—No de mi sangre, mequetrefe, no de mi estirpe, no de mis calzones, si prefieres.

—Entonces, ¿por qué no se lo lleva usted, tan macha que dice ser?

—Por mi hábito.

—¿A qué horas se metió de monja, abuelita?

—Cuando me quedé viuda y necesitaba calor de hogar.

—Ah. Pues se ve usted muy chula con ese hábito, que como es azul, no parece de monja.

—Pertenezco a San Vicente de Paul.

—*Don't know him.*

—Pacheco. Soy hermana de la caridad. Por caritativa vengo a salvar a mi antiguo patrón Don Zacarías y a ponerlo en manos de mi pícaro, astuto y cabrón nietecito.

—¿Caritativa usted? Deje que me ría.

—Cierra la boca, cabroncito. San Vicente nos dedicó a cuidar a los enfermos. Esa es mi encomienda, la cumples o te chingas, por los clavos de Cristo.

—¿Por qué yo?

—Tenías que saberlo algún día.

—¿Qué cosa?

—Tu madre Jacinta Pedregal no tuvo marido.

—No me lo refriegue.

—Tuvo un hijo.

—Seguro, yo.

—Tuviste un padre.

—¿Quién será?

—El mero Don Zacarías…

—¿Con mi madre?

—Ella era recamarera. Él era joven. La embarazó. Te corrieron a ti y a tu mami de la casa, al cabroncito juvenil lo perdonaron. Así son las cosas.

—Abuela…

—Jacinta era mi hija. Ya se murió. Tu padre vive. Es Don Zacarías y lo vas a acompañar en el viaje, te lo juro y alabado sea el Señor…

—Abuela, yo tengo…

—Tú no tienes nada, culero. Tú te vas con tu papá y me lo cuidas mucho. Tus medios hermanos, ya ves, Dante se petateó.

—Lo petatearon.

—Como gustes. Leonardo está en el poder y es un cabrón bien hecho. ¡Quién lo iba a decir! Tú cuidarás a tu papacito, me cae de madre.

—Lo que usted mande, abuela.

—Así me gusta. Faltaba más.

Adiós, Gendarme. Adiós, Carnal, Pedorrito, Charrasqueado, Milusos, Borolas, Cochambres, Pintiflorido, adiós. Bienvenido, Mamerto.

—Mamerto Miércoles de Ceniza, dice tu pasaporte.

—¿Por qué? ¿Qué mal hice? ¿Qué culpa me cae?

—Por voluntad de tu madre.

—¿Por qué?

—Porque naciste un miércoles de ceniza.

—Pude ser Viernes Santo, me lleva…

—O Domingo de Ramos, quién quita.

—¡Miércoles de Ceniza! ¡Y Mamerto!

—Era un muñeco de viejas historietas. Mamerto. Un charro bigotón. Ni modo. A joder.

—Ni modo, abuelita. Resignación.

—Y veinte uñas. Úsalas. No seas menso. Don Zacarías es muy rico.

—Tienes razón, abuelita.

—Como siempre.

—¡El Atila del Sur!

—No te disfraces más, nietecito. Te devuelvo a tu "antecitidad". ¡Qué Atila ni que Atole! Faltaba más.

—Gracias, abuelita.

—De nada, se dice. Y te regalo mi colección de películas viejas. En el convento no me las permiten. Mucha rumbera.

—Alabado sea Dios.

A Don Zacarías lo metieron a la fuerza al avión. Lo ataron de manos y lo sentaron junto a Mamerto, obligado a enseñar su pasaporte. Nadie se rió. ¿Y en México? Ya la abuela le dijo:

—Llegas a un aeroparque privado en Toluca. Allí los esperan a ti y a Don Zacarías.

—¿Y mi pasaporte?

—Tienen órdenes de no reírse, o se los lleva patas de catre.

—¿Puedo cambiarme el nombre?

—Tienes de dónde escoger, pendejete.

—¿Y usted, abuela?

—De mí no te ocupes. Tú y el patrón van en primera clase. Yo en turista. Nomás echando ojo.

—¿Me promete que me puedo cambiar de nombre?

—Por las caídas de Cristo y los clavos de su cruz, te lo juro.

—¡Juan Colorado! —suspiró Mamerto.

Federico (50)

No te inquietes. Sólo me dan un día al año de libertad. Ahora debo regresar. Pero no quiero irme, mi amigo, sin decirte algunas cosas. Me atribuyen ideas. El eterno retorno: soy la prueba de mis palabras. No regresé. Tú llegaste y creíste que yo regresaba. No importa. Otra: la voluntad de poder. La deformó mi hermana Elisabeth. Yo no fui antisemita, ni fascista, ni nacionalista. ¿Qué fui?, dímelo tú. Un hombre de fe. De una fe arriesgada, malinterpretada porque miraba al porvenir. Muy difícil entender mi idea del superhombre y fácil deformarla. *Mi* superhombre sabe que hay que hacer lo que inevitablemente va a suceder. Y saberlo le da alegría y le da beatitud. Dios ha muerto. ¿Qué quiero decir? Que no debemos tener fe por atavismo. Necesitamos fe. Requerimos misterio. Ninguna ideología política. Revisa y verás. Doce, veinte años. No dura más una idea totalitaria. ¿Y la democracia? Ah, dura porque se santigua siendo laica, ¿me entiendes?, la democracia persiste porque se coloca el halo de la religión y es esta, la fe, lo que dura. Fe en Cristo, que fue el único cristiano. ¿Fe en la Iglesia? Allí es donde quise romper la mentira y proponer una época, sin iglesia, sin progreso, sin ídolos laicos o sagrados. Principiar para recobrar, ¿me entiendes? Creo que sí. En el único día que me dan, a veces tengo suerte en encontrar a un interlocutor como tú. A veces no y debo esperar otro año para volver a salir. Ah mi amigo, ¿qué he querido decir en nuestra conversación? Hemos encontrado hombres y mujeres culpables de colocar la mentira en la base de la sociedad humana. Los hemos conocido. No necesito dar nombres. En muchos de estos personajes hemos encontrado, al mismo tiempo, una percepción del dolor. Mienten para ocultar el sufrimiento. El trío político, Saúl, Aarón, Dante; luego Leo y Gala, Rayón y Basilicato; la niña Elisa, Dorian Dolor... Todos mienten para poder vivir, para seguir adelante. Nos acercamos a ellos, mi amigo, tratando de entenderlos un poco. Nada más. Te digo algo. Aarón Azar ya está conmigo. Le digo que fracasó. Él se defiende. Yo insisto. Él concluye: "Entonces moriré". ¿Hacemos otra cosa, tú y yo, sino mentir? ¿Acabaremos en el infierno de la ficción? Hablo con Aarón Azar y me hago esta pregunta. Aarón está condenado. ¿Lo estaré yo también? ¿Me salva mi propia creación, mis libros, mis palabras, mi suplemento de vida? Aarón me lo echa en cara: "Usted no es un hombre. Es un texto". Y yo le contesto: "Ambos tenemos un destino. Y no lo conocemos. Ni siquiera ahora". Él se ríe: "¿Tendremos una segunda oportunidad?". No le contesto. Él no entiende. Quizás algún día... Aarón cree que no soy, sólo escribo. No se da cuenta de que yo soy dos, el que escribe y otro hombre, otro ser, el que... No, rechazo los prejuicios. Perdón, mi amigo. Yo no puedo no querer lo que sucede. He proclamado los valores dionisiacos, la vida, el amor, el sexo, la alegría... con Andrea... Gala... la vida, el amor, el sexo... pero también la crueldad. Y a la fatalidad no se le puede decir "No". Muerte de Dios. Nihilismo. Superhombre. Eterno retorno. ¿Es este mi legado filosófico? ¿No tengo también una herencia humana? El porvenir es inocente, no hay providencia. No hay causa final. Sólo hay necesidad y azar. ¿Vivimos las consecuencias de hechos perdidos? Es parte de nuestro misterio. Provenir de lo que desconocemos. Ir hacia lo que ya hicimos antes. Se lo digo a Aarón Azar: ¿Qué escoges? ¿El suicidio? ¿La ejecución? ¿La cárcel? ¿O el compromiso? Salir desnudo a que te arrojen piedras y te escupan a la cara, ¿por el pecado de no usar ropa? ¡Qué orgullo! ¡Qué pecado! Morir solo. Ser héroe individual, testigo ejemplar de la historia. ¡Bah! No se puede colocar, como Aarón, como Leonardo, como la del inocente Dorian, la mentira como sinónimo de la vida. El instinto de crueldad, tan poderoso en Leo, tan absurdo en Aarón, tan aprovechado por Andrea del Sargo, se vuelve contra sí mismo cuando ya no puede descararse contra algo o alguien fuera de uno mismo. Nada es conciliable. ¿Qué nos queda entonces? Quedo yo, Federico Nietzsche y me pregunto si Dios ha muerto para que yo viva. Pero yo no soy un hombre. ¡Yo soy dinamita! Mira: me despido. Me voy a perder en el desierto. Voy en busca de mis tribus. Pero antes salgo a la calle, aquí mismo. Hay un caballo caído. ¡Un dolor! ¡Una pena! Un caballo postrado, ¿te lo imaginas? Me duele mucho la cabeza. Debo regresar a la cama. ¿Quién me cuidará? Hidrato de cloral. Eso necesito. Hidrato de cloral. Comidas frugales, caminar en el campo. Leer. Meditar. Reflexionar. ¡Dolor de cabeza! ¡Insoportable! El sur. Italia. El mar Mediterráneo. La fruta del mundo, mi amigo. Mírame desde el balcón. Salgo a la calle. No puedo hacer nada por el caballo herido. Mírame bien. Los hombres de blanco me esperan. ¿Estás mirando? Me toman de los brazos. Yo logro voltear hacia arriba, mirarte en el balcón, agradecerte el tiempo y las palabras que me diste. Gracias. ¡Gracias, mi amigo! ¡Federico ha muerto! Lo dice Dios. ¡Gracias!

FIN

Índice

Alfaguara es un sello editorial del Grupo Santillana

www.alfaguara.com.mx

Argentina
www.alfaguara.com/ar
Av. Leandro N. Alem, 720
C 1001 AAP Buenos Aires
Tel. (54 11) 41 19 50 00
Fax (54 11) 41 19 50 21

Bolivia
www.alfaguara.com/bo
Calacoto, calle 13 n° 8078
La Paz
Tel. (591 2) 279 22 78
Fax (591 2) 277 10 56

Chile
www.alfaguara.com/cl
Dr. Aníbal Ariztía, 1444
Providencia
Santiago de Chile
Tel. (56 2) 384 30 00
Fax (56 2) 384 30 60

Colombia
www.alfaguara.com/co
Calle 80, n° 9 - 69
Bogotá
Tel. y fax (57 1) 639 60 00

Costa Rica
www.alfaguara.com/cas
La Uruca
Del Edificio de Aviación Civil 200 metros
    Oeste
San José de Costa Rica
Tel. (506) 22 20 42 42 y 25 20 05 05
Fax (506) 22 20 13 20

Ecuador
www.alfaguara.com/ec
Avda. Eloy Alfaro, N 33-347 y Avda. 6 de
    Diciembre
Quito
Tel. (593 2) 244 66 56
Fax (593 2) 244 87 91

El Salvador
www.alfaguara.com/can
Siemens, 51
Zona Industrial Santa Elena
Antiguo Cuscatlán - La Libertad
Tel. (503) 2 505 89 y 2 289 89 20
Fax (503) 2 278 60 66

España
www.alfaguara.com/es
Torrelaguna, 60
28043 Madrid
Tel. (34 91) 744 90 60
Fax (34 91) 744 92 24

Estados Unidos
www.alfaguara.com/us
2023 N.W. 84th Avenue
Miami, FL 33122
Tel. (1 305) 591 95 22 y 591 22 32
Fax (1 305) 591 91 45

Guatemala
www.alfaguara.com/can
7ª Avda. 11-11
Zona n° 9
Guatemala CA
Tel. (502) 24 29 43 00
Fax (502) 24 29 43 03

Honduras
www.alfaguara.com/can
Colonia Tepeyac Contigua a Banco
    Cuscatlán
Frente Iglesia Adventista del Séptimo Día,
    Casa 1626
Boulevard Juan Pablo Segundo
Tegucigalpa, M. D. C.
Tel. (504) 239 98 84

México
www.alfaguara.com/mx
Av. Río Mixcoac 274
Colonia Acacías
03240 México D.F.
Tel. (52 5) 554 20 75 30
Fax (52 5) 556 01 10 67

Panamá
www.alfaguara.com/cas
Vía Transísmica, Urb. Industrial Orillac,
Calle segunda, local 9
Ciudad de Panamá
Tel. (507) 261 29 95

Paraguay
www.alfaguara.com/py
Avda. Venezuela, 276,
entre Mariscal López y España
Asunción
Tel./fax (595 21) 213 294 y 214 983

Perú
www.alfaguara.com/pe
Avda. Primavera 2160
Santiago de Surco
Lima 33
Tel. (51 1) 313 40 00
Fax (51 1) 313 40 01

Puerto Rico
www.alfaguara.com/mx
Avda. Roosevelt, 1506
Guaynabo 00968
Tel. (1 787) 781 98 00
Fax (1 787) 783 12 62

República Dominicana
www.alfaguara.com/do
Juan Sánchez Ramírez, 9
Gazcue
Santo Domingo R.D.
Tel. (1809) 682 13 82
Fax (1809) 689 10 22

Uruguay
www.alfaguara.com/uy
Juan Manuel Blanes 1132
11200 Montevideo
Tel. (598 2) 410 73 42
Fax (598 2) 410 86 83

Venezuela
www.alfaguara.com/ve
Avda. Rómulo Gallegos
Edificio Zulia, 1°
Boleita Norte
Caracas
Tel. (58 212) 235 30 33
Fax (58 212) 239 10 51

Este libro se terminó de imprimir en junio de 2012
en los talleres de Litográfica Ingramex, S.A. de C.V.
Centeno 162-1, Col. Granjas Esmeralda, C.P. 09810 México, D.F.